黄连厚朴

叶广芩

文集

北京出版集团
北京十月文艺出版社

目 录 Contents

风

一

起风了。

激扬狂飙的风裹着隆隆雷声自日本海而起，斜掠过日本全境，以不可抵挡之势直扑太平洋而去。这是每年要扫荡日本的季风，随风而来的是滂沱大雨和那只有岛国才有的地崩山摧的炸雷。

窗外，天空阴暗，狂风怒吼，大树摇曳，骤雨击窗；窗内，书案前我在电脑屏幕上敲出“风”这个题目，题目的下面许久是一片空白。

我不知自己能否将这股飘忽不定的风抓住，也不知能否将这个远年的故事讲得清楚。用逻辑来推断，它并不丝丝入扣，内中满是不可理喻的矛盾和超乎人之常情的东西。因为其中有不少关键环节被风带走了，带往未来，成为永不可知。

说的是鬼子和汉奸的事情。鬼子是真正的鬼子——日军华北特别警备队六支队少佐西垣秀次；汉奸也是真正的汉奸——华北临州保安队队长史国章。

保安队是日伪时期地方汉奸民团组织，能为队长者当属亲日之中坚，我们在《平原游击队》《敌后武工队》《烈火金刚》等反映华北地区抗战的影片中见识过不少这类角色。汉奸的装扮也是千篇一律，纺绸浅色裤褂，黑礼服呢尖口布鞋，腰扎板带，头顶礼帽；帽子摘下，是个猫儿舔过似的大分头。手中上下飞舞的盒子枪，该是人物的点睛之处，特别是用枪杆将帽檐朝上一顶的动作，竟成为以后中国银幕上、舞台上此类人物的表演程式，非此而不是保安队也。

汉奸史国章本人虽没有照片留下，却有着详尽的相貌描述：国字脸，浓眉大眼，不苟言笑，朴实无华，衣着干净朴素，裤子上还挂着补丁。据描述者说，那补丁缝得精密平整，针脚匀称，和史国章鞋里的鞋垫一样，均出自赵庄老多儿之手。老多儿者，百里佳人也。老多儿既非地主之姨太太，亦非阔家之大小姐，却是地地道道贫下中农的女儿。父亲赵老贵，一辈子窝囊，养下六个女儿，没有一个儿子。老多儿行六，名为“多”，是养够了的多余，北方人以老谓小，河北人言语“儿”音颇重，小多就被喊成了老多儿，平添了乡土味颇浓的亲昵与可爱。

我是在五月，小麦即将开镰的时候由东京来到临州的。受人之托，打听史国章。

下了火车便住进车站的旅社，我的中国身份证给了我极大的方便。

我顶着烈日走在临州的街上，柏油路是新修的，有狗在路上悠荡荡、荡悠悠地散步，见车来了也不躲。树荫下有卖冷饮的摊子和打台球的桌子，几个光着脊梁的闲人在有一搭没一搭地打球。这项很高雅的绅士活动一旦搬上大街，不知怎的，给人一种似跑了汽儿的香槟的感觉。

这是过去老城的街道，新建的临州城已在北面拔地而起，那里有高楼大厦，有宾馆，有公园，还有门面威严的政府办公机构和一片漂亮的高科技开发区。但这里是老街，今日的老街已与五十年前有了翻天覆地的变化，许多房屋贴着白瓷砖，安着防盗铁闸门，成为商业的门面房。

街的尽头有座青砖高墙的院落，厚实的墙磨砖对缝，多少春秋仍然屹立不衰。然而那晦暗残旧的木门和那为车辆进出方便被锯断的门槛，却显出风雨沧桑的破败。我从挎包里摸出笔记本，那上面有西垣秀次画的当铺地点及门面印象图。当他把这张图和一双银筷子交给我的时候，那份郑重，那份诚挚，那份信赖，让我没有推托的余地。他是日中友好协会的理事，汉学专家，为中日文化友好交流做出了不少贡献，在中日学术界知名度颇高。鉴于他的学识和经历，研究所专门聘他从事二战期间日军侵华华北陆军作战史的研究和编撰工作。我也是该所外国研究员，名为研究日本战后法律经济，实则却将大部分精力悄悄用于研究侵华日寇华北方面军1943年的“治安肃正”作战上。这一给河北人民带来严酷残害的“五一”大扫荡，据日本方面的统计，大约杀害了冀中地区军民两万余人。这个明显缩小了的数字是我从日本防卫厅研究所战史室编著的材料中叠加计算出来的。在计算这些数字时，我内心充盈着刻骨的仇恨和尖厉的复仇之心。在“两万”名受难者中有我的叔父，他是八路军涉县根据地的一名干部，在大扫荡中被日本人以极其残忍的手段杀害了。据涉县老百姓说，我的叔父死得十分惨烈，他被捆绑在城隍庙前的旗杆上，日本人将他身上的肉一片片剐下，先是四肢，然后是胸腹……原本说是要活埋，临刑时鬼子队长听说中国有种刑罚叫作“凌迟”，便决定拿叔父来做试验，看看凌迟与活埋效果的差异在哪里。叔父激奋的叫骂与惨痛的呼号持续了很久，天亮时才绝了声响。有人看见城隍庙的旗杆下除了一摊鲜血和碎肉，再无其他。日本人撤退以后，共产党找过叔父的尸骨，未见。一个人的尸体，一夜工夫消失得无影无踪，这在战争情况下极其自然。反过头来在和平环境下再看此事，便成为不可思议、不可理喻。我那位美丽的婶母自二十岁便开始等待，一直等到去年去世。大家说叔父已经为国牺牲，不会再回来了。她坚决不同意这种说法，她的观念和政府方面的看法如出一辙。她说，死不见尸，不能为死。“文革”以后，政府对叔父生存的信念发生了动摇，恢复叔父以“革命烈士”的名分。但婶母却一直拒绝接受政府给予的抚恤金和烈属称号，宁愿贫困地与我们住在一起，相信着叔父有朝一日的归来。她的等待与政府的等待性质截然不同，一是痴情，一是疑虑，这就决定了我在日本艰苦卓绝的三年搜索。据当年八路军方面的当事者说，叔父是负责特工情报工作的，工作非常出色。1943 年 5 月 5 日深夜，涉县八路军和大部分群众是得到日寇扫荡情报后撤离的。叔父的被捕是在涉县西北十五里的刘各庄而不是涉县八路军根据地。至于身为八路干部的叔父在撤离之际离开群体为什么要去刘各庄，没人能讲得清楚，这也是多年症结的所在。有人说叔父是企图与西北三十里外奶奶顶的游击队取得联系，但当事人回忆并没有赋予他此项任务，何况奶奶顶的游击队早进了太行山，他没有必要再去那个地方。

当事人提供的情况是正确的，这一点我在日本官方资料《华北治安战》中，在日军有关华北编制序列方面的史料和作战行动线索中已经得到充分证实。日方的战事记录如下：“1943 年 4 月 22 日，日本以三十五、三十六、三十七、六十九四个师团和第三、四两个独立混成旅团构成了以河间为中心的直径约四十公里的包围圈。24 日晨，国民党军新编第五军军长孙殿英投降。5 月 5 日，国民党军第二十四集团军司令庞炳勋投降。当日，日军转移兵力，对以涉县为中心的八路军根据地实施包围。6 日，第三十六师团从潞城、襄垣、辽县附近，独立混成团从武安东北地区，从林县北部之任村，从临州，分路向涉县合击。但由于八路军善于避开正面交战而彻底实行分散游击战术，至 13 日，各路合击兵团会合，未获战果，只获取了八路军少量遗弃物资。”我特别注意了“少量遗弃物资”几个字，内中并没有“八路干部”这样的信息，也就是说叔父的被捕的确不在涉县八路军指挥部，他是在安全撤离了涉县又返回而落入敌人之手的。其时，涉县周围及刘各庄已被日本人所占，叔父为什么还要深入敌人腹地，自投罗网，这点是谁也说不明白的。在参与 1943 年华北大扫荡的日军老兵中或许还有健在者，对涉县的情景或许有人能提供一二情况，由此我对老兵们的部队番号格外的注意，对华北作战的序列的熟悉甚至比日本兵还更加深入。

二

我与西垣秀次常在研究所的楼道里相遇。

从他那挺直的腰身，标准的步伐，我很快判断出了他的出身，在一次全所的忘年会上，确定了我的判断。那个老鬼子在喝了酒之后竟龇牙咧嘴地唱了一首河北民歌《正月里来是新年》。其河北腔发音吐字之地道连我这个中国人也望尘莫及。

尽管在场的听众没人能弄懂词中的含义，鼓掌也是热烈的。他们是冲着那陌生的旋律，冲着那抑扬顿挫的节拍鼓掌的，内中也含着日本人能将中国歌曲唱到如此程度的自豪和对演唱者的礼貌。由衷鼓掌的只有我一个，我终于又找到了一个侵略华北的日本鬼子。

我像一只非洲猎豹，怀着一种获取猎物的心理迂回地接近着他。故意制造出一次又一次的“不期而遇”，故意拿出一些不是问题的问题去请教。直觉告诉我，他参加过 1943 年的华北大扫荡，否则他没有资格编撰“华北陆军作战史”，不会唱出就是今日河北人也唱不出的《正月里来是新年》。

90 年代初期，由于中国回归日本的残留孤儿安置问题显露出日本经济法律的弊端，我与西垣被临时抽调出来组成小组，对一些经济现象进行研究，以向国家提出合理的建设性意见。西垣的抽调是由于他对二战情况的熟悉和他那口流利的汉语；我的加入是由于这些完全中国化了的日本人，到日本后从文化现象的冲突到社会意识经济观念的冲突，由心理转变到文化环境的认同以及完成国籍和民族的归属与重新接纳，不是一个简单过程。这其中需要中国心态方面的理解与可实施方案的提出，所以我的位置举足轻重。

西垣秀次成了我的顶头上司。

用不着再“找机会”，只要上班，我们整天都泡在一起，进一步的接触构成了彼此的了解。感情的沟通却突出了某些观念的格格不入，这种格格不入是点与线的差别而不是同一事物深浅程度的区分。

举例来说。

为了调查残留孤儿的安置情况我们一起驱车走了不少县份。有一天傍晚，我们在筑波湖畔的一个村庄歇息，正是三月末的天气，遍野的樱花开得灿若霞光，与西天的云朵连成一片。我们在湖边散步，一老一少，流连于这花影湖光之间。

樱树林的深处有座黑暗的墓碑，我们朝它走去。那是一个十九岁姓山田的日本士兵的墓，年深日久，碑的低洼处已长出层层绿色苔藓，许多字迹也已模糊不清，但碑顶“忠魂”两个大字仍清晰可见。仔细辨认，这个姓山田的青年是1942年元月从军，同年4月在中国河南平顶山战死的，在中国不到三个月便亡命他乡了。碑文由他所在军团黑田泰正大佐亲自撰写，文中满是崇敬溢美之词，其中不少为中国人熟悉并反感。墓后不远就是农舍，那该是山田家的老屋，现在居住着的当是山田的兄弟们。想当初那个十九岁的青年，本可以在这富饶美丽的湖畔平平静静地生活下去，当一个殷实的农民，做一名威严的祖父。然而他却在风华正茂之年，披甲荷戈，踏上异国土地，由杀人而被杀。

西垣秀次对着墓碑鞠了个直起直落、很有力度的躬。

我冷冷地看着他。

西垣说，十九岁，可惜。和我的孙子一样大。

我说，可惜。

西垣说，一粒麦子，不落在地里死了，仍旧是一粒；若是落在地里死了，就会结出许多子粒来。

我说，在你看来，眼前这粒麦子是落在地里死了呢，还是没落地里就死了？

西垣说，当然是落在地里的。

我说，结出了什么样的子粒呢？

西垣说，更为饱满优秀的子粒。

我说，更为黩武的一群？

西垣说，不。是一种精神，一种只有日本人才能理解和体会的精神。30 年代，凭借这种精神我们普遍认为军国主义是争取全世界尊敬的手段，是维护世界秩序的必需，是靠武力猎取的崇拜。我们为此忍受了一切，包括牺牲和失败。

我说，那就是武士道精神了。

西垣说，外国人永远不会理解日本人，不会理解日本的精神。看到这成片的樱花了吧？它是只有日本土地上才生长的花朵，花瓣小，香也不浓，将一朵摘下来实在是平凡而细微；但万千朵樱花连成花海，那场面就绚丽多姿，蔚为壮观了，这就是日本精神的缩影。日本社会是个惯以集团行动方式存在的社会，每个人都属于集团。在茫茫的花海中，个人不过是一朵花，从树上飘落便会“零落成泥碾作尘”，连在一起才能成气候。樱花不会变异，它也不是历史博物馆中已经干枯了的植物标本，它至今仍是我们中间活生生的精神象征，永不衰败。这是一个国家的民族之魂。从另一方面看，日本人的可悲在于一旦集团提出号召，便不问为什么而积极响应。太平洋战争日本民族的悲剧所在也正是如此，这是我们对这场战争的反思。

我说，每个文化传统中都有关于战争的信条，我们把二战归结为日本军国主义的侵略，归结为捍卫民族存亡的正义之战。作为被侵略者，我们崇尚的是另一种精神，一种不屈不挠、前仆后继的喋血精神。无论日本的民族精神多么完美，对于被侵略国家来说都无异于恶魔一样的灾难。在死去一个十九岁的山田的时候，中国正有成千上万个十九岁的青年在日本的枪口下死去。与眼前山田的十九岁相比，我看重的是那颗令他致命的子弹。

西垣说，为政焉用杀，这是我当时的反战思想。我驻防临州的时候还教过当地小孩学文化，送给他们石板、石笔，那都是些很聪明的孩子。我是学教育出身，教育者的责任心驱使我承担起这个义务，人不能没有文化。

我说：民族不能没有自己的文化。你的思想不是反战，是换一种方式的侵略，在刺刀尖上装上一串花环，再微笑着把刀刺入人的胸膛。比起眼前的山田来，你更可怕，进行武装侵略的同时还进行着文化侵略。

谈话是不愉快的。

三

在临州的当铺旧址前，我展开了西垣秀次的图示，展开了五十年前一个鬼子少佐的记忆。按图索骥，这里该是过去的当铺，是西垣设计的寻找史国章的切入口。我极其明白，保安队长史国章逃得过国民党的清查却逃不过共产党的镇反。纵然都成漏网之鱼，还有一个“文化大革命”清理阶级队伍在等着他，幸存的机会几乎为零。当然也有一种存活可能：除非他是共产党。在西垣委托我寻找史国章的时候，我谈了自己的看法，对他寻觅史国章的动机不能理解。在战争中沆瀣一气的鬼子与汉奸，如今要携手共叙“友情”，我国政府不会熟视无睹，当地百姓不会不说三道四，当年被害人的亲属不能不义愤填膺。西垣说，这正是他不愿自己出面的原因，他找史国章是出于个人感情，私人友谊。史国章于他编撰的“华北陆军作战史”太重要了，找不着史国章找到他的亲人也行，比如妻子什么的。

我说鬼子找汉奸这件事本身就让人恶心。

西垣说有些事在寻找史国章的过程中或许可以搞清，寻找的过程就是调查的过程。作为朋友，他敬仰史国章，他欠了史国章的人情。

我说你们的关系是狼与狈的关系……

院子很深，盖满了小厨房、小棚子之类，只让人想起曲径通幽、峰回路转这些旅游方面的词来。

一个胖男人，在公用自来水边的躺椅上打呼噜，脚边的小凳上放着罐头瓶改作的茶杯，那里面黄酽酽一瓶浓茶。在这闷热的午后，这杯茶充满了让人难以抗拒的诱惑。

我一走近，那鼾声戛然而止，一个极清醒的声音问我，找谁？我说找姓刘的。他说这院里姓刘的有七家。我说找最老的刘姓住户。他说他就是刘姓最老住户，1963 年搬进来的，全院再没有比他住得更长的了。我问 1963 年以前这院的住户在哪里，他说 1963 年以前这儿是粮食仓库。我问再之前呢？他说还是粮库。我说再早是当铺。他很诧异，说，当铺，我住了三十多年，怎么一点儿也不知道。我问他有没有人知道临州的老事，他想了半天，说庙后街程士元那个老东西兴许知道。十几年前小学校曾让他去做阶级仇民族恨的报告，他在台上一把鼻涕一把眼泪的，没说几句就让人给架下来了，犯了心脏病。胖子一边说一边审视着我，说，你大概是港台同胞吧，来临州认亲？我说我在这儿没亲，他噢了一声，说，我们这块地界解放前特别保守，守着华北大平原，吃喝不愁，所以多不愿外出谋生，要说海外关系，谁家也摊不上。但这儿的人头脑灵活，别的不出，专出汉奸。京油子，卫嘴子，保定府的狗腿子，这话你可能听说过。

我笑了，这位闲得发慌的胖子巴不得有人跟他闲聊。

我问，说到汉奸，你知道这儿过去有个叫史国章的吗？

他说，史国章，没听说过。

我问，日本鬼子西垣秀次呢？

他说，日本人投降那年我才两岁。

他突然直起身来说，你是日本人！

我说不是。

他不信，说，别看你中国话说这么好，打你一进院子我就看出来了，你身上带着东洋味儿，跟合资企业里那些日本娘儿们有点儿像。

我说我真不是日本人，我有个叔父，是八路，抗战的时候就牺牲在这个地区，我来临州是了解那个时期的一些事情。

胖子说真是日本人也用不着隐瞒，现在的临州人都是见过世面的。光外资企业就有几家，街上常见洋人走动，老百姓也千方百计往外资企业里钻，那儿挣钱多。

我说 1943 年 5 月，日本人血洗临州，这儿发生过大血案。

胖子说，那都是陈年往事了，死的是死了，活着的也还活着。人嘛，得向前看，现在讲友好了，不计前嫌了。谁都知道“东芝”冰箱好，“松下”彩电鲜亮，我们不能因为他们杀了我们的人就不看他们的电视，不使他们的冰箱。

我说过去的事还有人记得吗？

胖子说，怎么不记得？城南有纪念碑，上头都刻着哩，名字一排排的，每年清明节学校的学生都敲着鼓吹着号去献花圈。

他说得没错，对于死难的人这里每年都给以祭奠。但这样沉重的事情从胖子的嘴里轻松快捷地说出，总让人觉得其中少了些什么。

我提出看看西跨院的南套间，那里是史国章与老多儿的幽会之所，也是西垣秀次与史国章进行各种肮脏勾当的密谋之地。这个地点非常微妙，也非常重要。

胖子说他不能满足我的要求，他说南套间住着一对新婚夫妇，家具电器十分新潮。他领着我这个来路不明的人窥探房间，万一出了问题他脱不了干系。

我说你这人真是，刚才把我当成日本人，这会儿又把我想成是盗窃集团踩道的，想象力之丰富该去当作家。

胖子说你不知道，如今处处得设防，保不齐哪儿就是个陷阱，咕咚一下就让你掉下去了。

我问他西跨院有没有井。

胖子说有。

我又问有没有树，枣树。

胖子说没有。

我说只是看看房子，看看院子，没别的意思。

胖子这才爽快地把我领进了西跨院。

四

在东京的时候我访问过板桥区大浪町一名叫松村武的老人，为了找到他，我费了很多周折，最后还是靠医疗保险的档案帮了忙，使我得以在大浪町这个偏僻小巷与他相见。

他参与过临州城报复性大屠杀。

日本人以几个军团合击涉县，扑空之后，恼怒难耐的日军第一混成旅团第二天即以恶虎扑羊之势直抵临州，使原本已陷敌手、气息奄奄的临州小城又一次遭受了惨绝人寰的浩劫和蹂躏。

临州城内火光冲天，尸横遍地。

松村说，他在临州是第一次杀人，所以印象特别深刻。日本军队在中国犯下的罪行不可饶恕，无论有多么好听的理由，都掩盖不了那些血淋淋的事实。他把临州城的屠杀讲给他的小孙子和日本年轻人听，竟没人相信温文尔雅、礼貌周全的日本人会干出这种事情来。松村努力解释，说的确是事实。年轻人总认为他臆想成分太多，日本人，根本不可能……所以我见到松村时他如遇到知音，反复跟我说他厌恶战争，厌恶那些煽动日本人民走向生命绝谷的战争贩子。松村对五十多年前的事深深谢罪，他说，不管国家态度如何，他自己要有所表示。他让孙子把他由轮椅上艰难地扶下来，跪在榻榻米上，将一颗白发苍苍的头深深地伏下去，久久没有抬起来。那孙子，亦如他的祖父，跪着，却是一脸茫然。

我的录音机里记下了老人有关临州的回忆。

……到中国临州作战，我十八岁，刚刚高中毕业，是由横滨上船直到大连，然后补充到华北战场上去的。那天是傍晚进入临州城的，老百姓以为驻扎的日本人又回来了，并未介意。真正采取行动是第二天上午，即5月14日人们快吃午饭的时候，我们点了几处房子，放了枪，挨门挨户进行搜查，城里就开始乱了……我跟木村、畑俊冲进一家大院，院子很大，很深，围墙也很高，里面的布局由于陌生而令人恐怖。我端着枪胡放，木村笑我，他是上士，级别比我高……在西跨院的一间小屋里我们找到了十几个中国人，他们紧紧地挤在一起，女人的脸上都抹了灰……男人中一个留小胡子、穿长袍的向我跪了下来，说了一些大概是求饶的话，内中还夹着一些日语单词。他的小胡子上沾了草棍儿，样子很滑稽，我正要笑，只听噗的一声，木村已将他的头砍下，黏稠的血溅了我一身一脸，又热又腥。我擦着脸上的血，望着木村，不知该干什么。木村说快动手！说着又端着刺刀向一中年男子的胸膛刺去。那男的一声不吭倒在水缸边。一个老年妇女扑到男子身上，号啕大哭，看样那是她儿子。我想我得干点什么，不能老愣在这里，否则我会被木村送军纪处。我揪着老妇人的发髻使她的头仰起来，在那张与我母亲年龄相仿的脸上狠狠抽了一掌。她却一张嘴咬住了我，咬得非常用力，我体会到了臂上肉与肉在牙齿的切割下正在分离的奇怪感觉。木村冲着那张弯曲、苍老的后背开了一枪，老妇人的牙齿渐渐变得无力，最后歪倒在她儿子的身上。木村让我在她的尸体上再刺一刀，以解方才之恨。我的刀扎下去时很犹豫，扎在她的肋骨上，刀尖被顶偏，将那沾血的衣服划了长长一道口子。为此，木村当着那些中国人的面狠狠地抽了我十几个耳光，我觉着很丢人……一个小男孩，抱着他母亲的腿，目不转睛地看着我，那双明亮的眼毫不掩饰他内心的仇恨。我想，我也必须洗掉方才木村上士在这孩子心中给我带来的耻辱，于是我用刀向孩子那一双眼挑过去，孩子倒下了，他的母亲仍旧站着，脸上满是绝望……木村让畑俊从外面的井里汲来水，向孩子的母亲和站在她身后的另一女人泼去，烟灰霎时退去，女人们显出了惊人的美丽。木村指着后面背后垂着一条粗辫子的女人说那是中国处女的标志，话没说完，畑俊就扑了过去，剥光了她身上的衣服。木村制止了畑俊正要干的事情，将屋里的人全部赶到院中。裸体的处女夹在人群中，那个死了孩子的年轻妇人用胳膊护住她，她们长得很相像。两个女人被拉出人群，另一个的衣服也被迫脱光，木村让我把剩下的人处理了，他对畑俊说，那个年纪大的是你的了，说罢畑俊还没动手，他已将那个梳辫子的推倒在砖地上……我转过身来对付这手无寸铁的一群中国人。我不知该怎样处决他们，我不想动刀动枪，但我也不能让他们活下去，这是命令。西墙下有一口井，我把他们押到井边，让他们一个接一个跳下去。第一个跳下去的是个十几岁的青年，在他走向井台的时候突然来了个九十度转弯，以飞快的速度奔向我，企图卡我的脖子。幸亏我有防备，我用刀砍断了他伸过来的手，那只手划着弧线飞起，砸在姿势丑陋的木村身上，木村回身打了一枪，青年人的脑袋马上迸裂，红的白的，放射开来……在我的威逼下最后一个人跳了下去。我惊奇地发现，所有跳下去的人都闭着眼睛，没有人啼哭，没有人求饶……井边再没有中国人站立，我探出身子向井里望，里面黑洞洞的，有哗哗的水声，一股无名的恐惧向我袭来，我向水里猛开了一阵枪，水中终于平静，水面已变得鲜红……木村他们也已完事，两人的身上都沾满了女人的血。一个女人已经咽气，她的阴道里插着烟俊的刺刀。另一个也已无形，她的两个乳房被割下，挑在木村的枪尖上。那女人还在蠕动，被我照着胸膛打了一枪……我杀了十一个人。

我在访问中问过松村武，他们在临州究竟要搜捕什么人。他说他也不知道，对一般士兵来说，这样的搜捕就意味着开杀戒，见谁杀谁，逮谁并不重要。我还问过大院的具体位置，他说记不清了，他连临州在哪儿都记不清了。我问他是否认识西垣秀次，他说不知道。我说西垣是华北特别警备队的，松山说那就是“北特警”的人了，更不会认识。北特警在涉县围剿以后立即受到了改编，那是一支特殊的部队。

西跨院不算大，一间南房实际是大院南房的延伸套间，门上挂着一把很大的锁。西墙根有井，上面盖着沉重的水泥井盖，墙底长着数根细草，壁上生了一片苔藓。白云苍狗，地远天差，一切都变了模样。然而细观墙上那些棱角已失的凹陷，辨认出竟为当年狰狞可怖的弹痕时，便让人在静谧中嗅出了昔日的血腥，看到了游荡在小院中的一个个无辜冤魂。

我掀了掀井盖，太重，向胖子请求援助，他找来根铁棍，三下两下就把井盖移开了。几颗头凑在一起朝下望。这视觉角度当是五十二年前松村武的视觉角度，无见鲜红的井水，只见破烂的垃圾。井不深，最多不过三米，亦无水，想必是后来有人用土填过。大家对井里的内容都很失望。

退后几步，我掏出相机，拍了几张老屋与水井的照片，然后走出了旧当铺的大门。我再一次回望那神秘与苍凉，两个鬼子对他的不同经历和感觉使人除了感到诧异外，更感到了岁月隐隐发生的裂变和由此产生的一片空空荡荡的冷清以及相距相隔的陌生。

五

程士元的家在很背的一条小巷里。迈进程家的小院，见一个女人在树下拐线，“工”字形的木框在她手里灵活地拐来拐去，那些细棉线便有条不紊地缠绕在了上面，她像是在耍杂技。她先跟我打招呼，很熟稔的，问我吃了没有。我想现在已是下午，她问的想必是中午饭，就说吃了。我问是不是程士元老先生的家，她说没错，并转过身去从壶里给我倒了一碗茶。我问她弄这些线做什么用，她说织布。这时我才听见西屋的织布机一直在哐哐哐地响。女人说那是她婆婆在织，她婆婆两天就能织一匹布，快手哩。我问她织这些粗布做什么用，她突然停止了拐线问我：你不是外贸上来验布的？我说不是，她的脸就有些冷。

我说，我来找程士元。

她说，程士元是她公公，中午喝了点酒，正睡午觉，怕一时半晌醒不了。

我说，那我就等。

太阳偏西，北屋门帘一动，有个老头儿从里面走出来。女人说，爸，有人找你。

程士元问，打哪儿来？

我赶紧接上说，打日本。

程士元走下台阶问，有事？

我说打听一个人，史国章。

程士元说，史国章是汉奸，早死了。

我说，那就给我讲讲史国章的事。

程士元说，敢情日本也搞内查外调哇。

我把西垣秀次给我的银筷子拿出来让程士元看，我说，这个日本人天天吃饭用这双筷子，用了五十年了，他很看重送筷子的这个人。

程士元把筷子接过去，翻来覆去地看，这是一双民间使用的普通银筷子，一头尖，一头方，用链子连着，方的一端一支上刻着：警备队少佐西垣秀次；另一支上刻着：河北临州保安队队长史国章。程士元看了半天筷子说，不错，这是赵寿祥的手艺，他打的银器都有记号。说着老汉指给我看，在筷子的方形尖端有两个相套的双圆印痕。程士元又走进西屋，捋下老伴儿手上的镯拿出来给我看，镯的内侧也有双圆印痕。程士元说，筷子是赵银匠所制无疑，是出自临州的物件，看来鬼子没有妄说。

我问史国章死于何时何地。

程士元说，1943 年 5 月被日本人杀死在涉县城隍庙，死法很特殊，是用刀剐了的。

我问他是否搞错。

他说没有。

我问当时在城隍庙杀了几人。

程士元说凌迟者只有史国章一人。

我问史国章有无后代。

程士元说史国章是外乡人，来无踪去无影，无根无基，有后代也无人查找。

我问史国章的死可有凭证。

程士元说死人要何凭证，那年月死的多了，上哪儿要凭证去？找谁要凭证去？

我说史国章死得蹊跷。

程士元说死便死了，有何蹊跷。

我说史国章是汉奸，鬼子将汉奸凌迟处死，不合情理。

程士元说日本人向来不讲情理，5 月 14 日临州近千无辜者死于一旦，这有什么情理！

我说鬼子为什么要杀汉奸？

程士元说鬼子为什么不能杀汉奸，狗与狗之间的事用人的道理没法解释。

谈及五十多年前的那场屠杀，程士元很激动，他说那天是农历四月十一，是他舅爷的生日，他先一天随母亲回娘家祝寿，这才幸免于难。听说临城发生变故，当日不敢回家，三天过后随着母亲跌跌撞撞赶回临州，临州已面目皆非，除了焦土便是血腥。街上触目皆是尸体，斩去手脚的，砍作两截的，无首的，穿胸的，横七竖八倒卧在血泊中。当铺的台阶上齐刷刷摆了二三十个，几排人头，地上的血有寸厚……在那场灾难中，除了他与母亲幸存，全家十七口，全部遇难。

我问当铺掌柜刘三连一家是否也在其中。

程士元说当然未能幸免。

我问其中可有刘家大少奶奶的妹子老多儿。

程士元说刘家大少奶奶是由南边嫁过来的，没听说过有妹子。

我说他应该知道赵庄的老多儿。

程士元说老多儿是美人，临州出事以后也再没人见过她，下落不明。

我问他知不知道日本人西垣秀次。

他说日本人的事避之唯恐不及，哪敢问什么姓名。

问及学日本语的情况，程士元说他至今能读日本的平假名和片假名，当时因为怕杀头，所以记得特别牢。说着指着我挎包上的假名准确地读出了发音，语音的标准显系日人所教，不容置疑。

我问当时可否不学。

程士元说孩子不学大人便会被拉进日本人的地方挨打，拉人者都是保安队一伙。后来看鬼子对小孩确无恶意，大家也松了心，街上梆子一敲，各家孩子就去当铺集合，在刘三连家的大厅里等着日本教官来讲课。讲课前先给孔子像鞠躬，再唱一首叫“洒库拉”（樱花）的歌。

我问他教日语的鬼子什么模样。

他说小白脸，瘦高个，留仁丹胡，戴眼镜，跟电影《地雷战》里偷地雷的那个差不多。

我取出西垣秀次的照片让程士元辨认，程士元不敢肯定，一会儿说像，一会儿说不像。

我问是不是每回都在当铺里学。

程士元说每回都在那儿学。

我问他在那儿见没见过史国章和老多儿。

他说史国章倒是常见，但没见过老多儿。

我想，这一定是西垣经常进入当铺的原因之一。在这里，他、史国章、老多儿之间准有过什么事情，他说过，史国章与他编撰的“华北陆军作战史”太重要了。从他绘制当铺图形的准确无误来推断，这个地点与史国章有着同样举足轻重的地位。但是临州人经过了那场血腥屠杀元气大伤，历史在这里演出了惊天动地、喋血饮恨的一幕之后立即沉默，将许许多多不解之谜统统淹没在血的下面，任它凝结、干枯，又随风吹散。而今，捕捉这散落的信息恰如捕捉那不定的风，难以抓得准了。即便抓住一星半点也是飘飘荡荡，晃晃忽忽的迷茫，只会把人搞得越发糊涂。

我要了解史国章的劣迹。

程士元说，史国章干的坏事当与保安队连在一块儿，那个人的脸老是青的，从没见过他的笑模样。当然，保安队长也用不着跟老百姓笑，他笑了准没好事，所以还是不笑的好。又说，刘家集上杀过两个八路，是保安队干的；逼王二憨上吊也是保安队干的；给鬼子抓夫是保安队干的；强奸赵庄、刘家集的女人们好像也是保安队的事。每回鬼子下去清剿，跑在前头的都是保安队……

程士元的儿媳妇对保安队、对史国章都没兴趣，直着嗓子喊程士元去吃饭，逐客的意思是明显的。受一种恶作剧心理的驱使，我压低了声音对程士元说：鬼子西垣秀次让我来找史国章，想给史家后人一大笔日元呢！

程士元立即喊道，这钱太脏！

儿媳妇在那边接茬儿了，爹，现在都讲战争赔偿呢，韩国的慰安妇在电视上张嘴就要数千万，日本人照样得掏腰包。咱们临州人也该要求赔偿，现在飞机失事了飞机场还给赔钱呢，更何况那是有意杀人，咱那么多亲人白死啦？国家不好张口，个人可以张口，咱家一下死了十七口，杀人赔钱，理所当然。

程士元说，你别在这儿瞎搅和，这是两码事，这回是鬼子要给汉奸赔钱。

儿媳妇说，谁给，给谁都一样。

六

日本人寻找史国章的事像风一样在临州传播开来。

我在街上走，总有人指指点点，令人很不自在。我想我是该走了，史国章的下落已搞清楚，再没有什么可待在这里的理由，就到车站买了明天早晨去北京的车票。看票面的日期是 5 月 15 日，那么今天该是 5 月 14 日，是临州的祭日。

街上的人很平静，已经没有谁能想起来五十二年前的今天这里发生过什么。浸过血的街道照旧淌着血迹，那是自由市场浸鸡杀鸭、剖鱼挖鳃的附带，小贩们用水将血冲过，那水便变作了粉红，沿着路沿缓缓流淌，带着一股繁华欢快的腥……

我在市场上买了几个硕大的白杏，用塑料兜装了，回到旅社。

有一男一女在房门前等候，他们怯怯地说是史国章的后代。

让进屋里，彼此落了座，对方又迟迟不开口。我很不礼貌地看了几回手表，终于在男人的鼓动下，女的张嘴说话了，说史国章是她的祖父，她是史国章的孙女，叫葛小利。

我吃着杏，听葛小利讲述着一个很落俗套的、听开头便知结尾的故事。明天早晨就要离开临州，对昔日那些搞不清的关系我已无意搞清，那个复杂的连环套圈已经锈死，无从摘解，它毕竟不属于这个年代。

倒有人愿意往圈里钻。

这名叫葛小利的女子穿着艳丽的杏黄衫，遮住前额的浓密刘海儿使人猜不准她的年龄。在她讲述与史国章种种瓜葛的时候，那男的在一边不住补充。我问他是谁，他说是葛小利的丈夫。

葛小利说他父亲 1947 年由天津宝坻来此寻觅祖父，人说史国章是汉奸，且已不在人世，便没敢声张。由此入赘临州葛家，成为临州一员，再不提史国章之事。

我把这一切当成小说来听，因为我不相信在“给一大笔日元”的诱惑下会找来什么真的后代。

尽管葛小利的言辞杂乱无章，但她讲述的一个细节引起了我的注意，使我不得不对自己的某些思路进行重新设定。

这就是关于银匠赵寿祥的事情。赵银匠是临州血案的幸存者之一，1958 年全国大炼钢铁，被聘为临州冶炼指挥部的技术指导，以熔银方法来炼钢。尽管赵寿祥使出了浑身解数，终未能使全城的铁锅由那两口土高炉里掏出来，终以“破坏大炼钢铁”为名被戴上反坏帽子，负责清理城内各户粪坑。同操粪业的还有葛小利的父亲，他倒并非是由于保安队长“老子”的缘故，他的罪名是“历史不清”，原因是天津宝坻方面给他开具不出任何是哪里人的证明。他究竟是打哪儿来的竟连他自己也搞不清了，这样的人自然是坏分子无疑。淘粪的工作伸缩量非常之大，剩半坑也是淘了，全淘净也是淘了，更多的时间是靠在厕所外向阳的墙根抽烟聊天。于是葛入赘与赵银匠的友谊就有了突飞猛进的发展，谈话内容也自然离不开粪类，离不开厕所。赵银匠说他一辈子上了无数回厕所，都很一般，只有一回让他眼界大开，终生难忘。这就牵扯到 1943 年 5 月 14 日，那天赵银匠拿着打好的一副银筷子去保安队找史国章，进了保安队大门见史国章正在院子里给各乡乡长训话，说是端阳节快到了，让各乡筹措五百斤白面，一头肥猪，二百斤鲜菜，犒劳皇军。各乡乡长在下面发牢骚，表示有困难。史国章伸手就朝树上打了一枪，说既然有困难白面就由五百斤加到六百斤，猪肉一头加到两头。各乡长都不敢再说什么，怕再说又往上加。赵银匠说史国章治人真有办法，看情景他这筷子的手工钱是收不回来了。令他遗憾的是筷子本身倒没什么，难就难在上头的那些字上，那是他花了几个晚上才搞出来的，很不容易。乡长们回去了，赵银匠将筷子给了史国章，眼见着史国章揣着筷子进了保安队集聚的大屋。历史的巧合往往巧得让人难以置信，正转身朝外走的赵银匠忽然感到内急，刻不容缓的内急。依他的本意是赶回家去，从从容容地解决问题，然而倒海翻江的肚子与他的想法相违，他不得不捂着肚子闪进了保安队大院东南角用秫秸围出的厕所。赵银匠说他的裤子刚褪下，鬼子们就气势汹汹地进来了，让所有的人都集中在正屋，包括做饭的老刘。保安队员们都莫名其妙，不知鬼子要搞什么名堂，及至看见鬼子往屋里洒汽油才如梦方醒。保安队员多不是省油的灯，当下就有人吆喝着往外冲。外头鬼子早架好了机枪，出来几个扫倒几个。后来火烧起来了，往外跑的全打死在门口，没跑的都烧死在屋里。赵银匠在厕所里，透过秫秸的缝隙亲眼目睹了这一切，吓得大气不敢出。所幸那天收拾保安队大院的鬼子没有一个光顾厕所的，否则也没有他以后“破坏大炼钢铁”这一说了。赵银匠说他这辈子就是得了厕所的济，即便公家不让他淘茅房他也要主动要求淘茅房，以报此救命大恩。葛入赘说赵银匠大难不死定有后福，日后准还有好日子过。赵银匠说他还有十年红运要走，命里八字都排着呢。就在赵银匠说过此话的第二天，老汉背着装满粪便的木桶正要站起，却身子一歪滑了下去，送往医院，已然气绝，诊断为脑动脉血管破裂。

葛小利至少向我阐明了这样一个事实：史国章在 1943 年 5 月 14 日上午已同他的保安队员亡命在他的队部中，这一切有银匠赵寿祥作证。这段历史不可能出自葛小利的编撰，她没有这个水平。问题在于，如果史国章毙命于保安队部，那么银匠送来的筷子又何以到西垣秀次之手？也就是说西垣在保安队全部丧生火海之后与史国章仍有过接触，这实在让人费解了。

西垣秀次向我隐瞒了什么。

我的走神引起了葛小利丈夫的不满，他在等我回答问题。

我让他把话再重复一遍，他说钱他们不想要，他们夫妇要去日本留学。我问留什么学，他说留什么都成，只要对方肯赞助。我说你们连进幼儿园都不成，幼儿园的小朋友还会说日语呢。男的就说我挖苦人，态度不友好，是地道的汉奸作风。我想笑，刚才还死乞白赖承认自己是汉奸孙子，一转脸又把汉奸帽子扣了过来，变换之迅速，如打网球一般。葛小利较她的丈夫冷静，向我索要西垣的地址。我说她的证据不充分，依着她这种扯法我可以说我是美国克林顿的姑妈是中国秦始皇的姨姥姥。葛小利想了一想，从包里摸出一块小木头章子，说是她祖父留下的。我看那章子油腻腻地发暗，倒像个年代久远的物件。葛小利拿过桌上的台历在上面印，使了半天劲，台历上没有痕迹。我拿过印章，看那印面的残存印泥已经干透，发黑，这个当年不离主人左右，以显示身份和权力的小木块如今冷落得让人不屑一顾了。我冲着印面哈气，以图通过温热软化那干硬了数十年的印泥，以便再现旧日的图形。

我的努力是徒劳的。红色的 5 月 14 日星期日下面依旧是一片苍白。

葛小利丈夫说得去找印泥。他拿着木章跑出去了，屋里只剩下葛小利和我。

她说你不相信我。

我说我谁都信，只要你拿出充分证据。

她说我看得出你不相信。

我说史国章是汉奸。

她说知道。

我说西垣秀次是鬼子。

她说知道。

我说你们通过汉奸的渠道去找鬼子，接受鬼子的馈赠，不怕别人有看法，尤其在这有过血案的临州？

她说这是老辈的事情，老辈的恩怨老辈去了结，我们不能替老辈背黑锅，替老辈偿还民族恨一类的债务。

我说没有还债的责任却有受惠的权利，你这个葛小利啊，想把便宜往完里占呢。

她说你这人说话太刻薄，有一点你必须清楚，今天是鬼子找汉奸，不是汉奸找鬼子。

我说当然，问题是出现了冒牌汉奸，连这东西都有假冒伪劣产品。

葛小利的丈夫举着章进来了，说是跑了大半条街才在卖筐笼的土产店里找到红印泥，他是蘸饱了才回来的。说着在台历上使劲地砸了下去。

我看着半截章子连同手指均被染成红色，已料想出会砸出一种什么效果。果然，印章抬起，竟将那页台历也粘了下来，揭开来看，是一片模糊，正如史国章本人。

男的说再来！又啪啪啪一连几下。终于纸上显出几个羞怯怯的小字，细看是：

刘国良。

都无话可说，只那男的仍坚持那篆字就是史国章。

我站起身准备送客了。

葛小利临出门又转过身来说可否向西垣那边通融一下。

望着被风吹落到地上的5月14日红色台历，望着上面如血的印痕，我说何苦。

七

在临州火车站，被一干部模样的在站台上拦住，说是姓张，受有关部门之托前来送行。从谈话中可以感到，老张对我在临州的活动已了如指掌。他说因知道得晚，招待不周，又说临州的敌伪档案有限，“文革”时被造反派付之一炬，已荡然无存。昨晚上级已责他查过旧县志，有关史国章情况竟无只字记载。如若时间宽裕，他可陪我去地区查档，或许能有线索。

我说一区区汉奸，何须兴师动众，不过是某鬼子一时心血来潮想翻旧账罢了。

开车铃响，我登上车。老张变戏法般变出两大兜土特产来，其中有酒。老张没头没脑地塞给我，我说这是怎么说，老张说东西不值钱都是临州的产品，一包给你，一包给鬼子，让鬼子品品临州的老味儿，或许怀旧情绪难抑，想来临州投资办厂什么的也未可知。如若那样，临州将为他大开方便之门。

火车开动，我抱着两大包东西站立不稳地倚在两车连接处。

老张在下面热烈地挥手道别，一再叮嘱请再来！好像我们是熟识已久的朋友。

我总觉着有什么遗漏，火车开出两站地，我才猛然醒悟忘了问一件大事：我叔父的下落。

八

回到东京，我没有急于见西垣秀次，而是一头扎进了资料室，我要在 1943 年侵华日军华北方面军战斗序列的变化中寻出解决谜团的蛛丝马迹。

宽大的资料室里，除了空调机的嗡嗡声就是我翻阅纸页的声音，年老的女资料员尽职尽责地陪伴着我，不声不响地坐在房间的一隅。

有时她会走过来，善意地冲我一笑，在我桌前放一碗冰镇的麦茶，有时她会提醒我该下班了，查找半截的资料她可代为保存。我看表，时间已超过四十分钟，便满是歉意地赶紧收拾摊子。

华北肃正作战是日军在中国的重要战场之一，由于涉及地区广阔，兵力复杂、分散，参战部队的番号和任务变换频繁，资料十分零碎，查阅十分困难。西垣秀次所在的华北派遣宪兵队又称华北特别警备队，人称“北特警”，司令官为野音二郎。这是一支“专门破坏中国共产党和其他抗日组织的特工部队”，所选人员都是日军各部精英，总部设有“特高课”从事谍报工作。在我查阅的资料中，有一份“肃正作战”前的会议纪要，会议上明确指出“共产党、八路军是华北‘治安’的致命祸患”，提出“只有打破立足于军政党民有机结合的共产党组织，才是华北治安肃正作战的根本”。为完成这个战略目标，除各宪兵队分队组成情报网以外，还将一批宪兵配属一线兵团，分布于占领区二百多个县城和三百多处主要据点，与情报网随时保持密切联系。具体措施一二三四……部署之严密足令“立足于军政党民的共产党组织”插翅难逃。

但是严密布局下的庞大作战结局竟然出现了“未获战果，只获取了八路的少量遗弃物资”这一戏剧性结局。这无异于给北特警、特高课们脸上抹了几道滑稽的油彩，使前面的一切行动都变得毫无意义，变得做戏般的假模假式。如一只窥探猎物已久的虎，兜了无数个圈子终向猎物扑去时，才发现那只是一个散着猎物体温的空巢。恼怒是可想而知的，除了必要的报复外，在 1943 年 8 月 24 日，日本大本营下达了陆甲第八十一号命令，改变北特警的编制，由原来的二千五百九十五人减为九百七十人。这次大清洗，临州的北特警人员无一人留用，除了西垣秀次以外。

改编后的北特警如一只凶狠暴戾的豺狼，以其精瘦的身材，锋利的牙齿，再次扑向晋察冀的共产党八路军。据日本资料记载，从 1943 年 9 月 20 日至 1944 年 6 月 9 日，北特警进行了一期作战，杀死共产党及抗日人员一千九百八十四人，拘捕一万三千四百三十八人。

1943 年 5 月“肃正作战”情报的泄露是显而易见的。日军采取临州为报复点，将临州百姓，甚至为日本人做事的保安队不问青红皂白，一律格杀勿论，自有着他的目的。

史国章究竟为何人？

西垣秀次是个怎样的角色？

我在翻阅材料之后打了问号。

我给西垣打电话，他夫人接的，说西垣于一周前犯心脏病住进了医院，现在病情已基本稳定。为保持心情平静，严格控制人员探视，以防发生意外。我让她转告西垣，说我已由河北返回。

星期六下午没事，坐地铁到大浪町去看松村武。

将当铺西跨院的照片拿给他看，他拿照片的手有些抖，说地点没错，就是这里。那时这间屋没有玻璃窗和粉窗帘，是一律的木格窗，窗棂上糊着白纸……井的位置也对，不同的是井口小了许多，也没了井台。

松村将枯井的照片端端正正摆放在佛坛祖先的灵位旁边，献上一杯清茶，焚香击磬，双手合十，默默地悼念了许久。

他的孙子恰巧从厅前走过，被喊进来，松村叫他看照片，说井水中有九条中国人的生命，都是爷爷杀的。这笔债务中国人不会忘记，他也永远不会忘记，也希望他的孙子不要忘记。这张照片将放在祖宗灵位旁，日日供奉，直至子孙后代。

九

第二天便接到西垣电话，要急于见我，时间定在下午两点半。

在东京秋叶原车站吃完午饭时间还早，我坐在附近的吃茶店喝咖啡，无聊地看着从窗外走过的行人。男的，女的，美的，丑的，一二三四……数到二百多人时我已经很不耐烦，细想，尚不及“华北肃正作战”中，中国人被杀的二百分之一。

狗日的鬼子们！

在品川的医院里，我见到了西垣秀次。将河北老张送的土特产一一由包内掏出。

西垣将每件东西都看得很仔细，他最中意的是一种装在黑色草篓里的咸菜，他说多年不见了，还是这个样子，连口上系的麻绳，盖的红纸都没有变。

我说临州可是变了，变得现代化了，路宽了，房高了，人也洋了。我把在临州拍的照片拿给他看，他不住地摇头，说不是临州，不是临州。我从中挑出当铺的照片让他辨认。

他肯定地说，你搞错了，我从没到过这样的地方。

我说这是临州唯一的当铺旧址，不会错。

西垣又看照片，夫人也过来看照片。

西垣问，史国章——

我看着他的眼睛说，倒要问你。

西垣避开我的目光，沉默了半晌说，叶桑你是个厉害的人。我知道你去河北的结局就是如此。

西垣示意让他的夫人出去，看那女人轻轻带上门，他才对我说，从在研究所第一天看见你，我就知道你是有目的而来。

我说我想听实话。

西垣说，你知道我的病情吗？三度心衰，经不起任何冲击了。

我说讲出来你的心里就没压力了，不是冲击，是释放，你会像正常人一样健康。

他说他也这么想过，但他不能够，因为他是日本人，日本人有着自己的道德忠义观念。他说，战争中他是六支队少佐军官，驻扎河北临州，专门搜集八路情报工作。情报的提供者是史国章和几个联络小组。他常去刘三连的当铺找史国章，在那里也认识了老多儿，那个美丽无比的中国女人。老多儿梳着一条长辫子，未开言先露笑，他觉着就是古诗里罗敷女的化身，典型的中国古典美，他为此而倾倒。每回见了老多儿，都身不由己地颤抖，紧张，不知该干些什么。搁别的日本人，或许会毫不费力地占有了这个女人，但他不行，汉学世家出身的他深谙儒家的礼教规范，他不愿破坏眼前这个美好的物件如同不愿打碎一枚精美的玉盏。史国章与老多儿有着说不清道不明的关系，他凭多年的特工经验，在史国章身上嗅出了只有他和史国章本人才知道的味道。史国章送来的情报千真万确的准确，几乎没有过失误，但日本人又从中占不上任何的便宜，这是史国章欠高明的地方，以史国章的精明和他相比，略差一筹。

他之所以佯装不知，是因为他对这场战争的反感和厌恶，汉学精深的他对特高课也许是个工具，是难以寻觅的高参，但他毕竟是儒家文化的追崇者，这使得他有了明显的两面性。在执行任务时他无限忠于大日本帝国，忠于天皇，然而在内心的深处他将中国的儒家文化与日本的儒家文化作了认真比较。他认为，日本虽然也划入“儒家文化圈”内，却并没有理解儒教文化的实质。中国儒家把仁义礼智信作为重要美德，以“仁”作为统治国家的原则，待人处世的根本。“道之以德，齐之以礼”“志士仁人，无求生以害人，有杀生以成仁”，“仁”是一个至高无上不可亵渎的字眼。而日本则将孔孟之道走歪了，与儒家思想大相径庭的是他们将“忠”提到了道德的首位，儒家的以不违背仁而奉君，在日本则成了“以忠君而献身”。与忠相应而生的是勇，孔子说“仁者必有勇，勇者不必有仁”，日本的“忠勇”思想影响了整个民族的精神。战争的掀起，美其名曰为天皇陛下而战，为东亚共荣而战，为圣战而战。然而却不知“刑罚不足以畏其志，杀戮不足以服其心”。就连那独崇残刑的韩非也知“世有三亡，以乱攻治者亡，以邪攻正者亡，以逆攻顺者亡”。日本之举，貌似勇猛，其实必败无疑。“华北肃正作战”本身实则已显露出日军色厉内荏和穷兵黩武、孤注一掷的艰难。

在一个慵懒的午后，他放了在大厅学日语的孩子们，自己慢悠悠踱到西跨院，老多儿正在井台前洗衣裳，一双粉嫩的手在水里搓来揉去，这个美丽无比的中国女人，竟把他看得有些灵魂出窍。老多儿看见西垣，微微一笑，站起身闪出小院，再不露面，一会儿史国章进来了，把他让进套间。他坐在套间的南炕上脑子里翻腾的还是老多儿。老多儿的脸很美，洗衣服的姿势也很美，美人谁见了谁为之销魂，孔圣人也喜欢美女呢，“有美玉如斯……沽之哉，沽之哉，我待贾者也”，何况他一凡夫俗子。

在等待老多儿给他上茶的空间，他想应该为老多儿说点儿什么，于是鬼使神差，他讲了不日将去涉县的话，在他的思维深处，也是有意将这一情报透露给史国章。他的心里，已清楚不过地明白史国章会以最快速度将这一消息传递给某一组织。

他有意无意地说，史国章有意无意地听，谁都知道，彼此的精神都在高度集中，双方的额上都渗出了细细的汗。老多儿端来茶水的时候明显地感到了气氛的不正常，她看到西垣的脸色有些苍白，看到史国章端茶杯的手微微有些发颤。也就是说在几分钟之内，这间小跨院的套间里发生了一件不寻常的重要事情。

围剿涉县的失败已在西垣秀次的意料之中，在到达涉县的第二天，大扫荡情报是由临州保安队传递给八路的消息也传到他耳中。为此，日本人对临州采取了残酷报复措施，使临州保安队在一个上午便全队覆灭。

史国章成了漏网之鱼，或许是赵银匠记忆的错误，或许是史国章在危急时刻得以脱身。总之，在临州大劫之后，史国章还活着。

特高课方面对情报的泄露开始追查，史国章的存在对西垣秀次构成了明显的威胁。西垣秀次以“朋友”之名将隐匿起来的史国章约到刘各庄，借机予以逮捕，押到涉县。

在临去涉县之前，西垣与史国章在刘各庄的一间小屋里有过一次谈话。

西垣说，知道我会逮你，为什么还来。

史国章说，为了让你彻底安心。

西垣说，你得死。

史国章说，我知道。

西垣说，我本来可以让你在八路那边英雄一般地待下去，但那样一来，人们就会知道是北特警的西垣秀次把作战情况透露给共产党，共产党那边会很感激地为我严守秘密，这是我所不愿意的。关于在西套间的谈话内容你已报告给了你们的人，现在我想知道，关于具体谈话对象你是否已经报告给了你的组织。

史国章说，话是由人传过去的，为保护提供消息者的安全，他没有跟传话人谈及消息的来源。所以，八路军方面至今只知情报而不知渠道。

西垣说，如此甚好。这件事除了你我两个人，再没人知道，你一死，这个谜我将保存到永远。

史国章说，我知道你会这么做。我本可以不来，但那样，特高课会一直追查下去，难保你不受牵连，你毕竟为中国人做了件事。

西垣说，我是孔孟的子弟，我的观念跟上峰有差距。

史国章说，你反对杀戮，但你并不反对侵略。刚柔相济，你不过走的是柔的道路罢了，侵略的实质是一样的。你毕竟是日本人。

西垣说，史国章你是该死了。我为你们冒了这么大的风险……

史国章说，正为了感激你，所以我才来了。

西垣说，我会永远记着你。这个记忆只属于我一个人。

史国章这时把一双银筷子交给了西垣秀次，说是为了这次合作，特意叫人打制的。

西垣说，只要我活着，这双筷子便会日日陪伴着我，我用这双筷子向史国章君起誓。

史国章说，最后还有一个要求。

西垣说，请讲。

史国章说，给我一个痛快的死。

西垣说，行。

西垣说，把你后代的名字告诉我，有朝一日我会来找他们。

史国章说，我没有后代。

西垣说，还有老多儿……

史国章说，你永远见不到她了。

西垣说，只要她还在人世，我不会找不着！

史国章走到小窗前，临窗站了许久。外面是灰蒙蒙的天，一只雀儿在窗前的枝上梳理着羽毛。山野的风吹拂进来，掠过史国章又掠过西垣秀次，呻吟着，消逝在屋角……

第二天史国章被押往涉县。

审讯史国章的是宪兵队小队长柴田。这样的事用不着少佐西垣秀次出面。

拷打是严酷的，在城隍庙大鬼小鬼的塑像脚下，史国章被打得血肉模糊，死去活来。涉及情报的问题史国章一概大包大揽，问到消息来源便再不张嘴，任你水灌火烫，全无济于事。

柴田是个残忍、乖戾的家伙，他将史国章绑在庙门口的旗杆上，一边审问一边一刀刀地割肉。这招出乎西垣秀次的意料，在与共产党打交道的过程中，他深知这些人为坚守信仰可以付出生命的代价，撬开他们的嘴不是件轻而易举的事。但他绝没想到柴田能采取这样的逼供方式，特别是他看到柴田叫人将史国章的生殖器割下，托在手中细细欣赏的时候，他觉得不但违背了“给一个痛快的死”的应诺，也对不起西跨院井台前那个女神般的老多儿。

昏迷中的史国章透过血的帘幕隐隐感到西垣的到来，他开始点着名地痛骂西垣，尽管骂得恶毒又凶狠，却始终没将两人共同守约的秘密说出来。

这点令西垣秀次由衷地敬佩。

史国章死于柴田之手，追查线索到此中断。柴田被送往军事法庭。以后是对北特警人员的逐个清审，系列的改编，鬼子对自己的嫡系也产生了深深的怀疑。

史国章的死使西垣铲除了一切后顾之忧，北特警六支队伤筋动骨的改编并没有波及到他。在他的同行大部分被遣散到作战部队的同时，1943 年 10 月，他被调回北平本部，升任少将参谋，直到 1945 年日军投降回国。

我听了西垣的叙述半天说不出话来。他让我去寻找史国章，不过是去寻找一个过程，以证明 1943 年日军对涉县的合击，八路军确是得到情报而撤离的。这对撰史严谨的日本人来说是必经的程序，而实际这只是一种结果，对史国章的寻找，就是对过程的调查，这个过程的关键即是西垣本人，他为自己的撰史设了一个难题，即崇拜孔孟之道的他毕竟受到日本的集团精神约束。正如筑波湖畔，十九岁士兵山田墓前的那些樱花，连起是一片灿烂花海，折下却平淡无奇，没了精神。西垣这朵花，要牢牢生在枝干上，只要生命存在，就绝不游离，绝不飘零，即便在某个时候有些变色，但仍是一朵纯正的日本樱。

十

走出医院大门，天气骤变，东京湾海浪层层，狂猛地扑打在堤岸上，海风撕扯着我的衣裳，令人迈不开脚步。昏乱的头脑并没有因为风的敲打而变得清醒，一个问题反复缠绕着我：

城隍庙前被杀的究竟是谁？

我那美丽而痴情的婶母又是谁？

大风吹来使我站立不稳，我就近抱住了一棵大树。

大树随风摇曳。

（原载《小说界》1995 年 6 期）

霜

一

李养顺，不，现在应该叫上野太郎，正在东京上空盘旋。他把脸紧紧贴在舷窗上往下看，下头是海，与中国毫无区别的海，他心里有些没底，扭头看了看妻子，妻子王梦莲以同样的眼神回报了他。夫妇两人的心和他们本人一样，悬在无着无落的空中，悬在异域他乡，准确说是悬在家乡，悬在祖国日本的上空。

儿子李胜利正在一边没心倒肺地吃，他对那块飞机上发的臭奶酪很感兴趣。

女儿小春正全神贯注地欣赏刚刚由她身边走过的一个日本女人的服装，那眼神分明是直了。

李养顺有种说不出的无奈。

王梦莲则一直在为离别的情景而伤感，两个小时了，她的情绪还没有转换过来。她在想临走时她妹妹沏的那杯香茶，她还没喝就被丈夫拉着拽着走出了家门，当时那杯茶正冒着热气，散着茉莉花的香味儿。她想是该喝一口的，那时她也是有些渴了，却没喝，没顾得上喝，成了遗憾事。她明白，在以后的时间内她很难再喝得上用地道的中国水沏的茉莉花茶了。

那杯茶现在大概还没凉透。

中国、日本的距离其实并不遥远。

王梦莲有些伤感，她做梦也没想到自己会嫁个日本人，还心甘情愿地为他养了两个孩子。现在都讲回归，她和搞清身份的丈夫日本人上野太郎也回归了，回归到中国人并不陌生，甚至带有几分仇恨的国度日本。她嫁给李养顺的时候，李养顺是废旧物品回收公司的司机，没人知道他是日本人，连他自己也不知道。谁也没想到婆婆在临辞世的弥留之际说出一段让人惊异的话来：

李养顺是日本人留下的孩子，姓上野，家在日本东京大田町，母亲叫上野秀子。1945 年 8 月 16 日上野秀子在逃回日本的途中，在一个叫芳井囤的地方把亲生儿子太郎送给中国人赵玉英抚养。赵玉英就是李养顺后来的妈，那个太郎就是今天的李养顺。

1945 年夏天，日本人在东北已处溃败局势。驻守芳井囤以南的日本特别军事部队三分队在撤退前夕对近在咫尺的小村芳井囤进行了毁灭性的铲除，原因是小村的人对部队几年来惨绝人寰的实验有所觉察。

夜里，日本人包围了芳井囤，将全村百十口人集中到水井边，那天，赵玉英抱着半岁的儿子小顺也站在人群中。

鬼子军官戴着眼镜，模样并不凶恶。他说："列位，我们做了七年邻居，七年来我们和睦相处，互相关照，充分体现了日中亲善、共建大东亚共荣圈的合作精神。我爱你们，今天来和你们做最后的告别。由于武运不佳，我大日本军队在它辉煌的战史上第一次挂上了耻辱的牌子，作为日本军人，我们蒙受了最大的屈辱和痛苦。日本是战败了，但大和民族的武士精神永存，一旦战神苏醒，我还会再来这里，来吊唁诸位……”不知谁说：“鬼子这是要杀人哪！”人们骚动起来，有人想夺路而逃，有人过去要和日本人拼命，赵玉英夹在人群中被冲来撞去，恐惧又绝望，她紧紧地搂着儿子，不由自主地蹲下身子。

几乎没有什么思考时间，枪就响了，周围呻吟一片，有血溅到她脸上，很热；有人重重地砸在她身上，她突然觉得左胸一阵烧灼，紧接着便沉入一片黑暗之中，什么也不知道了。

赵玉英醒来时，天色已明，沉寂的空气里满是焦煳与血腥，热风吹来，草木灰扬了她一身。她艰难地爬起来，茫然地看着远处，远处的山冈、原野、蓝天，那是她日日看惯了的；再看眼前，眼前的血污、尸体、废墟，是她从未见过的。她在尸体中寻找她的亲人，丈夫、公公、婆婆、小叔……一具尸体一个不屈的灵魂，一笔永不能忘的血债！

终于，她明白了，芳井囤一百四十七口人，只剩下了她自己。

她疯了一样沿着无边的玉米地奔跑，没有眼泪，没有思维，满腔愤怒化作一片空白，化作沉重的铅堵在胸口。

胸口很疼，她低下头来才发现怀里的小顺，小顺闭着眼，安静地睡着。她唤了几声，孩子没有反应，她慌忙停下来，将孩子平摊在腿上，找遍了孩子全身也没找到伤口，她哆嗦着，不知所措。她发现自己的左胸在流血，查看伤口，一颗子弹嵌在肉里。猛地，她意识到了什么，她在儿子的头上仔细寻找，果然在小顺的发际处，有一进一出两个洞眼。

儿子用自己的身体阻挡了子弹，用短暂的六个月的生命换取了她的生存。

天地旋转。

泪由她布满血丝的眼里涌出，滴在儿子小顺身上，滴在八月热风吹拂的玉米地里。她觉得现在就是一头碰死也挽不回儿子的生命，就是把那些杀人的鬼子撕烂也解不了心头之恨！她和她的家人，她村里的男女老少为什么要承受这样悲惨的事情呢，他们招谁惹谁了！

是啊，招谁惹谁了呢，一个早晨，一百四十七口人连同她的孩子就呼啦一下全没了。

想不通，她就哭，只有哭才能发泄她内心的仇恨与悲哀。

许久，她听到了身后有哗啦哗啦的声响。

一个背着孩子的精疲力竭的日本女人正跌跌撞撞向她走来。

日本女人是循着哭声找来的，她似乎是在寻找她的同类，及至见到抱着孩子，浑身是血的中国女人，不用问，她也明白了是怎么回事。她转身想走，这里不是她待的地方，但中国孩子头上的枪口使她迟迟迈不动脚步。她趋步走到中国女人跟前，将头碰在长满玉米根须的土地上，用并不流利的中国话说：“对不起……”

对不起？难道仅仅是对不起吗？面对着日本女人，赵玉英一阵狂怒，一阵窒息，她像一只凶狠的母狼，灵巧地翻身跃起，向猎物扑去。

日本女人惊呆了，在她还没有反应过来时已被对方推倒在地，肩上一阵剧痛，一块肉已被咬了下来。她踢腾着，用手使劲掰卡在脖子上的那双手，喉咙里发出了含混不清的声音。她听到自己的喉头骨发出咯咯的脆响，眼睛里迸出片片金星，继而生命变成了若有若无的意识，渐渐模糊、苍白、淡化……

很遥远地，日本女人听到儿子太郎的哭声，心里一颤，眼里滚出两行热泪。刹那间，脖子上的手也松弛了一些，哭声由此变得清晰、真切。

无论中国还是日本，小孩子的哭声都是一样的。

无论日本还是中国，母亲的心都是一样的。

孩子的哭声同样震撼了另一个母亲的心。

那个因为哭泣而救了母亲生命的孩子就是今日的李养顺……

李养顺养母赵玉英有名有姓，有时间有地点，准确无误地叙述足见记忆之深。老太太默记了一辈子的事到临死才松口，才将实情相告，这才有了后来的寻亲，有了今天的回归。

依着李养顺本意，回归不回归已不是主要，都五十多岁的人了，在哪儿生活都一样。但从日本寻来的叔叔上野胜治不答应，叔叔说："你是上野家的长子，长子流落在国外不但给上野家丢人，也给日本国丢人，你得回去。"胜治叔叔在中国当过兵，会扯些半通不通的中国话，还自认为是中国通。儿子胜利也极力怂恿父亲回日本，他是听说日本有家产可以继承才坚决要回去的。他在汽车配件商店工作，是临时的，二十了，还没找到合适的职业，所以他对日本抱的希望很大。出国才有发展，这是他和他的一帮朋友的普遍认为。女儿小春是医院护士，她的意思比较折中，她觉得这不是家家都有的机会，父亲不妨去看看，那边好了，大家都过去，不好了，父亲还可以回来。叔叔不同意，叔叔说："要走就都走，彻底地走，不留后路，勇往直前，这才是日本人的精神。"大家向李养顺要主意，李养顺就看王梦莲，王梦莲犹犹豫豫地说："这是要连根拔啊……"

胜利说："连根拔就连根拔，海那边也是祖国，我们不能老在国外待着，爸您说是吧？"

李养顺觉得儿子的话不中听，却又挑不出毛病。

一家四口就这么连根拔，从中国的土地上拔出来了。带着中国的气息，坐在"全日空"的班机上，飞往日本，飞往久违了的，应该说是从来没回去过的祖国。

王梦莲有一种初为人妇的紧张，她在脑海里无数次地想象过未见过面的日本婆婆，倨傲、威棱、挑剔、冷漠。她没有过与任何外国人打交道的经验，她不知能不能和那个叫上野秀子的老太太相处好。当然，还有那个叫上野贞子的弟媳妇。日本女人结婚后都随婆家的姓，梦莲想人们说不定也把她叫作上野梦莲，要那样她是无论如何也不能接受的。

看见了陆地，是许许多多红红蓝蓝的房顶，没见多少高楼大厦，跟中国也差不了多少，但广播里说脚下是成田机场。

日本的机场。

李养顺用手扶着窗玻璃喉头有些发紧，究竟是想起了五十年来的辛酸境遇还是重新燃起接近所依赖的生身母亲的亲情，连他自己也说不清楚。

儿子胜利比李养顺还激动，胜利看见日本简直要发狂了，“咱们到家了！”他呼喊着向母亲和姐姐告知这一消息，倒像他是这次回归的主角，飞机尚未降落他就迫不及待地站起来拿行李，被空姐制止了。

在儿子坐下来的刹那，梦莲有种失重的感觉。

二

“到家了。”

来机场接他们的胜治叔叔把车停在一座幽静的小院前回身向大家这样说。

没人说话，也没人动弹，李家四口有些发蒙，不知如何迈开进家的第一步。有美丽的中年女性从院里奔出，拉开车门，鞠躬，叽里咕噜说了一堆话。快而脆的陌生语言使车里的一家人更不知所措，大家望着不住点头哈腰的女人闹不清她是谁，她要干什么。

叔叔操着半生不熟的汉语向大家介绍说这就是李养顺的弟弟上野次郎的媳妇，叫贞子。梦莲脑袋里立即反映出“妯娌”两个字，她上下打量着贞子。贞子身上围着淡粉红的围裙，像是才从厨房里跑出来的，太阳地里的贞子皮肤显得很白，还涂了口红，眼圈是淡蓝色，头发高高地绾在头顶，碎花的连衣裙剪裁得合体又讲究，这一切是中国家庭妇女所少见的。梦莲推算贞子的年龄，贞子比她小三岁，今年该是四十七了，四十七的女人作如此打扮，看起来比自己至少年轻二十岁。

贞子向梦莲笑，向梦莲伸出手来。

梦莲把手也伸过去，梦莲第一个下了车。

另外三个人也跟着梦莲下了车。

大家随着贞子往里走，院子不大，却收拾得干净利落，有绿色的水池，有光滑的石径，还有修剪得很有现代派味道的高低树木。一望便知，上野家的女人是能干的，善于治家的好手。

胜利为精美的院落而暗自得意，这些在电影、电视上才领略到的舒心与精致如今很现实地就在眼前，胜利已经很有主人意识了，“这一切将来毫无疑问都是我的”。他想，他是上野家的长孙，叔叔次郎没儿子，只有一个女儿，按日本法律，他是这个院落的合法继承人，这些他在国内就了解得一清二楚了。他不傻，他知道自己在上野家的位置。

李养顺急于要见他的母亲，自从知道自己的身世之后，日本母亲在他心里一直是个谜。按日本叔叔的说法，1945 年母亲秀子把自己托给中国人抚养是极正确的选择，大人的生存已经到了极限，孩子跟着只有死……但上野家族不这么认为，秀子的婆婆，上野家的老祖母至死也不能原谅儿媳妇在危难时刻放弃上野家长子的作为。她认为这是秀子的失职，说秀子不配做母亲。尽管秀子反复解释太郎没有死，是寄养在中国人家里了，老太太却怎么也不相信她的话。老太太说：“战争中的日本人落到中国人手里，除了死没有别的出路，你再不要做孩子活着的梦了……”

……1945 年 8 月 10 日晚上，天很黑，驻扎哈尔滨的日本军队和家属陷入了极度混乱，滨江站的支轨上长长地排了一列列的专用列车。有消息说，苏联军队已逼近哈尔滨市区。军人及家属要立即登车，随军家属每人只许带两件行李，两件行李包括孩子，一切行动要争分夺秒地快，掉队者部队概不负责。

面对着苏联军队和愤怒的中国老百姓，谁都明白掉队意味着什么，人们都无言地收拾东西。

秀子背着三岁的儿子太郎，急匆匆从柜里抓了几个饭团就上车。秀子将才满月的小儿子次郎留在日本，自己带着大儿子太郎来中国与丈夫团聚。丈夫是部队军官，在这种时候他根本顾及不到妻小，他已经随着大部队于一个月前就开走了。

临开车时，上来个女军医，依次给每个人发了一个小玻璃瓶说："到了万不得已的时候请把这个吞下去。"秀子认识这个军医，她没想到年轻、漂亮的女军医竟能在光天化日之下干着魔鬼的勾当。她不知道，一旦她服下毒药，儿子将是怎么一个结局，总不能叫小孩子跟着她一块儿服毒吧？女军医看出她的不安，轻声说："这是部队自己配制的氰酸钾，只是两三秒钟就过去了，没有痛苦，小孩子也可以用的。"秀子望着女军医那张秀丽的脸，突然觉得阴森可怕，鬼气逼人，她没有勇气接那个小瓶。女军医拉过她的手，将瓶儿重重地放在她的手心里。小瓶如同一颗燃着的火炭，灼得她的手瑟瑟地抖。她从恐惧变为厌恶，她不允许任何人伤害她的儿子，她要用自己的生命保护儿子，一直到最后。

秀子一扬胳膊，将那个要置她母子于死地的小瓶使劲扔了出去。

女军医看到了，女军医毫无表情，继续分发她的药物。

火车开了，走走停停，晃了两天，后来停在了一个叫芳井囤的小站，再不往前走了。有士兵在车下跑，说前头已经让苏联人占了，这里就是终点了，让大伙儿早做安排。

谁都明白终点的意思。

火车一停又是两天，没有粮食，没有水，不少人支持不住了。这时，前面又传来消息说，开车的中国司机逃走了，中国人不愿意帮助自己的敌人逃跑。这消息令所有日本人感到绝望和恐怖，有人在低声哭泣，有人用头使劲撞车厢的板壁。傍晚，全体人员被赶下火车，面东而立，聆听天皇颁布的投降诏书。人们一边听一边掉泪，轰轰烈烈的一件事，就这么一下子完了，彻底完了，包括他们的生命。

有几个青年军人，当场解开衣扣，跪在铁路边，将锋利的刀扎进了肚子，内脏由腹腔流出，滑落在铁道上。秀子看见有人吞服了氰酸钾，并非如女医生说的“没有痛苦”，那个人挣扎了好一会儿才咽气；有一家人紧紧抱在一起，母亲拉响手雷，烟消人散，什么也没留下，地上只有一个坑；有军人用机关枪向人群扫射，人群一片片倒下，脸上竟溢出感激之情……

秀子靠在车厢里大口喘息，空气中弥漫着火药味儿，弥漫着血及尸体和内脏的恶臭。这里那里，车上车下，到处是衣物、兵器、血迹、肢体。苍蝇嗡嗡地飞，围着发绿的肠子，围着缓缓流淌的血，带着死的气息，叮在她身上，轰也轰不走。秀子再没什么可想的了，再没什么可盼的了，她开始在车内爬来爬去地寻找那个被她扔掉的小瓶。

在一个人的身底下她看见了女医生，女军医的脸青紫，满是血污，眼睛可怕地突着，她是被人掐死的。秀子一阵恶心，她在车厢里再也待不下去了，她背起太郎奔向漫无边际的玉米地。

她或许已有所预感，那里有她的儿子太郎唯一可选择的生路……

就要与母亲见面了，李养顺难以抑制怦怦狂跳的心，激动得脚步有些不稳。母亲给了他生命，母亲在最艰难的时候保护了他，他与母亲在八月的乡村土地上，在血里，火里滚过，他们同生死，他们共患难……

母亲！母亲！

一别五十年的母亲！

贞子将他们领进一座日本老式房屋，在一个叫玄关的地方脱了鞋就直接进入了正厅。

厅里，低矮的方桌旁坐着个瘦小的老人。

贞子说："这就是母亲。"

三

母亲前后摇晃着身体，一双大而无神的眼睛茫然地望着对面一无所有的墙壁，干瘪的嘴里时时发出"伊豆……伊豆"的奇怪声音。

李家人再一次蒙住了，谁都不知该怎么办。

李养顺看着单薄、虚弱的老人，诸多滋味涌上心头，他跪行几步，抱住老人的肩，叫了一声"妈"往下再不知说什么好了。

梦莲听过日本婆婆的事，也就是说，眼前这个瘦小的老人当年曾背着孩子在死人堆里挣扎，在玉米地里奔跑。以至她每每想起这位婆婆的时候都怀了女人的理解与同情，怀了无限敬意与感激，因为婆婆当年背上背的毕竟是她今日的丈夫。王梦莲亲亲热热喊了一声妈，过去攥住了老人的手。

母亲将目光由墙上收回来，看看李养顺，看看梦莲，又看看他们身后不住用中国话喊“奶奶”的胜利和小春，咧开嘴笑了。

母亲问李养顺：“你是谁？”

李养顺没听懂，叔叔在后面替他回答：“是太郎啊，秀子姐，太郎回来了！”

“是太郎？”母亲侧着头好像在仔细回想。

李养顺跪在母亲身边大声说：“妈，我是……太，太……郎……”

母亲说：“太郎死了，在品川让电车轧死了。”

贞子说：“不是那个卖竹竿的太郎，是咱们家的太郎，您日日想着的，从芳井囤回来的太郎，您不认识了吗？”

母亲说：“怎么不认识，他是太郎嘛。”

李养顺听出了“太郎”的发音，他高兴地回身对大伙儿说：“妈认出我了！认出我了！”

贞子说：“是老年痴呆症，一时明白，一时糊涂，这两年，家里这些人这些事她已经搞不清楚了。”

母亲看着李养顺，李养顺也看着母亲。李养顺希望母亲能就此想起更多，他甚至想到他的回归对母亲的病或许是个转机，说不定母亲会因此而痊愈，而神志清醒，而在她失而复得的儿子的爱护下做一个幸福、快乐的老太太。

母亲向他伸开手掌说：“砂糖。”

李养顺听懂了，母亲跟他要糖吃。

李养顺没有糖，贞子拿了一小块方糖放进母亲口中，母亲满足地、孩子一样地咂着。

李养顺心里一阵酸涩，他想他是回来晚了，他应该在养母一去世就回来，那样也许能给生母一丝慰藉，老人也许不至于病成这样……他很难过，母亲亲情充盈到他的血液中；这个在“孝悌为仁之本”道德准则下长起来的汉子，此时感到万般的对不住日本的母亲。

母亲对跪坐在旁边的贞子说：“来了这么多客人，快做饭吧。”

叔叔说：“这阵看起来还好。”

贞子说：“哪里，全是下意识。”

贞子起身去准备饭，这时上野家的二儿子，次郎下班回来了。

次郎一边在门口脱鞋一边大声说：“我回来了。”

这情景胜利和小春已在日本电视剧里看过多次，当时以为是台词，没想到家家如此，他们也学着次郎的语调说：“我回来了。”

奶奶突然在旁边纠正：“你们应该说‘欢迎您回来’，不能说‘回来了’，懂吗?”

胜治把老太太的话翻了过来，胜利说：“奶奶不糊涂啊。”

李养顺已经站起身在门口迎着次郎了。

两个男人蓦然相见，都不知如何举动，一时僵在那里。

上野次郎瘦高的身材，狭细的眉眼与李养顺有着血缘的近似，这使互相审视的双方都有了亲切之感。次郎一句“哥哥”还没叫出嘴，已被李养顺紧紧抱在怀里。李养顺拍打着弟弟的后背，激动得说不出一句话。几十年来他都是独子，都是他一个人挑着家的担子，他何尝不希望有个兄弟，有个他累了能帮他把担子换换肩的兄弟啊！现在，他的弟弟梦幻般地出现在眼前，温和、恭顺、端正、整齐，李养顺感到了满足，感到了手足之情存在的温馨与快乐。

次郎的眼圈也红了，他似乎比哥哥更能控制自己的感情，尽量不让情绪在脸上显露出来，不显得儿女情长是日本男人追崇的做派。他很不好意思地从哥哥的怀抱里挣脱出来，紧紧地攥住了哥哥的手。

李养顺把老婆孩子依次介绍给次郎。

次郎跪在榻榻米上认真地给嫂子梦莲磕了头，礼节周到得一点儿不含糊。

倒把梦莲弄得很不好意思，她在国内没受过这么大的礼。

母亲说："是次郎吗?"

次郎说："妈，是我。"

母亲说："今天是天皇陛下的生日吗？这么高兴。"

次郎说："是哥哥回家的日子，比天皇生日还要高兴啊。"

母亲说："老大回来了，是要高兴的。你们高兴，我也高兴，我饿了，从上星期到现在我还没吃过饭呢。"

这话李养顺一家自然听不懂，但次郎却很不好意思，他的脸一下红了，说："您怎么这样说呢，今天早晨您不是和我一起吃的早点嘛，火腿煎蛋，您忘了吗……"他又回身对李养顺说，"这种病，全世界也没办法。母亲在健康的时候老念叨哥哥，一到哥哥生日的那天，连饭都不吃……"

李养顺听不明白。

次郎摇摇头。

兄弟俩借助纸笔，通过叔叔这个劣等翻译，进行着艰难的交流。

次郎说他和母亲一直住在东京这幢老旧的房子里，他们喜欢这幢老屋，特别是母亲，死活不愿住到那“鸽子笼”一样的小盒子里去。她说要搬家将来太郎回来就找不到我们了，不能搬，就是我不在了，你们也不能搬。二战时东京一场大火，许多房子被烧成灰烬。上野家的房之所以能保存下来，全在于祖母，当四周火起时祖母疯了一样将屋周围的小房和草木全清理光，几乎要累晕过去了。祖母说，这所房是留给长孙太郎的，千万不能烧了。

次郎谈起在中国战死的父亲，谈起昂贵的日本财产继承税，李养顺才知道次郎继承这些房产已经交了近一亿元的税金。为了这笔钱，次郎变卖了家中几乎所有的值钱东西。原来有财产继承也并不是像人们想的那样简单、美好。

次郎说：“哥哥才到家，实在不该说这些，不过哥哥也不是外人，咱们家是老派的日本家庭，长子继承的规矩也是不能改变的。这些产业迟早要交给哥哥，现在很不合时宜地说出来了，请哥哥多多原谅。”

次郎说得很诚恳，李养顺非常感动。他说：“我不是冲着遗产回来的。我是为了母亲，为了圆她一个多年思念儿子的梦才回来的。我们有钱，政府每月发给我们生活保障金，足够我们用的。我也可以工作，完全能够自食其力，不会给你们添什么麻烦。”

他的话胜治叔叔一句也没翻译过去，叔叔对李养顺说：“该要的不推诿，不该要的不伸手，这是日本人的处世原则，客气话不是在任何时候都能说的。”

胜利认为这话说得很有道理，他很佩服父亲的这个叔叔。

李养顺认为才进家门就对亲兄弟留了心眼，这样未免不够坦诚。

说话之间贞子已经在厨房摆好了桌子，今天是她特意从“寿松庵”叫来的日本吃食，寿司。从她心里说，她是想让哥哥一家从踏进家门的第一天起，就切实感到真实的、老百姓的日本。她要和他们在这个院子里共同生活下去，这是一件让她一想起来就很激动，很高兴，又很难将感觉一下说清的事情。

上野一家围着桌子团团而坐，从不上桌的母亲也被安置在次郎的女儿、初中生理惠旁边。贞子反复交代理惠要多照管奶奶，千万别让奶奶噎着了。

理惠的情绪很低落。

在上野家的人为大儿子的回归而热闹而忙碌的时候，理惠一直待在她自己的屋子里，只是为这不得已的“吃饭”才走出了房门。她没有接纳新家庭成员的思想准备，特别是没有接纳“中国人”的思想准备。为这一帮中国人的到来，她学校的同学们已经偷偷讥笑她的“支那亲戚”了。那讥笑自然也将她包括在其中，使得她一下在同学之中“低矮”了一大截子。中国人穷，中国人脏，中国人落后，中国人没教养，与日本人是没法比的。而今后她将与这穷，这脏，这落后，这没教养紧紧连在一起。这个家再不是纯正的“日本”，而变得杂七杂八，这是她一想起来就要哭的事情。她没有她父母亲那理智的大度和宽容，她的喜怒哀乐都写在她的脸上，她不高兴就是不高兴。

对理惠的冷淡李家人都有觉察，李养顺采取的态度是顺其自然，梦莲则是没话找话地套近乎，小春和胜利索性是以冷淡对冷淡，对那个穿中学生制服的小丫头连正眼看也不看。

这使理惠对这对堂姐弟越发的没有了好感。

酒喝的是从中国带来的茅台，是李养顺为“回日本的家”而特意买的。

次郎只抿了一小口就说太冲，咧着嘴直摇头，用手使劲扇舌头。

大家都乐，母亲也乐。

李养顺虽然也在乐，心里却有点儿不自在。这瓶茅台是他一个月的工资，是他为了防止假冒伪劣，求单位出差的同事从贵州酒厂买来的。他爱喝酒，也能喝酒，但他这辈子还从没喝过茅台，这种酒不是他的经济能力所能问津的。但是颇费苦心为兄弟带来的酒，只落了个扇舌头的效果……

李养顺用目光扫了一下梦莲，梦莲递过来一个让人难以察觉的暗示：

别动声色。

胜治叔叔爱喝茅台，他不住地夸茅台的甘醇清冽，说这才是真正的白酒，日本的白酒跟它比简直就是洗脚水。

但无论怎么着，次郎也再不肯喝第二口了。

一杯好端端的酒，就白白地浪费了，李养顺有点儿心疼。

买来的寿司在漆盒里很精神地站着，每个小饭团上都顶着一样海鲜，鱼片、蚌肉等等，都是生的。小春从盒里夹了一个有晶莹黄珠子的饭团，咬了一口，全吐出来了。梦莲低声训小春太不懂规矩，小春则跑到水龙头前去洗嘴。梦莲怕贞子不高兴，赶紧把小春剩下的饭团搁进嘴里，上下牙刚一使劲，那些黄珠就都碎了，一汪水淌出，又凉又腥，恶心得她直往上反胃。

贞子正目不转睛地看着她。

她面不改色地把那口饭咽了下去。

贞子说："是生大马哈鱼子，很好吃的。"

梦莲点点头，她说要吃点米饭。

贞子给梦莲盛饭，梦莲用白米饭压腥，饭碗很小，茶盅一样的，一碗装不下一勺饭，梦莲吃了两勺饭，嘴里还不是味儿。当贞子第三次接过她的碗脸上露出难以抑制的惊奇表情时，梦莲立即意识到：吃多了。

厅里一阵响，理惠在大喊："奶奶把醋喝了！"

这时大家才发现母亲不知什么时候已经不在饭桌上了。

人们放下筷子来到大厅，只见老太太正抄着李养顺从中国带来的老陈醋往嘴里倒，黑褐的液体顺着嘴角、脖子往下流，宽大的和服上净是醋汤，空气中满是酸味儿。

母亲见大家过来，扬着瓶子说："伊豆！伊豆！"

次郎夺过母亲手里的瓶子说："妈，您这是干什么呀！"

贞子已经找来干净衣裳，她一边为母亲换衣裳一边说："妈只要见了瓶子，不管里面有什么都要喝，她已经有过喝避蚊水、清厕剂、色拉油的历史了，还被弄到医院洗过胃。现在闹得家里连香水瓶、眼药水什么的都要掖掖藏藏的，不敢让她看到。"

在近处细观，梦莲立即从贞子那张涂着薄粉的脸上看出了明显睡眠不足的疲劳。她说："这些年你也是累得很了，一个人管家、照顾病人，实在是不易，如今我来了，你也可以歇口气了，有些事情就交给我吧。"

日本女人跟中国女人一样，听不得软话，梦莲的几句话贞子已明白大概，她感动得直想掉眼泪。

次郎已将正房给李养顺腾出来，自己领着妻女住到西面低矮的两间木板房里去了。李养顺很过意不去，次郎说这都是暂时的，哥哥回来，哪有弟弟住正房的道理，让外人看了笑话。以后有时间还要与哥哥商量把老房拆了盖楼的事。

胜治叔叔拍着次郎的肩说："你看，还是有哥哥好吧，两人抬筐比一人担担要轻松得多喽。"

次郎说那是。

晚上，贞子和梦莲服侍老太太睡下。

大厅被纸拉门隔成三个小间，胜利和小春觉得很新鲜，这种变化在中国是没有的，于是两人就将隔扇拉来拉去，把三间的门一会儿推前面，一会儿推后面。

秀子奶奶躺在被窝里转动着脖子，用目光追寻着胜利和小春，咯咯直笑。贞子说："母亲许久没有这样高兴过了，这是个好兆头。"

梦莲说："可能会一天天好起来。"

贞子交代了一些事就回自己屋去了。李养顺两口子躺在榻榻米上如同躺在地上，房顶一下高了许多，满目是桌子腿和散乱用具，人的视觉变作了耗子，给人一种很怪诞的感觉。

庭院里，小池边，一盏日本式石头座灯发着蓝绿的光，那光射进房间，将屋内各样东西照得清清楚楚。

梦莲用胳膊碰了碰李养顺说："喂，这就是日本哪？"

李养顺说：“你当这是哪儿？”

梦莲说：“咱们这是躺在自己家里？”

李养顺说：“这是真正的老家。”

梦莲说：“我怎么老觉得跟闹着玩似的。”

李养顺说：“胡说。”

梦莲说：“我心里不踏实。”

李养顺说：“惯了就好了。”

梦莲说：“咱们明天干什么？”

李养顺说：“不知道。”

梦莲说：“明天当务之急是得去商店买米面油盐，咱们不能跟你兄弟在一锅里舀饭吃，再说也吃不到一块儿去。”

李养顺说：“刚到家就说分开起火……次郎会不会……”

梦莲说：“这是贞子提出来的，我们俩商量好了，妈跟着咱吃。”

李养顺说：“这样最好。”

母亲在隔壁已经发出了均匀的鼾声。

李养顺说：“睡吧。”

梦莲说：“睡。”

胡同深处传来一声苍老而悠长的吆喝：拉面……

四

日本的早晨，三点多钟天就亮了，李养顺睡不着，借机会仔细打量这座老屋。木的拉门木的墙，拉门外还有一圈封闭的走廊。屋内正厅明显位置有神龛，供奉着观世音菩萨和上野家历代祖先的牌位。神龛前一把军刀很威严地陈列在刀架上，与祖先和神在一起并列，当是上辈很重要的遗物。李养顺将刀从鞘里抽出，这是把开过刃的、锋利无比的军刀，虽然年代久远，却依然寒光闪闪，杀气逼人。

梦莲和孩子们也起来了，他们也为李养顺手中的刀所吸引，都围过来看。李家的人对这把刀并不感到陌生，他们在抗战题材的电影里见得多了。

依着胜利平日的性情，他早就会把刀抓在手里品评玩弄，但这回，他却连碰也不碰，抽着手在一旁直吸气。小春说这把刀虽然很好看，但是腥味儿太大，她说她在医院里干过，对血的气味特别敏感，这刀上的气味和手术室的气味没有两样。所以，这把刀是把见过人血的刀。小春的推断让梦莲害怕，她建议把它放到次郎房里去，李养顺说："我们昨天才到，今天就提出这样的要求，怕不合适。"

梦莲说："别忘了，你们老李家十几口人都是死在日本鬼子手里的。虽然你的老根在日本，但你是中国人养大的，我和孩子们不管怎么说也是中国人。中国人的屋里供着杀中国人的日本刀，我们不成了汉奸了吗？你想想，你妈能答应你？芳井囤一百四十多个冤魂能答应你？"

李养顺看了看那把军刀说："过两天我让次郎把它拿走。"

胜利说："爸，您跟我叔客气什么，咱们不喜欢就是不喜欢，这样的事要让国内的人知道了，人家不定怎么看咱们呢。"

李养顺说："这不是客气不客气的事，我得找机会说……"

小春说："爸，您真窝囊。"

梦莲说："你爸说得对，这事得找机会，反正这把刀是不能在这儿搁。”

小春拿块布把那刀盖了。

胜利说盖得不严实，又找了个毛巾被捂了。

神龛前堆着一堆毛巾被，有些不伦不类。

早晨贞子来烧香，把毛巾被叠了，搁在一边，贞子是个聪明的人。

当天晚上，次郎拿来一张照片给哥哥和侄子看。

是父亲的照片。发黄的照片说明了年代的久远，精美的装帧说明了家族的珍视。

照片上的父亲戎装打扮，目光逼人，戴着白手套，拄着神龛前的这把军刀站立在旷野之中。这旷野无疑是中国的旷野。

这是六十年前的父亲。

似曾相识。

这个形象对从中国来的李家人来说是太熟悉了，侵占东三省，攻打卢沟桥，南京大屠杀，华北大扫荡，到处都有这样的形象；《地道战》《地雷战》《平原游击队》《红灯记》里也不乏这样的人物，这是每一个中国人都清楚得不能再清楚的日本鬼子。但他却是父亲，是公公，是祖父。

李家人转不过这个弯来。

次郎指着照片说：“父亲年轻时是很英俊的，跟哥哥像极了。”

李养顺无法回答。

胜利说：“不像我父亲，像《地雷战》里偷地雷的鬼子渡边，那个渡边到底让雷给炸死了。”

次郎以为胜利在说上野家的祖父，点着头说：“就是的，就是的。”又指着刀说，“父亲是个称职的军人，靖国神社里还有他的名字，这是我们上野家的骄傲，千秋万代我们都应该记着他。”

如果李家的人能把次郎的话全部听懂，他们准会和次郎翻脸。但在当时李养顺们并没听出还有靖国神社一层，他们只从次郎对父亲的崇敬神态感到了彼此间感情上的距离，感到了那难以抹平的界限。

李养顺终于说出了让次郎把刀拿走的话。

次郎说：“这把刀是父亲用过的物件，是能避邪的，父亲的灵魂在那一个世界里随时随地会保护他的子孙们。”

梦莲和孩子们都笑了，杀过中国人的日本军刀能为中国人避邪，鬼才信。

次郎说：“刀是神圣的，只能供奉在神龛前面，否则就是对祖先的不恭。”

胜利说：“要是它非得跟神龛连着，您不如把神龛也一并搬走。”

次郎用目光征询李养顺，李养顺皱着眉头抽着烟，心情十分复杂。他是刀主人的儿子，他的血管里流的是照片上日本军人的血，但他又是喝中国人的奶水长大的。没有那个日本军人便没有他，没有中国母亲同样也没有他。他无法割断这血缘关系，正如他无法克制对父亲的反感，尽管他没见过父亲。然而他同样无法割断这如山一样的养育恩情，两者相比，孰重孰轻，他心里明镜一般。

李养顺说：“你还是把刀拿走吧，它摆在我的屋里不合适。”

次郎哇啦哇啦说了什么，没人能懂。

李养顺说：“我的老婆孩子都是中国人，你得理解我们的感情。”

次郎说："你是日本人，你必须记住你是上野家的长子。"

李养顺这回听懂了，但他装作没听懂。

胜利把刀从神龛前面取下来，递给次郎，次郎接过刀愣了半天神，摇摇头把刀又安置在刀架上。

胜利用中国话问："您真不拿？"

次郎肯定地回答："不。"

关于刀的交涉以李家的失败而告终。但这并不意味着事情的结束，李家人自有李家人对刀的处理办法。

梦莲将那刀和刀架一并用纸箱装了，悄悄塞到院中放置铁锹、花剪等的杂物棚里。她想，只要次郎那边不提起，就算默认，那刀就永不会在神龛前出现了。

第二天贞子早晨来烧香，果然没注意刀的消失，在李家四口的紧张注视下，她如同往常一样，将清茶供奉在龛前，将香点燃，轻击小磬，双手合十，默默地祷告之后就走了。

李家的人都松了一口气。

胜利和小春进了日语学校，两个礼拜回一次家。

梦莲以长媳的身份主动承担了每天早晨向神和祖先上香、进茶的任务，虽然琐碎，却多少可以减少有可能为刀而起的不快。

李养顺说这是权宜之计，不解决根本问题。

梦莲说走一步看一步。

李养顺不会说日本话，找了几个工作都不合适。在中国他是司机，但他的驾驶执照在这里却不算数，所以在日本他就成了闲人。除了开车他没有任何特长，他只好每天在院子里陪着母亲晒太阳，老太太倒是很高兴，可他心里起急，一个大男人不能就这么老在家待着啊。

李养顺找到回国者安置部门，希望获得帮助。安置部门的负责人说："你主动要求工作这很好，你们这些回来的人最关键的是要熟悉日本，不能游离于日本社会之外，你要有足够的思想准备。"

李养顺说他懂。

安置部门的人介绍他去秋叶原中华料理馆包烧卖。

五

李养顺跟在烧卖组组长山本的后头曲里拐弯来到了地下室，山本因为会说中国话，所以公司才让他管理这个以归国者为主要劳动力的烧卖组。山本对李养顺说：以后上班只能走地下室边门，不能像他今天一样走正门，正门是给顾客们走的。另外，下面的操作人员严禁穿着工作服在店面出现，那样会影响顾客的食欲。李养顺应着，心里却想着国内他们公司门口饭馆里掌勺的老王，老王跟大伙儿极熟，往往炒完菜穿着油渍麻花的围裙就出来了，跟他们和一切老王看着顺眼的吃主干杯。大家都觉得这样很好，很痛快，自家人一样的熟络，所以，小馆儿的生意很红火。

在这儿竟不许走出操作间。

推开操作间的门，室内一盏大灯，五六个人在灯下正紧张地忙碌着。

山本组长说："秋叶原的烧卖不但要供店面销售，还要供应车站的食品销售亭，所以需求量很大。这就要求工人务必抓紧时间，充分提高工作效率，不能有丝毫懈怠。”

李养顺点头称是。

山本把他介绍给大伙儿，山本用的是他日本的名字上野太郎。李养顺听到这个名字很有些不惯，他还是觉得李养顺好。但在日本他就是上野太郎，他不能用李养顺这个名字在社会上干活儿，不能用李养顺这个名字领工钱。这里，人们只承认上野太郎，不承认李养顺。

李养顺用蹩脚的日本话说：“初次见面，请多多关照。”

案上的人们朝他点点头。

六个工人，一多半是从中国回来的残留孤儿，所以在语言上并没多大障碍。山本是土生土长的东京人，至今还没出过国，据他说他最远到过热海。热海在哪儿李养顺不知道，离东京有多远他也不知道。揪面剂儿的柴田告诉他，热海到东京就跟北京到保定差不多。

李养顺后来知道，柴田在中国姓孙，是体育教练。

山本的管理很严格，他老想让烧卖组成为全店最出色的小组，但那也只是他的一厢情愿。他制定了组内诸多不许，条款达二十项之多，细致到诸如不许穿工作服上厕所，不许揉眼挖鼻孔，在案前不许吧唧嘴之类。

烧卖组每天上班前都要背诵条规，就像“早请示，晚汇报”一样，这令李养顺很别扭。做烧卖从和面到调馅全是手工，山本说手工能卖高价钱，日本人不喜欢机械化生产出来的东西。李养顺的工作是擀皮，在国内摸惯了方向盘的手一捏起柔软细腻的面团就发颤，不是擀大就是擀小，大了装馅多，赔本超重，小了分量不够，问题就常出在他身上。店面经理下来找过几次，山本在经理跟前“哈依！哈依！”像个孙子，但是，经理一走，山本转过来就训他，就跟训儿子似的，一点儿不留情面。

李养顺说他不是机器。

山本说：“不是机器是什么，干了这么长时间你难道还没明白过来吗？秋叶原本身就是台大机器，烧卖组连同上头那些端盘洗碗的，包括经理在内，都是这台机器上的零部件。”

尽管山本有关机器的论述很精辟，终归是解决不了薄厚问题，李养顺就被调去做最后一道工序装盒。山本对组里其他人说：“这个上野，是个弱智，连包烧卖这样简单的工作也做不了，真可怜极了。”

李养顺并不为此动火，他认为山本说的是“上野”，不是他，他是李养顺。李养顺在中国是个安全行驶几十万公里的司机，他李养顺在中国戴过大红花，受过首长接见，整个系统都号召向李养顺学习过，谁说李养顺是弱智！

但是他看不惯狗仗人势的山本。这样的人物国内也有，但不这么露骨，不这么嚣张，不这么拿着鸡毛当令箭。

李养顺一上班，最感不便的是梦莲，她不能去买菜了，那样会把老太太一个人搁在家里，谁知道会出什么事呢。

贞子倒是说过几次，说可以帮她把所需带回来，不必她亲自去跑，可那终非长久之计，有哪个家庭主妇每天将去商店这样的事交人代办的。

梦莲问贞子，原先贞子是如何安排这些事情的。

贞子说：“哪像现在这么自在啊，那时买趟卫生纸也要等理惠放学回来替换了才能去，多亏了你来……”

梦莲不能再说什么了，人家服侍了老太太几十年，自己才几天，有什么好说的呢。

这天中午，梦莲无论如何也要去趟商店，家里连酱油都没有了。正巧理惠没有去学校，梦莲就请理惠代为照看奶奶。

理惠听梦莲中国话日本话说了半天，脸上竟然毫无表情，嘴里竟然毫无表示。梦莲从厨房里拿出酱油瓶子以做辅助说明，理惠却一转身走了。梦莲真是有些气了说：“你这孩子怎么这样？”

理惠转过脸很鄙夷地盯了梦莲一眼，进自己的屋里去了。

留下梦莲很伤心地站在院子里。梦莲实在想不通，这个小丫头为什么看不起自己，看不起由中国来的他们这一家人。他们做错什么了吗？没有。他们得罪了她和她的家人了吗？也没有。一切的原因只是因为他们不是日本人，凭这，他们在这儿存在的本身就是错误。她想，大概还是胜利、小春们做得对，对理惠这样的压根儿就不要给她什么好脸，不要把她当亲戚看才是正理。

婆婆每天下午都要睡两个小时午觉，梦莲看婆婆睡着了便一路小跑向最近的商店跑去。她算好了，来回用不了半个钟头，再加上购买，四十分钟怎么也回来了，那样婆婆也还不会醒。

梦莲的时间抓得很紧，不到三十分钟她就回来了，回来时见自家门口围了好几个人，叽叽喳喳在议论什么。她走过去一看，原来是婆婆光着脚站在门外喊“伊豆”。婆婆穿着睡衣，白头发在寒风里飘散着，模样很凄惨。梦莲一见，赶紧把自己的大衣脱了给婆婆披上，说：“您怎么出来了，刚才不是还睡得好好儿的吗？”

梦莲的中国话邻居们自然听不懂，他们用异样的眼光看着这个中国媳妇，不满与鄙视是显而易见的。一个老头儿拽住梦莲衣袖说了许多，梦莲只会惶恐地向大家鞠躬，只会用刚学的日语说：对不起。

一个老太太指着垃圾站恶狠狠地向梦莲数落什么，梦莲照旧鞠躬说对不起。

邻居们冷漠的、不友好的眼神带有明显的居高临下性质，仿佛他们都是种族高贵的上等人，而她和她的孩子们则是从野蛮之地来的生番，是不配和这些人同在这条胡同里生活的一样。这点最让梦莲不能理解。

梦莲拥着婆婆走进院落，背后的那些目光针一样刺着她的脊背。

她不敢回头。

把母亲用厚被盖了，又塞了两个热水袋，她抱怨说："您不在家待着，大冷天跑到外头干什么啊！"

母亲说："伊豆。"

梦莲说："伊豆，伊豆，什么意思吗？您要真能说明白了我去给您找！"

母亲还是伊豆、伊豆不停地念叨。

理惠的影子在院里一闪，梦莲想，婆婆反常的举动莫非跟这个小丫头有关系？正思索间，一抬头，看见那把军刀不知什么时候又摆放在神龛前。

下班了，李养顺拖着因站了一天而变得沉重麻木的腿走出了地下室，登上了山手线环行电车。车里十分拥挤，再加上车顶挂着的花花绿绿的广告，更给人一种眼花缭乱的烦躁。李养顺疲倦地靠着门口的金属柱，懒懒地望着车窗外的景致，脑子里满是烧卖。

有人挤过来拍他的肩，他一看，是山本。他不想理他，山本则没心没肺地邀请李养顺去喝酒。

李养顺说不。

山本说日本男人没有下了班直接回家的，山本说："你急着回去干吗呢，抱着猫陪着老婆看电视吗？"

李养顺乐了。李养顺说："我只有老婆，没有猫。"

山本说："有老婆陪也是幸福，我现在是想陪也没人陪了。"

李养顺问为什么。

山本说他老婆死了。

李养顺问什么时候去世的。

山本说是上周三。

李养顺奇怪山本能将这样的事在班上瞒得滴水不漏，公私可谓分明。他想也就是山本吧，难道所有的日本人都这样？

中国人不会这样。中国人信奉的是人人为我，我为人人。甭说死人这样的大事，就是谁的家属有病了，在一块儿工作的同事也得去看看。

日本人的信条是：不给别人添麻烦。

李养顺决定跟山本去喝酒，因为他忽然觉得山本很可怜，活得也很不容易，也并不如自己想的那么坏。

喝酒回来，次郎在院里将李养顺拉住，次郎说："让生病的母亲光着脚站在大门口，上野家从来没有发生过这样的事情，既然母亲由你照料，你就应该切实负起责任来，把照顾母亲当作一件重要的事来做，不能让街坊邻居指责我们……”

李养顺迷迷糊糊地从次郎那严厉的表情、郑重的语气上感觉到不是什么好事。刚巧，胜利也在家里，李养顺就让儿子翻译，胜利不翻，反倒跟次郎用日语说了一大堆话，表情同样很严厉，语气同样很郑重。

次郎一气之下回自己屋去了。

李养顺问儿子跟次郎都说了些什么，胜利说：“我告诉他以后跟他哥哥说话得要客气，不能这么没礼貌。”

胜利将最关键的部分没告诉父亲，他怕喝得醉醺醺的父亲找他妈妈的麻烦。

李养顺问：“日本话还有那么多规矩？”

胜利说：“那当然，以往他跟您说话都挺客气，偏偏今天不，您不懂日语自然听不出来，会日语的人一听就听出不对头来了。”

李养顺说：“敢情还有这么大差别哪？”

胜利得意地说：“我这些日子的日语难道是白学的吗？”

李养顺问：“那你刚才是怎么跟你次郎叔叔说的？”

胜利说：“以牙还牙。”

“放屁！”李养顺火了。

胜利说：“放屁也是替您放的。”

李养顺说：“你去给你叔赔礼道歉去！”

胜利说：“让他先给您赔礼道歉来。”

小春在一边说：“赔什么礼呀，我妈那儿正包韭菜馅饺子哪，煮出来我给端过一盘去，什么事也没有了。”

第一锅饺子煮好了，梦莲让小春端了一盘给次郎，另一盘端到母亲跟前。

李养顺在母亲的饭桌旁坐了下来。

母亲狼吞虎咽地吃着饺子，看样子就像几天没吃饭的人，李养顺将盘子往自己身边拉，他怕把母亲烫坏了。他说：“妈，您慢慢吃，锅里还有。”

母亲将盘子由李养顺手里夺回来。

李养顺说：“您一次别吃太多了。”

母亲不理他，一口一个地往嘴里塞饺子。

…………

一家人正吃得高兴，小春将饺子又端回来了，她说：“我叔说了，上野家的人都不吃韭菜，嫌有味儿。”

梦莲心里咯噔一下。

李养顺说：“不吃就不吃，搁那儿。”

梦莲说：“他还真生气了呀！”

胜利说：“岛国人的岛国意识，小肚鸡肠，他们这是集体的排外，明着也说我爸是日本人，其实心里根本不认可。早晚有一天，我得彻底造这个社会的反。”

小春说：“这不是社会的问题，这是国民性的问题。”

胜利说：“社会是由国民组成的，现在回过头来再看中国人，简直太可爱，太憨厚了。什么叫博大胸襟宽广胸怀啊，中国人就是。”

李养顺说：“咦，那把刀怎么又出来了？”

梦莲说："不知是谁又给摆那儿了，待会儿我把它拿走。"

小春说："我看，拿不拿不是主要的，主要的是咱们应该找房搬走。"

梦莲说："搬走了你奶奶怎么办？"

小春说："带着。"

胜利说："那不行，那叫逃亡，咱们要在这儿站住脚跟，咱们要当眼中钉，肉中刺。"

梦莲说："你们胡说些什么呀！"

李养顺低着头坐在桌前一言不发，他的脑袋里乱糟糟的。

半夜的时候母亲喊肚子疼，问还有哪儿不舒服也说不清，李养顺只好叫起胜利和他一块儿陪母亲上医院。原本还想叫上次郎，但梦莲说："算了吧，他叔叔明天还要上班，别惊扰他了。"

爷儿三个走后，梦莲一查看厨房，才发现橱里的剩饺子不知什么时候已全部告罄，便料定是母亲趁大家睡觉时，起来偷偷吃的。大冬天，那些凉饺子吃进肚里，焉有不难受之理。梦莲想，明天得让儿子在橱上加把锁，今天老太太也就是吃几个饺子罢了，要是吃了其他的什么就麻烦了。

凌晨一点钟，李养顺背着母亲回来了，母亲在他背上沉沉地睡着，腿一甩一甩的，像个小孩子。

梦莲一问，果然说是吃多了。

胜利说："老太太真可以，路上杀了她似的喊肚子疼，我和我爸轮着背，使劲跑，到了医院大夫还没检查完，她倒呼呼睡着了。"

梦莲问："没开点药？"

李养顺说："开了，酵母片。"

梦莲安排母亲睡下，自己钻进被窝时天已经快亮了，李养顺说："睡吧，还能躺三个钟头。"

梦莲说了在橱上加锁的事，李养顺已经睡着了，梦莲刚一迷糊，胜利就过来将她摇醒说："妈，我奶奶那边不大对劲。"

梦莲两口子一听，急了，顾不得穿衣服，奔到母亲跟前，李养顺不住地喊"妈！妈！"那声儿也变了。

母亲见他来了直笑，用被把脸盖了，只留一双眼睛，低声说："不好意思得很哪。"

李养顺惊奇地回望胜利。

胜利哧溜一下，缩回自己房里去了。

梦莲掀起被子，一股恶臭扑鼻而来。

母亲拉了一床。

早晨，李养顺揉着惺忪的眼睛上班去了，梦莲在院里洗涮被单，天很阴，要下雪，这使梦莲很担心厚厚的褥子会不会干。

贞子过来帮她，贞子说："忘了告诉你呢，以后你要把垃圾挑出来分开放，三五倒可燃性垃圾，二四倒不可燃性垃圾。你不知道这个，所以邻居们都有意见了。还有，这也是种病态吧，母亲一到变天就要闹肚子，昨天夜里天阴了……"

梦莲张了半天嘴，那个"啊"字到底也没啊出来。

六

查询银行转发下来的生活补助金，少了十四万。梦莲到有关部门询问，公务员说李养顺在秋叶原的公司有收入，补助金必须将这笔钱冲掉，才符合国民最低生活保障法的规定。

梦莲说："这么说，我们干和不干拿的钱一样。"

公务员说是这么回事。

梦莲说："那我们起早贪黑地上班图的是什么？"

公务员听不懂。

梦莲回来把情况向丈夫说了，李养顺说："哪能不工作呢，那份补助钱老拿着你不嫌丢人？"

梦莲说："丢什么人，大日本国把你丢在中国几十年都不嫌丢人，你拿它几块钱倒怕丢人，这钱不拿白不拿。"

李养顺说："靠国家养活，总不是长久之计，咱们还得自己发展，咱们得挣自己的钱。小春说得对，咱们得有自己的家，咱们把妈接出来过……"

梦莲说："你不是说这儿就是家吗？"

李养顺说："我没说它不是家。"

但是秋叶原的工作越来越不好干了，说是能挣到十四万，但扣去厚生年金，健康保险，雇佣保险，社会保险，居民税，所得税，到手不及十万。而最低生活保障的扣除却是按十四万扣，也就是说，干得越多，挣得越少，这不能不让李养顺细细考虑了。烧卖组的归国者们纷纷另谋出路，老孙去了四国的蜜柑园，老常去了鹿儿岛，组里由一些新来的"残留孤儿"顶替了。只有山本还一如既往，很认真地让大家继续背条款。

家里也发生了变化，女儿向大家宣布，她已正式改名叫上野春子，说是为了好参加明年春天的女子短大考试。她要学家政学，她觉得在女性家庭管理方面她的知识太缺乏，女人最好的归宿是找个好婆家，她为此要做好充分的准备，因为她已经不年轻了。

儿子整月不着家，谁也说不清他在外头干些什么，也不向家里要钱，他说他打工完全能养活自己。据说是和几个归国者的子女在搞什么摩托车的推销工作，也有人几次看见他傍晚时分和一群年轻人骑着大摩托，轰鸣着，在街上横冲直撞，按日本人的说法是成了“暴走族”的一员。

李养顺感到自己对孩子们的监护能力正在减弱，正在丧失。他和他的孩子们的距离正在拉大，这距离不是中国人常说的那种“代沟”，这是另外一种比代沟更可怕的东西。在他和梦莲正与日本社会，与上野家族艰难磨合的时候，他的孩子们却过了语言关，渐渐地与这个小小的经济发达的岛国相互融合，从言语做派到穿着打扮，从思维方式到价值观念，都潜移默化地有很大改变。他们已经不是对“奶酪”和“新鲜服装”感兴趣的中国人了，他们变成了日本社会的一分子。

梦莲终日为红盐白米操劳，为婆婆的吃喝拉撒忙碌，为垃圾的可燃与不可燃伤神。贞子偶尔也过来帮着料理婆婆的一些琐碎事情，终是没有他们刚到时那么热情。

那把刀晚上被梦莲拿到走廊的拐角，白天照旧摆放神龛，政治上的心理厌恶早已被由此麻烦而产生的厌恶所替代。依着李家人的想法，这把上野家的祖传宝贝刀实实已经成了他们的迟累，他们巴不得哪天让偷儿偷去。

但在日本好像见不到溜门撬锁的小偷，愿望也只能是愿望而已。

一天晚上，次郎拿着上野家的财产继承书、户口本、地契、房契、税单等等来到正房，进门就说来商量分家的事。

李养顺惊奇地说：“分家？怎么突然想起分家来了！”

次郎说：“上野利已经向区家庭裁判所替李养顺提出要求继承财产的诉讼……”

李养顺急切地问：“上野利是谁？”

梦莲在身后拉了拉他的衣袖悄声说：“八成是胜利。”

李养顺一下没了话，他结结巴巴地说：“……他，他怎么……也不跟我说一声……”

次郎从文件里抽出一张纸，推到李养顺跟前。

李养顺一看，那是1948年签发的“上野太郎死亡证明书”。

次郎说：“我并没有独占上野家财产的意思，哥哥的死亡证书几十年前就签发下来了，除了母亲，没有人再怀疑哥哥的死亡。父亲死后，我继承上野家的产业是事实，但那是迫不得已，没法选择的事。一亿继承税，岂是一年两年所能偿清的，到账还清的时候我也该进棺材了，下边该是我的孩子交继承税，这沉重的接力棒就这么一代一代往下传。在日本，祖父遗下篮球场大一块地皮，传到孙子手里竟放不下一张椅子了。哥哥是上野家的当然继承人，我今天来跟哥哥谈，就是请哥哥接受父亲留下的这笔财产，无论是全部还是一部分都行，请千万不要推辞。”说着将头碰在榻榻米上，大有哥哥不答应就不起来的劲头。

李养顺又气又急，他万没想到胜利给自己捣了这么个大乱子，把家里的事闹到了法庭，了得！

梦莲给次郎端来茶说："叔叔怎么想起说分家的话来，我们一大家子到日本来全仰仗着叔叔呢，我们给叔叔添了多少麻烦，增加了多少拖累，我们心里清楚极了，我们怎么会吵着跟叔叔分家要产权。这全是胜利那个混蛋，学了几天日语，就不知姓谁行老几了。他办这样的事，全瞒了你哥哥，所以，你别跟他一般见识。"

李养顺说："这孩子，主意太大，回来我得好好收拾他。"

梦莲又对次郎说："你们兄弟两个，分别了几十年，好不容易团聚了，才见面没两天就为产业的事闹起来，让外人看着也笑话不是?"

次郎说："财产归财产，兄弟归兄弟，中国不是也有亲兄弟明算账的话嘛。"

李养顺说："既是这样不如把话说到明处，上野家的财产，我一分也不要，房子我暂且住着，为的是母亲还在。待老太太百年之后，我立即带着老婆孩子搬到归国者安置中心去，过自食其力的日子。不为别的，就为给孩子们做个靠自己的能力艰苦创业的榜样。"说完，拉过一张纸写下了字据。

次郎说："字据不字据不是要紧的，法律上就不承认什么白条子。"

李养顺说："那你说该怎么办?"

次郎说："重要的是到区家庭裁判所收回起诉，否则我们下一步双方都得请律师。"

梦莲一听脸都白了，她说："打官司啊！别价，一母同胞兄弟，哪能动不动就上法庭，明天就让你哥哥上法院，甭管谁递的状子，咱们撤回来就是了。"

次郎说："撤不撤诉是哥哥的事，哥哥要是想把这场官司打到底，我也奉陪。”说着取出十五万元搁在桌上说，“这是母亲这月的生活费。”

次郎走了。

李养顺夫妻俩坐在桌旁你看看我，我看看你。

最后梦莲叹道：“这是什么事啊！”

胡同深处，又传来“拉——面——”的吆喝声。

李养顺披上衣服走出大门，冲着寒风中热气腾腾的面车喊道：“拉面！”

每天深夜，卖面的老汉都要推车从李养顺的门前走过，面车的前头挂着一块“正宗中华料理”的牌子，理直气壮地在夜色中走来走去。

李养顺知道那拉面，知道那老汉，沿街叫卖了一辈子中华拉面的老汉不但不会说汉语，连中国在哪个方位也搞不清楚。面车上有玻璃罩子，点着一盏连在中国也很难见到的电石灯，仿佛唯此才能证明是中国。那拉面也徒有虚名，不过是机器轧面，现吃现下，在车后头的滚锅里转两圈就拿筷子挑出来，浇上面汤倒几滴香油撒几分胡椒搁一片酱肉抓一把葱花，闻着倒也挺香。常有串够了酒馆，晚归的男人在面车前停下来吃面，舌头不灵便地喊：多加辣油！也有开夜车的文化人或看深夜电视节目的闲人，推开窗户朝那电石灯喊：来一碗！

老汉都笑呵呵地把面递过去。

今天晚上，沉闷中的李养顺听到老汉的吆喝，竟萌生了一种想法……

七

李养顺虽然将诉讼书撤回来了，但次郎的冷淡态度并没有明显转变，他早出晚归，连李养顺的面也很少见了。有时来看看母亲也都是趁李养顺不在的时候过来，问候两句就走，从不多待。

胜治叔叔来过两次，说李养顺不该收回状子，他们回家时间不短，次郎在财产方面应该有所表示，这样拖拉沉默是不对的。从叔叔的话语中李养顺感觉到胜利在很大程度上是受了叔叔的撺掇，胜治叔叔是儿子上告的后台和支持者。

他搞不清楚叔叔和弟弟有过什么过节儿。他向叔叔提起刀的事，叔叔说："这把刀之所以到今天还有如此大的威慑力，让人一见面感到恐惧，说明使用它的人的勇猛无畏，这正是它的神奇所在。五十多年了啊，我和你的父亲到中国去打仗，那时我们的年龄就像今天的小春和胜利，兄弟俩一同穿上军装，一同登上'丸之内号'由横滨开往烟台。当年我们那种一往无前、视死如归的精神在现在的青年身上已经根本看不到了。为建立亚洲人的亚洲，为解放东亚，我们日本民族，我们上野家族，是付出了巨大代价的啊。"

李养顺突然觉得刚才感觉还很亲切的叔叔好像一下子变得很疏远，他的嘴唇动了动，不知该从哪里驳回叔叔的论点。

梦莲说："叔叔您说的可不在理，日本人光在南京就杀了我们好几十万人呢，怎么能说是解放我们呢？"

叔叔说："那场战争与其说是侵略，不如说所有的亚洲国家由此而从欧洲殖民统治下获得了独立，二战以后不是亚洲再没有殖民地了吗？这么看，你们的父亲是没有白死的，是值得全家永远纪念的，看见这把刀就像看见你们的父亲一样的了。”

梦莲说：“您的理已经歪得回不到正道上来了，我们老李家十几口人让日本人一夜之间都给杀了，我们心上的伤痛我们也会永远记着的。”

叔叔说：“我理解你们的感情，但这把刀在这儿已经摆放了几十年了，不能因为你们的到来而改变它的位置。”

梦莲说：“它的位置不能动，我们的位置是可以动的。”

叔叔说：“这话是什么意思？”

梦莲说：“就是这个意思。”

梦莲和贞子整日在院里抬头不见低头见，有时点点头，有时竟连话也没的说。梦莲总感到彼此之间隔着什么。贞子那种拒人于千里之外的客气和她的女儿理惠那种横眉冷目的不屑其实是如出一辙的近似，让人从心里难以接受。一种压抑的感觉使她喘不过气来，她不喜欢日本，这里不是她的家，她的家在中国。那里虽然穷，虽然破，但那里的人好处，至少彼此之间是平等的，没有高低贵贱之分。小春回来，梦莲将这种感觉说了，小春说：“日本人都是这样，刚接触时热得什么似的，烧不了三天就冷了。所有回来的残留孤儿都有这种体会，并不是您一个人。”

梦莲说：“他们怎么这样呢？”

小春说：“这就是日本，跟中国完全不一样，他们有他们自己的凝聚力和认同感。说白了就是不让您进入他们的圈子，不让您进入他们的范围。”

梦莲说：“我也没想进他们的什么圈子啊。”

白天，梦莲在院里晾晒国内婆婆缝制的小棉袄，贞子恰好路过，贞子说：“听说哥哥要去卖拉面？”

梦莲说：“只是个想法。”

贞子说：“经营饮食业必须有营养师的资格证明，否则不予批准。”

梦莲说：“是这样啊……”

贞子说：“在日本要挣点钱也不是很容易。”

梦莲问怎么才能拿到营养师的资格证明。

贞子说：“那要进入专门的职业学校学习，通过有关部门统一考试才行。”

梦莲听了以后心情变得很坏。从院里进屋，梦莲看见婆婆正坐在梳妆台前梳头，梦莲走过去将婆婆的头发攥在手心里，一下一下，慢慢地帮婆婆梳理着。婆婆的头发又浓又密，无一根杂色的白。这点，李养顺和次郎都很像他们的母亲。

“洗洗吧。”婆婆说的是中国话。

“哈依。”梦莲回答的是日本话。

一切都在下意识的不自觉中。

洗完头，梦莲赶忙用吹风机将婆婆的头发吹干，绾了个蓬松的髻，婆婆舒服地微闭着眼，任着梦莲摆布。

“有些累了。”婆婆说。

梦莲铺好被褥扶婆婆躺下了。她忽然觉得婆婆今天一切似乎都很正常，太正常了。她有些不放心，走过去仔细观察，婆婆已经睡着了。

变天了，一夜大风，气温下降，开始飘落雪花。

李养顺夜里起来两次，他怕母亲像上次一样，闹屎。

第一次看母亲，母亲睡着，睡得很香。李养顺将手伸进被里摸摸，被里干松松的，他放心地回自己屋里。

第二次看母亲，母亲醒着，睁着眼睛。李养顺从未见过母亲这种目光，这是一个正常人的清醒的目光，李养顺叫了一声："妈。"

母亲的嘴动了动，什么也没说，眼睛却一直不离开李养顺。

李养顺一字一字慢慢用汉语说："妈，我是太郎，五十年前您寄养在芳井囤的太郎。您还记得我吗?"

母亲用日语慢慢说道："伊豆一太郎……我记得……"

"妈!"李养顺的眼泪唰地一下流下来，将脸紧紧贴在母亲胸前。回来这么长时间了，母亲到今天才认出他，这个被称为祖国的陌生国度，到今天才认出了他。

母亲也掉了眼泪，一颗硕大的泪珠由眼角淌下，重重滴在枕头上。

"妈，往后您跟着我，我让您享福。"李养顺见母亲不说话，以为是她难过。

小春站在李养顺身后说："爸，奶奶怕是不好。"

李养顺一看，母亲脸上的皱纹渐渐平缓，呼吸也越来越弱，不禁大吃一惊。

梦莲说："胜利快往医院打电话！小春快叫你叔叔去!"

李养顺抱住母亲不住地摇晃，想让母亲再度开口说话。

一丝笑意停留在母亲的嘴角。

次郎闻讯过来了，他一边在门口脱鞋一边大声喊妈，又怕在榻榻米上跑震动了母亲，他索性爬着进来，扑到母亲身上“妈，妈”地叫，一声比一声高。见母亲的目光已经散淡，他抬起头惊慌地说：“哥！哥！”

“我在这里。”李养顺说。

听到哥哥沉稳的语气，次郎仿佛有了依靠和主心骨，他哭着说：“妈，不行了……”

“已经叫大夫了。”李养顺看着惊慌失措的次郎，深切地体会到了弟弟对他的依赖和作为上野家长子的责任。

“哥，怎么办哪？咱们怎么办哪？”次郎说，“妈不行了啊！”

李养顺说：“大夫已经在路上了。”

十分钟后，大夫来了，他检查了平静躺着的老人说：“已经升天了。”

梦莲说：“拜托您再仔细看看。”

大夫说：“病人呼吸、脉搏都已经没有了，瞳孔也已经扩散。”

贞子带着哭腔向大夫伏下身说：“请您务必再想想办法。”

大夫说：“秀子夫人死得很平静，没有任何痛苦，这点家属应该感到欣慰，夫人应该着手为新佛料理后事了。”

“料理后事……”贞子茫然地看着躺在褥子上的婆婆，不知该怎么办好。她的父母都健在，这样的事还是头一次遇到。次郎更没有经验，祖母去世时一切都有母亲挑着，不用他操任何心。可现在，要由他来办理母亲的丧事了，第一步该干什么呢……

梦莲比较冷静，在中国，她经历过三位老人的死亡，该怎么做她心里有底。她说：“当前要紧的是将母亲收拾停当，在家办起灵堂，然后通知亲友，再给殡仪馆打电话。”

一切按照梦莲的安排办理。

梦莲首先将母亲的发式照往常样式梳好，又让小春和理惠端来热水，拧出几条热毛巾，和贞子一起为母亲擦拭身体。

贞子想哭，梦莲说：“他婶婶你先忍着，按中国的规矩，眼泪不能掉在死者的身上，那样可不吉利啊。”

贞子就忍着。

贞子拿来事先为母亲准备好的和服。梦莲拿来中国婆婆做的小棉袄，两人商量的结果是都穿，棉袄穿在里头，和服套在外头。

高领的中式棉袄套在无领的和服里面，使停在灵床上的婆婆别有了一番风度。梦莲想起两个国籍不同的女人在芳井囤玉米地里的厮打与契约，想到眼前的和不在眼前的，想到做棉袄的和穿棉袄的两个妇人的命运，她再也抑制不住自己，坐在母亲旁边哭起来。到日本以后积压在胸内的郁闷、委屈、愁苦，都在这哭声中一泻而出。

男人们在外间一言不发。

早晨，李养顺打电话要的白菊花送到了，上百朵菊花将母亲围在其中，使气氛一下肃穆起来了。

午饭是叫的饭铺的荞麦汤面，简便又热乎。然后，梦莲安排理惠负责灵前的香花火烛，小春负责里外联络，胜利负责接待寺里来做法事的和尚，叔叔胜治负责殡仪馆事宜。至于李养顺和次郎，只需在母亲跟前守灵就是了。一件很大、很繁杂的事情让梦莲一处理，立时变得简单又明了，连李养顺也不得不佩服妻子的组织能力了。

次郎夫妇心里腾起了一种骨肉间的依恋亲情，他们没想到，兄弟间的这种感情维系竟是由于死去的母亲将他们紧紧连接在一起了。是死者在冥冥中的一种力量，抑或是心理的感应，很难说得清。

按日本的惯例出殡要穿丧服，男人为黑西服，黑领带；女人为黑衣黑裙。李养顺在这么短的时间内置办全家的丧服极不现实，大家都有些为难。

梦莲说："按中国的习俗戴孝吧。"

胜治叔叔说："这很好，秀子姐有灵，一定高兴你们这样做。"

邻居们赶来了，各家都送了礼。

穿着洁白中国孝服的上野家长子一家人在丧礼上引起的震动出乎人们的意料。李养顺和梦莲依着中国的规矩，给每一个吊唁者都认真地磕头，陪着每一个吊唁者掉眼泪。来自礼仪大国的传统风范使日本人感动，李养顺和次郎强烈的黑白对比给参加葬礼的人们一种说不出的感受，是负疚，是痛楚，是回味，是反省……

是一声长长的叹息。

殡仪馆里，棺材送进了焚尸间，上野家的人坐在厅里等。梦莲望着窗外，外面纷纷扬扬下起了雪，庭院里开始为雪所盖。

贞子走到她身后说："妈妈走了，没想到走得这样快。"

梦莲说："不是谁都有这样的福气。她这辈子也是很不容易。"

贞子说："幸亏我们没有遇上她那样的时代，我们不会背着孩子在异国他乡的土地上疲于奔命。"

梦莲说："我现在也是在异国他乡……"

贞子说：“这是家啊，你们已经到家了，怎么会是异国他乡？”

梦莲不想再说什么。

贞子说：“你们如果真要卖拉面，可以用我的名义……”

梦莲转过身吃惊地看着贞子。

贞子说：“我有营养师的资格证明。”

梦莲摇摇头，她说：“母亲不在了……我们想搬到归国者安置中心去。”

贞子惊奇地睁大了眼睛，一句话也说不出。

里面叫了，上野家的人进去开始用特意准备的长短不齐的筷子捡骨，那些骨渣要由亲人们用筷子一块块夹进骨灰盒里去。

骨灰烘烤着人们的脸，这是母亲最后的温热了。

室内很静，只有筷子的撞击声。

突然理惠发现放骨灰的圆台是可以升降的，当圆台降到下面操作间的时候，房屋中间恰似一口井。

“你说像什么？”李养顺追问道。

“伊豆。”理惠说。

“井。”胜利又用汉语重复了一遍。

人们纷纷停止了动作。

李养顺终于明白了，伊豆就是井，井就是芳井囤，母亲无论是健康还是生病一直都牢牢地记着：井！

井，母亲的儿子在那里！

井就是家，那里是太郎的家。

到家了。

不知是母亲回到了芳井囤还是太郎回到了伊豆。

（本篇原题《到家了》，原载《芳草》1998 年第 3 期）

雾

地气发，天不应，曰雾。雾谓之晦。

——《尔雅》

一

涌起了雾。

“阴阳之气乱而为雾”“冬行夏令则氛雾冥冥”，中国古代对雾历来没有太好的评价。现在那些飘荡的、泛白而轻柔的东西在四周游动，这边一团，那边一团，互相积聚汇合，拢成一片，越来越大，越来越浓，终于将前面的道路严严地塞实，直直地向人逼压过来。刚才还清晰铺展的田野，黑瓦白墙的农舍，这时全隐在黏稠的迷蒙之中，扑朔迷离，让人漂浮而慌乱。

一股腥气从车窗涌进，是雾的味道，很不愉快，很不舒服的气息。日本今年罕见的暖冬，使得本土的节气有点儿乱，有点儿说不清道不明的糊涂。有人说今、明年东京要有大地震，强度将远远大于1995年的阪神地震。不少单位已经做了防震演习，让各家贮存食品和水……东京人不怕地震，车站小摊上，吞食素面条的上班族照样稀里呼噜、狼吞虎咽；地铁通道来来往往的脚步照样敏捷快速、毫不迟疑；弹子房跳跃的小钢珠照样腾挪翻滚、涌出如水；暴走族的摩托照样横冲直撞、噪音轰鸣。的确，东京的人对大地隔三岔五的晃动早已习以为常，就是把油瓶子晃倒，锅里的炸大虾照样煎得吱吱作响。

这就是司空见惯。要是搁中国恐怕不行，脚底下稍微有点儿感觉，防震棚就小蘑菇似的在外头支起来了……

陆小雨放慢车速，打开雾灯，摇上了玻璃。

对面有大货车开过来，同样小心而谨慎。错车的时候那个司机探出头来冲小雨大声嚷，说前面三百米有故障车，没有打任何标志，让她千万别撞上了。她说谢谢。司机很夸张地冲她笑了笑，她也向司机很夸张地摆摆手。

于是更小心地开车，于是汽车摇摇晃晃地更走不出速度。

后座上的山田修子发出了声响，修子在说雾，说这讨厌的雾。日本人管“雾”叫“きり”，写出来都是汉字“雾”，念出来就是两码事了。这就像中国、日本两国人，看着都是黑发黄皮，都是五短身材，但一张嘴，一举手投足，就给人体味到那是俩概念，俩做派，截然不同。要不怎么一个叫中国，一个叫日本。

修子嗔着小雨到机场没有走高速，却绕道走这条乡下的小路，耽误了事。小雨跟她说不是绕道是抄近道，走高速早晨十回有九回要堵车。真堵了，在上头干着急，想下都下不来。

修子说早知道这样不如动用健二的飞机。

小雨说这样的天气，甭说飞机，连鸟也飞不起来，飞不起来的飞机就是一堆铁，没用。修子不再说话，她对小雨这样直截了当的说话方式有些不习惯。但是小雨不想改变自己，她在拿钱干活儿上一向顺从惯了，唯独这件事，她不想从一开始就在她与修子之间确定下一种雇与被雇的雇用关系。尽管她每天可以从修子那儿拿到三万日元的酬金，这对小雨来说可是一笔可观的数字。这样的价码在全日本来说也难找到第二份，比她在歌舞伎町的小酒馆干一个晚上要挣得多。说到飞机，小雨知道修子的丈夫山田健二拥有一架漆成粉红色的直升机，这位大企业的代表常常是亲自驾机在东京、在日本的上空飞来飞去。这在交通拥挤的大都市，自有它的便捷，有它的不可替代，当然这也惯就了能在天上飞不能在地上走的急脾气。去年冬天，修子的丈夫就是用这架飞机把修子和她由东北部的甲田山脉接出来的。记得那天傍晚，飞机降落到东京文京区的楼顶上，那种居高临下俯视东京的感觉，让人有种超越人寰的恍惚，有种极不踏实的、气球一样的膨胀。小雨很不喜欢那种感觉。

在某种意义上可以说山田修子是小雨的朋友。修子不属于那种闲置的、无所事事的阔夫人类型。她是一个有头脑，有热情，充满活力，热衷政治活动的妇女。自民党？社会党？保守党？抑或是共产党？小雨不知道她的政治派别，她从没说起过。小雨不关心政治，但小雨知道修子是她所在选区推举的国会众议院议员。虽说国会的议员有五百多人，作为五百分之一实在不太稀罕，但国会中毕竟妇女有限，在国会大厅那一片灰暗的男众当中，修子醒目的装扮是其中靓丽的一抹霞光。竞选议员，需要实力，修子从政的举动与她那位颇有背景的丈夫有何瓜葛，不敢妄加揣度。从另一方面看，一个妇女，敢在日本这个男性化十足的社会公开声称自己的观点，敢与那些舍我其谁、自以为是的骄横男人平起平坐，只这一点便让小雨很敬重了。

小雨是去年冬天在甲田山的小旅馆遇到修子的。那天下了大雪，汽车停运，小雨陪一个“朋友”去度假。那是一个很谨慎的男人，他要求小雨和他相差一天离开，以遮人耳目。客人走了，小雨却进退两难地被困在小店里，望着漫天飞舞的雪片只是唉声叹气。山田修子也住在旅馆里，独进独出的很神秘，常有个老得不能再老的老太太让孙女扶着，冒着雪来找修子，在她的房间里嘀嘀咕咕没完没了地说话。小雨觉着那个老太太像电影《望乡》里的阿崎婆，旅店老板娘说那的确就是阿崎婆，一个由南亚活着回来的另一个阿崎婆。

于是小雨想，跟栗原小卷扮演的角色一样，这个山田修子也一定是个杂志记者，甚至她们长得都有点儿像。

大雪封山，谁也走不了，寂寞的修子开始有一搭没一搭地找小雨搭话，在饭厅的桌上很冒昧地进行自我介绍。介绍过后的当天下午就端着小点心到小雨的房间来串门喝茶，这举止跟一般拘谨的日本妇女大相径庭，也不符合日本人的矜持，这大概就是山田修子的风格了。小雨告诉修子自己是中国人，是留学生。修子说她就喜欢中国人，她的外祖母就有着一半中国血统。由于外祖母的关系，两人就变得有些亲近，晚上，闲着没事，修子提了一大瓶子烧酒来找小雨对饮。日本人喝酒是干喝，用不着什么下酒菜，杯里搁个梅子，杯沿沾点盐就可佐酒。三杯酒下肚，小雨就感到了对方酒量的浅薄，修子脸色通红，眼睛细眯着，已经不大能睁得开。她背靠着窗户，在榻榻米上坐着，摆弄着手里的酒杯，一双腿伸得老长。看到小雨规正的日本坐姿，她有些不好意思，说她在美国华盛顿大学读过七年书，是个西方气味很浓的女权主义者。

“女权主义者”让小雨惊讶，小雨想，有过七年美国生活经历，有“女权”见地的女子只能是将腿伸得老长，而不可能有其他的坐姿。

修子说，吓着你了吧？

小雨说没有。

修子说，我只要跟人一说是女权主义者，大部分人都是你这种表情。

小雨说她没有什么表情。

修子说，你瞒不过我，我经历得多了。“女权主义”，日本女人把它看作洪水猛兽，看作半疯的女光棍，说到底日本的女性总摆脱不了东方思维模式的束缚，这正是我们的可悲之处。日本的许多优秀职业女性并不愿意以女权主义者的面孔出现，尤其惧怕“女强人”的称呼，你们中国何尝不是这样。

修子的话令小雨无言可答，她说在女性问题上，她没有过多研究。

修子说她是专门研究妇女问题的，具体说是研究“二战”期间日本慰安妇情况的。

小雨心里掠过一丝寒意，脸上现出几分不自在，她对修子说这是一个艰难的课题。修子说的确很难。说日本当局至今不承认有由国家征集慰安妇的文本，说那些所谓的慰安妇都是由民间卖淫业带来的妓女与军队一同行动的。有劳动省官员宣布，当时不管是劳动省勤劳局还是国民勤劳动员署，都完全没有参与慰安妇的活动……她目前在寻找证据……除了事实取证外，下一步，她还要通过内阁外政审议室，到防卫厅防卫所图书馆查证资料……

看来，修子的调查遇到了麻烦和障碍。

不便问她的年龄，从修子眼角细密的鱼尾纹小雨大概推断出，眼前这个精力充沛的女人，至少在四十岁以上了。四十岁的女人，在日本正是走出家门，干番事业的年龄。在日本妇女当中，藏龙卧虎，能人高人大有人在。

山田修子问小雨到山里来做什么。小雨说也是来搞调查，调查日本残留孤儿回国后的生活情况，准备写论文，她研究的课题也是“二战”范畴。

修子惊奇地说，中国人也研究日本的太平洋战争？

小雨轻声说当然。小雨说，这不是个愉快的工作，历史的疮疤会在我的手下再一次揭开，那汩汩的鲜血会再一次涌出，疼痛也会再一次让人战栗……唯此，才能站在人类学的高度对那场战争给予分析和评价，才能将“正义”“和平”两个词提高到应有的高度。

修子对眼前这个漂亮的女孩子多少有些刮目相看，修子说留学生的生活大概很艰难。小雨说是的，平时她在东京的一个小酒馆里打工，还帮着一些公司做翻译，以挣出昂贵的生活费和学费。有些话小雨没有继续说下去，适可而止地打住了。作为留学生，写论文、挣学费都曾经有过，那是两年前的事了。现在，她是留学生的散兵游勇，她不属于任何学校，也不要再学任何知识，她只是要挣钱，大大地挣一笔钱，腰包鼓鼓地回到国内，干她想干又爱干的工作。小雨是个有头脑的姑娘，她在一步一步地实现着她的人生计划，没有一天虚度。她不是没有文化没有档次的人，将来回国以后，她可以找一份很像样的工作，给年迈的父母在太湖边上买一栋房屋，给待业多年的兄长一笔启动的资金，给自己寻找一个如意郎君，郎君不必很富有，但他必须有品位……她相信，只要有钱，无论从生活还是事业她都会很成功。为此现在她必须付出代价，必须挣钱，在当人之前必须当鬼。小雨是个观念超前的女孩，她不是戴着老花镜读《烈女传》的老祖母，到日本八年，整个一个抗日战争，她不能白来。

小雨和修子在那个小旅馆里整整盘桓了两天，两天的时间，她们有机会做了充分的交流。直到修子的丈夫派人用直升机来接她，小雨才知道这位观念完全西化了的女性和报纸、杂志没有任何关系，这是一个有着财团背景的职业政治家，一个能吃苦，肯于调查研究，尊重事实的女性。

前天，小雨接到了修子的电话，修子请小雨帮忙，为一个叫张高氏的中国老太太做翻译。修子对小雨的要求很苛刻，要小雨一刻不离地跟着张高氏，因为那个老太太是来自闭塞贫困的中国乡村，不但没出过国，连城也没进过，身体状况极差。修子说她让张高氏来，是冒了很大风险的，各方面的安排都要很严密。

小雨说张高氏只是个姓氏，不是人名。修子说这个老太太姓张，叫高氏，护照上就是这么写着的。

小雨想象不来一个农村老太太在垂暮之年，带着一身病，跑到外国来干什么。修子说张高氏是来告状的。小雨问告谁，修子说告日本政府，张高氏是慰安妇。

…………

来者的身份出乎小雨的预料，小雨不想替修子做翻译了，也就是说不想帮这个忙了，小雨说她没有接触这件事情的思想准备……

修子说小雨的话使她听到了发自中国传统男性世界的声音，她为小雨感到失望。她说，韩国的妇女团体已经联合发出声明，要彻底揭露“二战”时期日本法西斯在韩国强征慰安妇的滔天罪行。一个叫金顺爱的老太太，已经带着一帮老姐妹找上门来了，要求日本政府承认战争罪行，给予每人两千万日元的赔偿。中国同样是受害国，日军对中国妇女的残害较其他国家有过之无不及。五十多年过去，残留下来的默默在生存线上挣扎的慰安妇已为数不多，到现在愿意抛头露面，站出来向日本讨回公道的人简直难得极了。张高氏是她做了很多工作动员来的，这是中国大陆方面的代表。下一步，她还要找中国台湾的，菲律宾的，俄国的，荷兰的……修子让小雨不要太紧张，说跟张高氏同机来的还有张高氏的儿子张大用，生活料理方面还有她的儿子照顾，不会费什么事的。

修子说张大用是张高氏丈夫前妻的儿子，造纸厂的干部，修子跟张高氏的联系，都是通过张大用来进行的。张大用与修子的配合很默契，也很积极，这次陪他母亲来日本，决心为他受尽磨难的母亲和日本政府打场官司。

张高氏今天上午十一点到达日本，小雨和修子要赶到成田机场接机，否则举目无亲、言语不通的张老太太下了飞机将是一团糟糕。

因为雾的缘故，两人一路上再没有话语，彼此的心境好像都有些沉重。到达机场已经近十二点钟，北京的飞机还没有到达，据说那边的天气也不好。修子松了一口气，脸色有些活泛，建议去喝咖啡。小雨拒绝了，说哪儿也不想去，就想在出口的椅子上安安静静地坐会儿，万一张老太太突然来了呢。

修子说，张高氏是个沉默寡言的人，她有性格缺陷，思维有点……有点……乱……

小雨说她料到是这样。

下午两点，张高氏由机场工作人员搀着走了出来，她的儿子，胖墩墩的张大用推着行李车跟在后面。

一个没有任何特色的中国老太太，个头不高，头发干涩，表情木然，行动迟缓。那件崭新的的确良大襟褂子，一看便知是临出国门才套上身的，宽大而硬棒，配上老太太那张狭窄的小脸，显得很滑稽。相比较张老太太的儿子比张老太太要突出，一身宽大的灰西服，扣子齐齐整整地扣着，猩红的领带是那一片人中的亮色。一双眼很灵活，人还没有走出来，眼睛已经朝接机的人群扫射了。小雨料定，这样的人物西服袖子上一定还得钉着商标，一看，果然。

修子拉着小雨迎了上去，很快她们发现有一批记者模样的人也呼啦啦冲了过去，抢在了她们的前头。这些人准确地将张高氏严严地围住，将她和她那钉着商标的儿子隔开。亮光嚓嚓一阵猛闪，摄像机在不停地转。这些人是什么时候来的，从哪里得到的消息，连修子也说不清楚。也就是说在她们等待张高氏的同时，这些人也在等待，在她们的四周不动声色地悄悄迂回，伺机出动，跟打伏击战似的。

张大用没想到会是这样一种局面，被挤出来的他显出了慌乱，先用英国话喊：“NO！NO!”又用醋熘普通话说“请让一让”，最后换了老家语调：“恁想干啥!”没人理他。

被袭击的张高氏显出了处变不惊的镇定，她站在众人面前，冷冷地看着黑糊糊逼过来的镜头，看着一张张充满职业的冷漠的脸，没有任何恐惧和退缩。修子和小雨被挤到张大用前面，同样不能靠近，张高氏完全成了人众中的孤岛。修子紧张地拨拉着众人，企图挤进去，但是做不到。张大用看到修子和小雨来接，大松了一口气，也不像刚才那般焦躁了，对小雨说，你是雇来的翻译吧？

小雨说是。

张大用说，日本人还很热情，来了这么多人。

小雨把脸转到一边，她不喜欢这个陪母亲来讨公道的张大用。

前面有人问张高氏这次到日本来，受助于哪个社会团体，最终要达到什么目的？问的人操一口流利汉语，简单明了，显示出了日本记者的功底。

张高氏目光直视前方，对记者的提问呈明显的不合作态度。

记者又问，你的丈夫和家乡人对你到日本的行为采取什么态度？

张高氏仍是无动于衷。

小雨真怕张高氏张嘴，她知道，张高氏一旦张口回答第一个问题，就会紧接着跟上第二个，第三个，五花八门的问题会一直问下去，把人问得言辞穷尽，尴尬难堪。就像是一层层剥你的衣服，不把你彻底剥光，绝不算完一样。日本的政治家们很有对付记者的方法，最根本的一招就是不张嘴。想不到张高氏也有此韬略，这倒不能不让人刮目相看了。

张高氏的眼神发直，小雨看到，老太太的目光在一个大而精美的广告上定格。广告上的面碗热腾腾地冒着气，面上的叉烧肉、绿豆苗清晰而逼真……

二

她把一切归结于那场雾，那场突如其来的铺天盖地的雾。

张英是在黎明的时刻醒来的。她嗅到了一股腥腥的湿润气息，是平原上的雾特有的气息。张英感到脸上有水，身上潮乎乎的，她活动了一下腰身，抬眼望，周围一片茫茫的白，一切都像浸泡在水里。

什么时候睡着的已经记不清，只记得为了摆脱日军的巡逻队，他们一路急奔，蹚过刷马河，来到了这片麦地。依着李金荣的意思还得往前走，至少要穿过北面那条公路才可以休息。但是霍文玉走不动了，他说再不歇他的脚就要让他疼死了。张英也说歇歇，都到下半夜了，料不会有什么事。李金荣看了看左前方黑沉沉的公路，听了听身后的水流声，要说什么，就在李金荣犹豫的一刹那，张英和霍文玉两个人躺在地上就呼呼地睡着了。

现在，醒来的张英坐在田埂上，面对着浓雾一脸茫然。她紧了紧腰间的皮带，皮带的环扣发出叮当的声音。

皮带是她离开县大队到根据地参加培训时郭队长送的。郭队长是县大队二分队的队长，是张英的救命恩人。郭队长把皮带给张英的时候告诉她，这是缴获的鬼子物件，是一条地道的军用皮带，系上它才像个八路女干部。张英接过那条皮带，心里突然冒出一股说不清的滋味，脸有点儿红……古铜色的带子，沉甸甸的，柔软而坚韧，闪亮的铜别扣，威风又气派。张英在郭队长的目光下把皮带扎上了，张英立刻就变得很老练，很有水平。

来到根据地，张英发现培训班的同学并不是谁都有皮带，穿花袄、穿土布对襟褂和缅裆裤的也大有人在。所以系皮带的张英在学员中就显得很精神，很出色。张英想将来抗战胜利了，她也要系着它，不解下来，就像培训队给他们上课的女老师上衣口袋里老别着一杆钢笔一样，很学问，很进步。张英知道自己永远也不可能在身上别钢笔，至今为止，她连自己的名字也写不好。根据地十五天的培训毕竟太短，十五天以后她和其他学员将被分配到敌人后方去，分散到各个村落，配合部队做群众工作，粉碎敌人的“五一”大扫荡。其实她对革命的许多事情，包括自己的名字“张英”还很陌生。也只是在根据地，她才知道有延安，知道除了县大队以外还有八路军和新四军。

张英原来叫张鱼儿，生她那天爹在滹沱河里逮了一盆小麦穗鱼，娘在灶台上烙了一摞玉米面薄饼子，全家人兴致勃勃地等着吃饼子裹小鱼儿。小鱼儿刚熟，她就落生了，让娘一点儿准备也没有。爹指着她说这就是一条滹沱河里捞来的小鱼儿，于是她就叫了鱼儿。后来爹死了，娘也死了，两个兄弟也死了，是被日本人活埋的。那天县大队正好从村里过，见她还有一口气，郭队长就把她从死人坑里挖出来，从此她就跟上了县大队的二分队，铁了心要打日本为爹娘报仇。不久县大队把她送到了八路军涉县根据地，接受培训，培训班女老师在登记的时候，将张鱼儿改作了张英。老师说“张英”是一个很有生气，很有时代感的名字，一听就是一个精明干练的女革命干部。

老师叫李英。

从此，没了张鱼儿，有了一个张英。

大雾中的张英顺着麦垄爬了几步，看见了霍文玉和李金荣。霍文玉的脚昨天晚上让河边的苇子茬扎烂了，此刻正抱着伤脚龇牙咧嘴。李金荣从霍文玉的裤脚上撕下一块，让霍文玉包了，霍文玉包了半天包不上。李金荣看不过眼，拽过霍文玉的脚三下五除二地缠，疼得霍文玉不住地哼哼。张英看见霍文玉的脚白嫩得出奇，比姑娘的脚还秀气，心想，到底是读书的，连脚也长得很文明。李金荣告诉他们，黎明时候顺着公路过去了一队日本兵，大约是一个小队。霍文玉问有危险没有，李金荣说没事，常规的巡逻罢了。

李金荣是个聪明能干的人，人活络也英俊，在县大队当侦察员，听得懂日本话，也有些保长朋友。跟谁，不论男女，都喜欢勾肩搭背，喜欢攀亲带故，认下的干妈干姐干妹子，不下几十。张英不待见李金荣，尤其不待见他那双眼睛，那双眼睛太水，总是滴溜溜乱转，转到女人身上带钩。女人们喜欢他，爱跟他打情骂俏，爱没大没小地开些很过头的玩笑。抗战前李金荣是窦庄的货郎，走街串巷，对平原几十里内的村村落落、家家户户熟得不能再熟了。参加革命后，各村都有他坚固的“堡垒户”。有一回鬼子包围了刘各庄，将李金荣围在其中，李金荣是从老赵家新媳妇被窝里跑出去的，新郎倌还帮着他跳窗户……

霍文玉是保定师范的学生，小白脸，一介文弱书生。文弱并不等于没有激情，他抗日的热情毫不比苦大仇深的张英差，国家有难，匹夫有责，丈夫当战死沙场，马革裹尸，这是他常说的话。这些话张英不会说，李金荣也不会说，这都是文化人的语言。可霍文玉能说，并且拍着胸脯说得慷慨激昂。霍文玉也在根据地参加了培训，跟张英一起分回县大队。李金荣奉郭队长命令来接应他们，他们在临州东边的娘娘顶会合，所要到的目的地是离此三十里外的尚村。

雾大，是极好的掩护，齐腰的麦子藏不住人，有了雾就大不一样了。霍文玉说借着雾气可以沿着公路走，这样他的脚会轻松一些，赶早饭前说不定就能到尚村。李金荣说还是走河堤，沿河安全，西边二里是王庄，要是没情况，他们可以在王庄美美睡个大半天。赶天黑从王庄出发，上半夜到尚村没问题。张英问李金荣在王庄是不是有熟人，李金荣斜着眼睛瞄着张英说当然有。张英看着李金荣那眼神越来越不正经，就不再理他。李金荣得寸进尺，说王庄的熟人长得跟张英一样，柳叶眉，杏核眼……

张英呸地啐了一口。

听了李金荣的建议大家就沿着河堤走，右手是大田，左手是河道，真有情况，可藏可退，百无一失。四周死一样的静，三步以外什么也看不清楚，空气中有水滴漂浮，黏湿而闷热。张英用手拨拉着那些乳白色的黏稠，背着行李卷走在前面，中间是一瘸一拐的霍文玉，李金荣掂着枪和他们拉开了一段距离。

霍文玉说，雾真大。

张英说，真大。

李金荣严厉地呵斥他们，不要出声。他的呵斥比张英和霍文玉的声音还大，张英没有跟他继续争辩，张英当时很困，脑子有点儿犯迷糊。

就是到了后来，到了几十年后，张英也还是想不明白那天发生的情景，她一直怀疑走在前面的自己是否处在半睡半醒的状态。如果说她不清醒，那么霍文玉呢，李金荣呢，张英很后悔没问问他们那时在干什么。没有机会了……

与日本人的相遇是出乎意料的，在河堤上，张英和对面而来的鬼子几乎撞了个正着，双方都吓了一跳，鬼子张大了眼睛，没反应过来，张英下意识地啊了一声，退后半步，后边的霍文玉毫无准备地扑到她的身上。张英看到眼前的鬼子是两个，一个是细高挑，戴眼镜，一个是五短身材，黝黑皮肤，两人的身后还有人影在晃动。

遭遇了鬼子的部队！

还没容张英细想，戴眼镜的鬼子已经端起刺刀，“呀”的一声捅了过来。

张英感觉到一道寒光，凉风直扑脸面，眼前的雾忽地变得迷乱，她本能地一闪，刀尖擦着她的肩膀而过。另一个矮个儿的刺刀不失时机地从她的侧面扎过来，这是她没有防范的。在刀就要刺进她身体的刹那，李金荣的枪响了，矮个儿鬼子应声倒下。戴眼镜鬼子一愣，这时张英听到李金荣的命令：下堤，钻麦地！

张英弯腰就势一滚，从堤上滑下来，没容她站起，那个戴眼镜的鬼子也跟着扑下来，从后头一把抓住张英，两个人在麦田里厮打翻滚起来。

来了第二个，第三个，第四个鬼子……

都是从雾里出来的。

这场讨厌的雾掩藏了张英们，也掩藏了日本人，因为雾的缘故使双方近距离遭遇，产生了一场恶战。

雾到下午才散。

张英和霍文玉被日本人关进王庄的一个土窨里，背靠背地绑着，动弹不得。土窨潮湿肮脏，有股子呛鼻的粪尿味儿和烂白菜味儿，让人一阵阵头晕。张英的手割了很深很深一条口子，露着白骨，是用手攥住了敌人刺刀的缘故，要不那把刀就会刺穿她的胸膛。当然她也没让那个戴眼镜的鬼子占了便宜，她把他的胳膊狠狠地咬下一块肉来……李金荣的腿和肚子都挨了枪，否则他绝不会落到日本人手里。敌人在捆李金荣的时候他用鬼子话对他们说了些什么，两个鬼子先是发愣，接着像架大爷一样把他架走了，只把张英和霍文玉弄到土窨来。张英不知道敌人会把他们怎么样，也不知道李金荣在哪儿，但有一点她很清楚，日本人不会轻易放过他们。他们是抗日的干部，他们的身份已经完全暴露给了日本人，她身上那根皮带，表明了她不是一般的妇女。

霍文玉用头抵着墙在轻轻地哭泣。张英问霍文玉哭什么，霍文玉说他的脚疼。张英看到霍文玉的脚全肿了，连着小腿肚子肿得透亮，不像腿，像冻坏了的大萝卜。张英说，你不是脚疼，你是害怕了。

霍文玉没有吭声。

张英说，其实我也怕，待会儿会更疼……

霍文玉说要是敌人动他这条伤腿，他怕吃不住劲。

张英说，吃不住劲能怎么样呢？

霍文玉说，是啊，也没什么好说的，咱们知道什么呢，咱们什么也不知道，到现在还没到达目的地和组织接上头呢。就是如实说了，日本人也不信。

过了许久，霍文玉又说，我今年二十一。

张英说，我十七。

霍文玉说，我妈就我一个儿子，我就担心我妈。

张英说，我屋里谁也没了，一只黄狗，朝鬼子叫唤，也给打死了。

霍文玉说，死一定很疼。

…………

霍文玉说，要像文天祥那样死也值，在十字路口当众砍头，千百年后人们还记得，还是个话题，说不定老百姓还会给咱们立个碑……就怕咱们死了没人知道，悄没声儿的，三个大活人从根据地出来就没了结果，别人以为咱们当了逃兵。其实咱们是死了，当了没人知道的文天祥……

张英说，俺爹俺娘俺村那么多人都死了，不是也没人记着他们。

霍文玉小声说，我不想死。

张英说，我也不想，可这回是死定了。

霍文玉说……能不能不死……

张英没有说话。她想，霍文玉，有着一肚子的学问，有着一双女人一样秀美的脚，真死了，那脚也就死了，可惜了。又想到了李金荣，她不知道李金荣在被逮住的时候为什么要说日本话，敌人将李金荣单独提出，为的是什么。张英感到了大难来时各自飞的撕裂，内心深处存在着隐隐的不安。张英明白再没有比死更简单的结局了，张英是死过一回的人了。毕竟，死不如活着，活着还可以系表现革命的皮带，还能见到郭队长。死了两眼一黑，什么也不知道了，就怕半死不活……

天上有个好月亮，月光透过破窗照进土窨，照在张英和霍文玉身上，轻轻地抚摸着他们，张英将身子轻轻地靠在霍文玉满是汗湿的脊背上。霍文玉没有反应，他难得地睡着了，他那张布满泪痕脏兮兮的脸，在睡梦中渗出了无限的恐惧。

这一夜，张英没有合眼。

第二天早晨，鬼子把他们押到一座祠堂里。李金荣已经先他们而至，李金荣半趴半跪地倒在地上，蜷着身子，身下是一摊血迹，一条大狼狗，近在咫尺地蹲在他的对面，吐着舌头，哈哈地喘着气。见到张英，李金荣什么也没说，他甚至没有改变一下他别扭的姿势。

敌人通过翻译，问了他们一些事情，张英和霍文玉一概回答“不知道”，不是硬扛，是真不知道。敌人也不再多问，他们把霍文玉换粗绳反绑起来，霍文玉认为他最后的时刻到了，挣扎着喊了一声“打倒日本帝国主义”，声音细细的，一点儿也不雄壮，不坚强，给人的感觉像是和谁商量要不要打倒日本帝国主义一样。还待再张嘴换一个口号，唰地一下，已被吊上房梁，绳子勒进霍文玉的伤脚，还没怎么样，霍文玉便杀猪一样地号叫起来，那声音比“打倒日本帝国主义”大多了。鬼子用编着铜丝的硬鞭，一下一下抽在霍文玉细嫩的皮肉上，霍文玉的号叫更为尖厉刺耳，不像是从人的喉咙里发出来的。

张英明白，霍文玉从来没受过这个，这一定比他的脚疼更厉害，再抽几下，他大概就真“吃不住劲”了。她为霍文玉捏了一把汗……地上的李金荣吃力地抬起半个身子，看着梁上的霍文玉……鞭子落在霍文玉身上，没几下，霍文玉的喊声就低了下去，身下的砖地上滴满了点点血迹。

狼狗慢慢地走过来，一点一点地舔着地上的血。

李金荣将头抵着地面，不再抬头。

鬼子头目举着刀向张英走过来，张英知道现在该轮到自己了，她脑海里浮起了爹娘的影子，浮起了村里老老少少被活埋的几十口的面容，她的牙齿咬得嘎嘎作响，心里发誓：打死也不能向鬼子求饶。

鬼子更近地走近了她，脸上突然冒出了猥亵的狞笑，先是很温柔地解开了张英腰上的皮带，紧接着疯了一样，用刀尖挑破了她的衣服，挑断了她的裤带，她的裤子哗地一下褪到了地上。张英大叫一声，本能地蹲下来，将身子蜷缩在一起。敌人将她提起来，让她直立地面对他们，张英脑袋轰地一下蒙了。昨天晚上她想到了这一层，却没想到是这样一种局面，这简直是比挨皮鞭更残酷的刑罚，与其遭受侮辱，不如去死！张英愤怒极了，她的手被捆着，就用脚踢，一边踢一边叫骂，不住地往鬼子脸上啐唾沫。张英越挣扎，鬼子越来劲，兴奋地嗷嗷叫着，顷刻间把她剥了个精光。少女白皙的肌肤，尖尖的乳房，平展的小腹，神秘的阴部，无遮无挡地裸露在满是血腥味儿的祠堂里，裸露在日本鬼子面前，也裸露在她的同志面前。

敌人扑上来，把她掀倒，抓住两条腿，拖至阳光下，将腿一左一右绑在院里的两棵榆树上。于是，女性最隐秘的部位变得最为暴露和突出，变作阳光下无遮无挡的牺牲。张英羞愤极了，无奈极了，她搜罗出最难听、最恶毒的词汇来咒骂眼前这些畜生。鬼子头目用戴了手套的手开始抠挖她的下身，疼痛使她的心底产生无限悲凉，从小娘就跟她说过，女人的屁股只能给两个人看，一个是娘，一个是男人。现在……这些既不是娘也不是男人的畜生们不但看了，还摸了……

鬼子头目将沾了血的手套举起来，得意地端详，高兴地哇啦哇啦嚷着什么。张英的眼里浸满了泪，十七岁，她对于生活还是一片朦胧，但她知道，这最珍贵的应该给她未来的男人留着，为这个她应该用生命做坚守。但是现在她守不住了，守不住了。

张英哇哇地大哭起来。

与张英搏斗过的戴眼镜的鬼子被推到了最前面，他的胳膊上缠着纱布，脸上还有一道道深深的抓伤，面对着被绑在树上的女俘虏，他泛起一种复仇的欲望，众目睽睽之下他很快褪下自己的裤子，挺着家伙朝张英张开的股间戳过来。张英本能地躲闪着，扭动着，眼镜进入了几次没有成功，敌人哄笑起来，眼镜很恼怒，照着张英的腰胯猛踢。两个鬼子按住了张英，一个鬼子将拴在树上的绳子更紧地绕了几圈，这下张英想挣也挣不了了。眼镜将他那个东西不折不扣地全部插入，两手抓着张英的腿，恶狠狠猛烈地抽动。鬼子脸色青绿，脸部的肌肉抽搐，嘴里发出嘿嘿的声音，光天化日之下，整个是一个狰狞的魔鬼。

张英难受极了，她觉得自己的身体撕裂了，脑子崩散了，周围一片黑暗，太阳已经不足照耀她了，她已经不会哭了，高声叫着：杀了我吧！

没有人杀她，敌人要一个一个地来。性饥渴的日本兵早已按捺不住，纷纷开始解裤带了，很快，半裸的兵在树前排成了一队，他们不安地跺着脚，他们躁动地叫着，催促着正在进行的同伴，终于，他们不能忍耐了，他们一哄而上……

在中国的土地上，在华北平原一个叫王庄的祠堂里，在大雾退尽的一个晴朗的上午，在徐徐微风中，抗日女干部张英遭到了空前的蹂躏。

两棵榆树为证。

对中国男人来说，最具侮辱性，最具挑战性的语言是：操你妈。没有任何一个中国男人听到这样的挑战不跃起反击，尽管语言的侮辱与事实没有任何关系，就这中国人也断断不能接受。这是最恶毒、最让人不能容忍的轻蔑，是对人格最下贱、最耻辱的践踏。现在，这种轻蔑，这种践踏已经不是语言，它成了事实，就在中国男人的眼皮底下，就在这充满着三纲五常、仁义道德的祠堂里……

霍文玉在昏迷中。

暂时被敌人遗忘的李金荣不知什么时候爬到了台阶上，他艰难地站立起来，捂着肚子拼足了力气大骂：

我操你们日本人的妈！

由于用力过猛，他的肠子突然挣破伤口，从肚里涌出来，呼呼的，不可遏止地流泻，乱糟糟的一大团。鬼子头目问翻译李金荣在喊什么，翻译说李金荣要和日本人的母亲性交。头目一个手势，两个敌人过来用刺刀撬开了李金荣的嘴，揪出他的舌头，将那块灵活的小肉从根部割了下来。李金荣口喷鲜血，捂着肚子还在不屈不挠地骂，声音已变得模糊不清。挑在刀尖上的舌头在颤动，那无音的咒骂比任何言语的诅咒都惊心动魄，都入骨三分。

敌人划开了李金荣的腮。

狼狗企图扑向那些花花绿绿的肠子，被头目制止了，他不想让李金荣立刻就死。

第十四个鬼子离开张英身体的时候，张英已经没有了任何知觉，变得奄奄一息了。

鬼子将赤身裸体的张英拉回土窖，将她和霍文玉、李金荣关在一起。满身污秽的她躺在土地上，呈昏迷状态。霍文玉爬过来，脱下自己的衣服给她盖了，他看到有什么东西随着一股黑血从张英的下身里掉出，他很害怕，向李金荣求救。李金荣躺在墙角只剩下了出气的份儿，那些乱七八糟的肠子像一堆蛇一样地躺在土窖的地上，沾了脏土，成了一堆收拾不起来的下水。李金荣的嘴唇往外翻着，腮上露着牙，已经脱了人形。霍文玉看了半天李金荣，又看了看张英，看着从她身下不断向外冒出的血，他发现，从张英身体里掉出的是一颗机枪的子弹。接着三颗四颗，整整的十九颗……

天哪——霍文玉用拳头狠狠地砸在自己的伤腿上。那条腿已经没有了疼痛。

后半夜的时候张英醒来了，她触到了自己光着的没有任何感觉的下身，借着星光她看见了坐在身边的霍文玉，也看到了墙根的李金荣，她招呼霍文玉再近一些，霍文玉趴在她跟前，问她要怎样。她让霍文玉杀了她。

霍文玉说，日本人说了，明天早饭前就把咱们都杀了。

张英说，这样最好。

天亮了，还是有雾，华北平原春末夏初习惯性的大雾。

他们三个人被拖到村边的大坑旁，绑在木桩上。这是一个干枯的水坑，坑里满是脏土垃圾，一只身体已经开始腐烂的野猫，一堆臭烘烘的鸡毛，一副用过的烂棺板，一群闹哄哄的绿头苍蝇。这不是什么美丽地方，作为死的场所，未免遗憾。李金荣被绑在柱子上，脑袋低垂着，肠子在地上拖了有几尺长，仿佛那不是从李金荣身上掉出来的物件。李金荣的眼神已经近乎散了，一丝气息在鼻腔悠悠迂回，似有似无，严格地说他已不能称之为人。

霍文玉面色苍白，浑身不停地颤抖，他的脚已经变黑，大概是永远好不了了。他注意到了眼前的环境，也注意到了空旷的四周没有一个中国观众，事实印证了他的最怕，也就是说他将在这个肮脏的土坑里无声无息地默默死去，与那只半烂的野猫，与那来历不明的棺材板和那些一看就为之恶心的苍蝇为伍，成为它们中更为恶劣的一个……没有谁知道他，没有谁祭奠他，更没有谁为他做证，他的壮烈殉国只有他自己知道，跟英雄当众慷慨赴死不能相比。他的泪水不知不觉地流下来了，不是害怕，是可惜，为自己年轻的生命可惜，这种可惜只有他自己能体会。

张英自始至终闭着眼睛，她不能迈步，她的下边还在汩汩流血，小腹内胀胀的，很沉重，还有多少子弹在里边对她来说已经无关紧要，她知道自己马上就要解脱了，她将驾着这轻柔的雾上路，去追寻她的父母亲。她感到轻松，甚至脸上带了些许微笑，这让敌人迷惑。

鬼子要用刀劈了他们。

随便怎么死，已经用不着在乎。

雾在周围飘荡，轻轻地，轻轻地掠过地面，像要安慰他们，很快将那个不堪注目的坑填满，像一坑沸腾的雨前的云，在无声地滚动。

听到了短促的命令，听到了身后抽出军刀的声音，听到了敌人的喘气，周围的空气凝滞了，张英感到头皮发紧，颅腔内嗡嗡作响，一股气息屏住，再不能呼吸，这大概就是死了。她听到霍文玉在叫她，还没待她睁开眼睛，就有黏热的东西喷溅到脸上、身上，腥腥的浓烈的臭让她窒息，赶紧睁眼，她看到李金荣和霍文玉已一劈两半，黄的白的紫的，色彩斑斓地凝固在柱子上。他们的头颅还是完整的，完整的头颅上，四只眼睛正一眨不眨，定定地看着她。

张英啊了一声，昏死过去。

三

这个张高氏啊——

小雨真不知道该拿老太太怎么办。张高氏怕听日本话，只要周围有人用日语说话，她就吓得哆嗦，就不假思索地要回家，回她的南大河去。老太太给小雨的感觉，整个是一个大混乱，乱得有时把小雨也绕得稀里糊涂。

有人问她当慰安妇的事，她说屋里的农业提留税有六七年没交了，她从日本回去了一定补上。问她当年是怎么让日本兵掳去的，她说是下雾，下了整整一年的雾，庄稼都泡在了雾里。问她在日本人手里受了怎样的蹂躏，她说闹蝗啊，铺天盖地的虫子，撞得人睁不开眼……

小雨说张高氏的脑子有问题，不是一点问题，是大问题。

修子说是到日本的缘故。到这儿以后老太太的病情加重了。要帮助她习惯环境，减少刺激，慢慢恢复记忆，恢复正常思维。

小雨认为在这里，张高氏永远不会恢复正常。

张大用说他娘的事尽管问他，他完全能替他娘做主。

修子要小雨多陪着张高氏说话，使她愉快，让她的精神充分放松。

张高氏的状纸通过民间团体已经提前上递给日本政府，上面有张高氏按下的鲜红手印，有张高氏被俘虏以后，辗转三地，从河北到山西到河南，和其他十五名中国妇女在日军营地饱受日军性摧残的经过。状纸的末尾，张高氏除了要求日本政府赔礼道歉外，还要求给予战争个人损失赔偿费三千万日元。三千万估计不是张高氏的本意，乡下老太太感受不来这笔钱的多少，估计是日本民间提出的数字，想必也有张大用的参与在其中。小雨从修子给的材料中读到了那些已经远去了的触目惊心的事实，那些字字血声声泪难道就值三千万，就打发了张高氏一生的幸福？张高氏在日本人手里，从精神到肉体都受尽了折磨，丧失了生育能力，落下了一身病痛。不能生育的中国农村妇女，注定了她一生的孤独与凄凉，注定了她的贫穷与不幸。

三千万！小雨目前靠“陪酒”挣下的积蓄已经远远地超过了这个数字。

张高氏有时沉默寡言，有时滔滔不绝，情绪不稳定。浓重的山区口音，让小雨听起来颇为吃力。在宾馆里住宿，修子安排小雨和张高氏同住一室，小雨提出张高氏和她的儿子在一起会更好。修子悄悄对小雨说，你不要指望那个儿子……

儿子也没有要和母亲同住的意思，他反复地问小雨，眼下他们住的这个“桧树庄”是不是五星级。小雨说不知道。张大用说，他们要是不安排我娘住五星，我不答应他们。

到达的当天下午，小雨领着张高氏到宾馆的露天温泉去洗澡。面对着一池淡绿的散发着药香的温泉，老太太抱着胳膊一步一步地往后退，她反复说，池子里有绿色的肚肠随着水波滑动。这话听得小雨有些毛骨悚然，她舀起一舀水，顺着张高氏的肩浇下，温热的水流过老太太那干瘪的胸，流过那寻不出任何温柔的肚腹和干枯的双腿，顺着一双被缠过的小脚淌在地上，变得凝重而冰冷。小雨看到老人的一个乳房已经残缺不全，塌陷的腹部更是伤痕累累，子宫的颈口已垂出阴部，黑紫糜烂……

几个原本在池里泡着的日本老太太见到张高氏，匆匆地从池里逃出，像见到什么瘟疫，套上衣服走了，其中不乏张高氏的同龄人。小雨想，当年张高氏在日本军人身底下苦苦挣扎的时候，这些匆匆逃离的女人大概正在东京的街头为远行的军中丈夫或儿子求缝“万针”，祈祷自己家中的男子在支那战场的平安。现在她们都逃离了，逃离得那样快捷，那样心安理得。

绿色的池水中只剩下了张高氏与小雨，水的浸泡使老太太想起了什么，她靠着池壁，望着西天的落日说这是她有生以来第二次泡澡。小雨问她第一回是在哪儿，张高氏说是在河里，在一条叫作孤女川的河里，那年日本投降，大撤退……

张高氏的思路这会儿似乎分外清晰。

张高氏说在慰安所的营地她被叫作“高”。日本人都这么叫她，“高”，除此以外她没有别的名字，她还记得她左边的姐妹叫作

“西”，右边的叫作“劳库”，两个人都是从南边俘虏过来的。

小雨告诉张高氏，“西”“高”“劳库”不是人名，是三个数字：四、五、六。

张高氏说……俺一直以为他们把俺当成了姓高的。

单独和张高氏在一起，小雨发现张高氏的思维并不混乱，人多，她一紧张，就会答非所问。她给老太太细心地搓洗着身体，开始她还尽量避免碰撞那些疤痕，但很快，她发现这样做的徒劳，张高氏满身的伤疤让她躲不胜躲，防不胜防。洗过澡的张高氏回到自己的房间，显出了从未有过的轻松，她穿着小雨送给她的一套内衣，高兴地在房间里走来走去。内衣是旧的，是普通的样式，张高氏却很为这身衣服激动，她摸着领口的花边说她一辈子也没有穿过这么柔软这么鲜亮的衣服，她说就是他们村村长的老娘也没穿过这，日本的女人真有福气。小雨说内衣是中国制造的，现在的中国女人，里面也穿这种衣服。张高氏表示不能相信，说这样贵重的衣裳一定要很多钱。接着，张高氏把内衣脱了，说好衣服要带回去。小雨说是旧衣服，用不着多么珍惜，要是张高氏喜欢，回去的时候她可以再送她一套。张高氏还是舍不得，特别是将这么好的衣裳穿在里头不理解，觉着可惜了。

小雨感到，这个时候，张高氏才露出了她中国农村妇女的情态，一个普通的乡下老大娘。

晚上，修子要给张高氏接风。

张大用对这顿饭早早就盼望了，他对小雨坦白地说他从来没吃过外国饭，外国饭一定很洋，很奶油。他要小雨提醒他，不要在外国的饭桌上闹出什么洋相来，又问怎样使用刀子和叉子。小雨看着张大用袖口的商标说，你还是把这个拆下来。张大用说，为什么要拆呢，这可是“喜士”名牌。

小雨没听过“喜士”。张大用说她孤陋寡闻，告诉小雨“喜士”是他们省城的名优产品，这一套衣裳，两百多呢。小雨说，两千多也犯不着把牌子亮给人看。张大用犹豫地说，依着你，那就拆？

小雨说，随你。

晚饭就在桧树庄的餐厅，桧树庄各样的料理馆子有好几个。大厅里有记者，他们一出现，那些人就哗哗地照相。修子不怵这种场面，她微笑着，跟认识的记者打着招呼，很关心地护着旁边的张高氏，既高雅又温存。小雨觉得这做派，很有做戏味道，她大概一辈子也学不会。张高氏又进入了她的混沌状态，表情变得很木，机器人一样被修子挟裹着往前走。张大用昂首挺胸，迈着中国人特有的八字步，走得很扎实，很悠扬。反倒是小雨，不知自己是干什么的，举手投足都不是地方，难受极了。

四个人来到餐厅，修子订了个很中心的座位，记者们有的走了，有的在等待，伺机要和张高氏及张大用说话。修子交代张大用和小雨，一定要注意张高氏材料的保密性和事情的独家专断性，不能让张高氏单独与任何新闻媒体接触，这是一条纪律。小雨看着修子的严厉表情，感觉到眼前的修子和在甲田山小旅馆里喝酒的修子完全是两个人。如同发现了张高氏农村老太太的本色一样，小雨也发现了修子日本政治家的精明、干练和把握事情的积极主动。

修子没跟谁商量，自作主张地给大家一人要了一份煎牛排。侍者问及牛排的老嫩，修子仍旧包揽民意，说要嫩的。

张高氏低着头，闷闷地坐着，不知想些什么。

张大用的眼睛已经明显不够用，富丽的厅堂，雪白的桌布，闪亮的餐具，优雅的音乐，还有周围的鲜花，漂亮的小姐，应该是外国电影里才有的，现在都成了真的，成了他伸手就可以摸到的现实。张大用的嘴张着，看看东边，看看西边，转过头又看看后边……他真是开眼了。

送来了开胃酒，在修子的动员下张老太太抿了一口，嫌酸，不喝了。张大用为“跑堂的”没把他的酒斟满而不高兴，对小雨小声说，没看出来吗，日本人小家子气，这大杯，就给一口酒，是不是看咱穷？

修子听不懂中国话，问小雨张大用在说什么，小雨说没说什么。修子说，他的嘴明明在动，还发出声音，你怎么说他没说什么，你是翻译，不是替我取舍的秘书，只要他说，你就应该替我翻。

一句话把小雨噎得说不出话，小雨完全明白自己打工的身份，修子要求得对，人家雇的是翻译机器，不是合作伙伴，在这里她只有听从的份儿。但不知怎的，在张高氏这件事情上，小雨老是摆不准自己的位置。比如眼前这顿饭，从一坐下，她就在担心张高氏能否吃得了这顿洋饭，她认为修子这样虚张的铺排效果不如一碗普通的拉面。这个日本的女人实在是不了解中国，也不了解妇女。煎牛排，别说是张高氏消受不了，就是她自己也有些勉为其难，甭管是老的还是嫩的。

张老太太当然不会为即将端上的食物伤神，她看着这玻璃宫殿一样的房子只是紧张。周围上下一片亮晶晶，晃得人睁不开眼，什么也看不清，就像靠山屯那场雪，像老孙那张苍白的没有血色的脸……

牛排上来了，很嫩，带着丝丝的血，火候是无可挑剔的准确。面对那些刀叉，老太太有些茫然无措，修子很耐心地指导张高氏先用刀切，再用叉挑，又替张高氏叉了一块送到老太太嘴边，张高氏刚要张嘴，闪光灯一亮，有记者恰到好处地按下了快门。张高氏吓了一跳，一块肉含在嘴里不知怎么办好。修子对那个记者很礼貌地点了点头。小雨明白，对修子而言，张高氏本人并不重要，请张高氏这个从未接触过煎牛排的乡下老太太来日本，来餐厅这件事本身，才是内容的核心，才是重中之重。在修子的刻意安排下，从张高氏吃牛排到状告日本政府，便有了只可意会不可言传的另一笔，有了弦外之音。

张高氏笨拙而执着地切着盘里的肉，肉的内部是鲜红细嫩的，有血水随着油花渗出。看着盘里的内容，小雨一口也吃不下去，她想起张高氏材料中控诉的种种，阳光下暴晒的“妮”，咬断敌人脖子的“西”和那随着手雷而崩逝的“劳库”，血和肉的迸发，水与火的煎熬，面对这块冒血花的红肉，想来张高氏是难以下咽的。

张高氏并没有小雨想得那么多，她扎起一块块肉，毫不含糊地填进嘴里，吃得满嘴流油。修子问她味道能不能习惯，张高氏说，他们村穷，很少吃肉，特别是牛肉，几乎是没吃过。牛要耕地，一老了就赶快卖，谁还舍得杀了吃肉。

张高氏说的是实话，老太太吃了自己的一份又吃了小雨的一份，仍旧意犹未尽，还在耐心地等待着下一道菜的到来。张大用对这块血丝呼啦的肉不感兴趣，在他的眼里，这些人简直就是茹毛饮血的生番，假模假式地在火上过一下就端上桌了，没熟嘛，真是哄老外哩。

张大用不吃，他等着，下一道菜该不会再是生肉。小雨告诉他，这顿饭就到此为止了。张大用眼睛瞪着，他不理解，在这样阔绰的资本主义，怎的就上一个盘子。在中国农村，再穷，坐席也是有讲究的，没有七碟八碗，没有几荤几素，能叫请客？张高氏也很奇怪，只吃了两块巴掌大的肉，怎的就“为止”了呢，盘子里那黏黏糊糊的汤，那块不够塞牙缝的炸土豆和那朵怪模怪样的绿叶子，难道也能算作“饭”？

修子看出了张老太太的遗憾，问老太太还想吃什么，张高氏不假思索地说，面。张大用也说想吃面，吃然面。

修子问什么是然面。小雨说就是干面。修子为两个人又要了意大利面。张大用问刚才的生肉是哪个国家的。小雨说法国。张大用说，先是法兰西，马上又意大利，这一会儿咱们在饭馆里跑了两个国家了。

通红的意大利面来了，张大用内行地说，就是西红柿炒面，咱们吃过。迫不及待地用叉子挑，都滑下去了，赶紧改用筷子。吃了两口，皱眉了，说是面条坏了，有一股馊臭味儿。小雨说面里有チ－ズ，是チ－ズ味儿。张大用说，好好儿的面，胡搁什么チ－ズ，法国人傻，意大利也不行。

小雨怕把老太太撑着，提醒说，吃不了可以剩下。

张高氏说，这是粮食，咋能随便糟蹋。

修子没有表情地说，能吃就尽量吃。

小雨感觉到修子并不关心老太太，老太太的好与坏其实与她没有任何关系。“女权主义者”，在修子眼里，在“女权”大帽子下的女人都是一个个符号，就如同四、五、六……她关注的是展示观点的事件，不是具体的李四、张三。小雨相信，如果张高氏再提出要一份什么吃食，修子也会毫不犹豫地答应，张高氏吃得越考究越多，与她的生活反差越大，越说明修子所做的这件工作的重要和迫切。小雨知道，明天的小报、电视一准会出现张高氏今天吃饭的情况……

离去的时候，修子告诉小雨，明天与媒体见面，张高氏一定要穿她的中式大襟灰褂子。

事无巨细的修子啊，了得！

四

慰安营地房间有限，她们三个人被安排在二号大房间里，并排三张床，每天各出各的“勤务”，互不干扰。“西”“高”“劳库”，进来的兵手里拿着条，按号对人，从没出过差错。

三个被蹂躏的女人彼此从没有交谈过，她们默默地忍受着一切，如同三块没有生命的肉。她们已经没有了思维，没有了喜怒哀乐，她们的精神已经死亡，形式的存在只是尸体还没有腐烂而已。

尸体间是用不着交谈的。

慰安所内关押着十几名妇女，除了“高”来自华北，其余都是从江南修水战场俘虏的抗日女兵。和高一样，初来时这些女兵们也进行过惨烈的斗争，一个叫作“妮”（二号）的，军校学生出身，整日地叫骂，绝不就范，被敌人拉到太阳底下暴晒了七天，不给水喝，不给饭吃。其实妮第三天就咽气了，还是晒了七天。七天，把妮晒胀又晒干，晒干了的妮像一段抽了水的木头，白牙龇出来，眼睛陷下去，黑色的皮肤表面一层黄油……

处置妮的位置被特意安排在平房对面，面对着她的战友，使她们每一个人都可以从窗户里看到绑在木桩上的妮。妮在烈日下开始还大骂，还喊口号，还鼓动她的同伴和敌人进行斗争。只第二天便说不出话来了，第三天，她的头耷拉下来。后来她的腹部膨胀起来，像个圆圆的鼓，有一天正午时候，那个鼓"砰"的一声爆了……鬼子们从爆裂的妮眼前走过，脸不变色心不跳，就像没事一般。

高每天从窗户里看着妮的变化，看着妮从一个刚烈女孩化作一条浓缩的肉干，她牢牢记住了妮。

高在自己的床上躺着，不起床，高活着，大部分时间她处于昏沉状态，闭着眼睛，任着那些兵在她的身体上折腾，没有疼痛，没有感觉，没有任何反应。"库"（九号）拉响了日本兵随身携带的手雷，和那个兵一起上了天。本来日本人有规定，凡是进来的日本兵，不允许携带武器。但那个兵在寻乐的时候还带着手雷，在完事之后将手雷塞进了她的阴道，昏头昏脑的敌人忽略了眼前是个当过兵的女人，于是她不失时机地拉响了身体里那个致命的东西，炸死了敌人也解脱了自己。地动山摇的爆炸，震动了整个慰安所。高的西墙被炸塌了，床上的她扭过脸去看，她看到西面的屋顶掀翻了，地上有个大坑，除此以外没有任何痕迹，连血迹也没有，那个女人走得干干净净……

高同房间的"西"，看模样像个十三四岁的女孩子，大概是刚参加抗战，就当了俘虏，被弄到了这个鬼地方。西不说话，从她到这间屋就没张过嘴，没出过一丝声息。终于有一天，西像母狼一样，咬断了一个鬼子队长的颈动脉，动脉血水龙头一样地喷出来，喷到墙上，喷到高的床上。敌人叫着，用手慌张地堵，哪里堵得住，很快那张丑陋的脸就没了血色，瘫倒在地上。房间里到处都喷洒着日本人的血，在那一刻，高甚至有些激动，她转过脸去，向西投过去一个惨淡的笑。敌人很快将西拖出去，西在出门的时候脸色很平静，很动人，仍是一个十几岁的清纯少女。

外面一声沉闷的枪响，清纯的西走了。

来了一个新的“西”……

高每天平均要接待三十几个鬼子，已经用不着穿衣服，她光着身体在潮湿污秽的褥子上仰着，承受着一次又一次的狂轰滥炸。一块遮体的粗布被单，早已分不出本来的颜色，团在她的身下，光线昏暗的屋里满是汗酸气和精液的腥气；用过的草纸，堆在床下，高高的一层，没人打扫也来不及打扫。高和劳库都得了很严重的性病，下身溃烂，流着黄水，散发着恶臭。高瘦得皮包骨头，胸肋一根根突起着，肚子深深地塌下去。她没了食欲，没了嗅觉，没了思维，没了任何想法，甚至最先的“逃跑”两个鲜活的字眼也淡化得无影无踪。晚上十点钟是“退勤”的时刻，到第二天早上五时之前，她们有了暂时的休息。每当这时，一个姓孙的近六十岁的中国人会给她们送来一个棒子面菜窝窝和一碗水，这是一天中唯一的一顿饭。对高来说，这仅够维持生命的粗粝饮食常常是怎么端来怎么端走，她压根儿不知道自己是谁了，忘记了自己的来龙去脉，她对世间的一切都失去了感觉，她用不着吃饭了。老孙对她的拒绝饮食没有表现出任何惊讶，每天仍是不动声色地端来不动声色地端走，他是一架机器。

有一天来了一个医生模样的鬼子，挨个儿地给她们检查，说是治疗疾病。谁心里都明白，这是来验看这些妇女中，哪个还能用，哪个已经失去了使用价值。高认为自己一定被列入“不能再使用”之中，但是她错了，这个房间里，被拉走的是“劳库”。劳库是被抬走的，被抬走的劳库胳膊无力地垂下来，在半空晃荡着，像一条绳子。劳库出门的时候看着高，她们在一间屋里待了这样久，彼此从没有这样正视过。劳库的眼睛很黑，很大，如果人生一切顺利，她应该是个漂亮的南方美人。“不能再使用”的六个女兵被活埋在营地北面的荒坡上。

转眼到了秋天。

这天，从一开始就显出了它的不同寻常。高在天没亮的时候就醒了，神志分外地清楚，她感到了身体的疼痛，感到了饥饿，这是以前从没有过的。高扭过脸去看窗户，她看见太阳正从土岗后头升起来，血红血红的一团，映得天上地下一片红光。高想，看太阳大概要起雾。果然不出所料，不一会儿，大片的雾就从地上涌起了，将整个营房罩得严严实实。外面，传来杂乱的脚步声，传来军械的撞击声和日本人急促的呵斥声。门被打开了，一团团湿润的雾从敞开的门灌了进来，高立刻从雾中找到了一种熟悉的感觉，她知道，盼望已久的时刻到了。

大雾中，她们被鬼子从平房里抬出来，集中到屋后的草丛中。敌人开始有准备地往她们身上浇汽油，凉凉的油洒在高的前胸后背，洒在她的头发上，有种好闻的死亡的气息。周围没有一点声响，一切都在雾的掩盖下有条不紊地进行。平房的另一边，敌人在集合，在撤退。慰安妇们在默默地等待，没谁反抗，也没谁喊叫。曾经和敌人面对面战斗过的她们已经耗尽了精神，耗尽了体力，耗尽了激情，她们的肉体可以燃烧，她们的心是永远地烧不起来了。

有热的气浪涌过来，有人呻吟，就在这时，高的身体突然一滑，竟然滑到了一个带水的沟里，原来她被扔在一道不高的沟沿上。也是那场大雾救了她，雾把田野的沟沟壑壑全部填满填平，把高深深地埋藏在雾的深处。紧接着，浓烟代替了稠雾，二者混成了分离不开的阵营，向着一切低洼的地方滚动飘荡，向着浑浊的天空伸展。

高本能地用头紧紧抵着潮湿的沟壁，整个身子埋在水里，沟上的野草，将她盖得严严实实。高并没有想躲藏，是老天给了她这个机会，让她逃过了那场劫难。后来她才知道，彼时日本人已经投降，他们在离去之前，要将一切于日本军人不利的影响抹去，他们要杀人灭口。诚然，他们在那个时候想不到五十年后会有被他们蹂躏过的女人站出来讨还公道，但至少在当时，他们明确地知道，他们在中国，在中国妇女身上，犯下的罪行是不能饶恕的，是罪恶滔天的。

消灭痕迹就是消灭罪恶。

高在水沟里遇到了同样躲藏的老孙，在日本人灭迹的原则下，作为罪恶见证的老孙同样没有理由再在这个世界上活着。

岸上的火在猛烈地燃烧，老孙背着高，借助烟和雾的掩护，沿着水沟蹚出了那片死亡之地。走了很远，他们才敢在一个土堆后面停下来。雾太大，他们不敢贸然行动，在浓浓的雾中，他们听到了连续不断的爆炸声和机枪的扫射，日本人将那几排平房炸成了一片平地，连同那些没有逃出来的中国杂役和二十名皇协军。

高在成为孙高氏之前在孤女川里狠狠洗了个澡，足足泡了一天。

不是老孙的要求，是她自己的愿望。就这，她还是觉得自己不干净，特别是那松弛的阴道，拖垂的子宫。作为女人，她完完全全地废了，她只是一个行尸走肉了。阴冷的天，她在河里泡着，浑身冻得麻木，风呼呼地吹，落下来的柿子树叶，一片一片地往河里飘。树叶通红通红的，像刚冒出来的血。村里有人到河边搂柴，回去逢人便说从兵营里出来的那个疯女人在水里躺着呢。

人们就说，那个女人嘛，啊……啊……可怜哪。

没有谁理睬她，也没有谁将她放在心上，在这个靠山的小村里，没有高的位置。老孙来了，把她从水里拽出来……老孙是个老实巴交的人，不善言谈也没有心计。当初他把高从日本人的水火中背出来，就像抬了个没用的物件，用没法用，扔没法扔，也没想着扔。

老孙把高背回靠山屯的破砖窑里，并没多想什么，凭的是一丝恻隐，这是个活人，还有一口气。背回来时高瘦得皮包着骨头，浑身溃烂，烫得像火盆，一身的馊臭让人靠不到跟前。屯里人谁都知道在鬼子兵营里打杂的孙宽厚背回来一个女人，是个专门跟鬼子睡觉的中国妓女，死里逃生很是命大。大伙儿就来看妓女，看在寒窑光板土炕上躺着的高。妓女高的模样让大家失望，见了高的人都说，日本人怎的这样残忍，把人使成了这样。昏迷中的高嘴里不停地说胡话，谁都认为这个从鬼子手里逃出的女人活不长了。老孙也只等她咽这口气，高如果死了，他就把她和那几个国民党女兵埋到一起去，他认为她们是一个团队的。活着一块儿受罪，死了也是个伴儿。

孙宽厚是个宽厚的人。

但是高活了。

大难不死的高在老孙的砖窑里躺了几个月，头脑一时清楚一时糊涂。混沌中有时她觉得自己走了很远很远，远得她找不到回去的路，甚至连该到哪儿去也记不得了。感觉中她总是在雾里走，有时撞到瘸腿的年轻人，有时踩到一堆黏糊糊的肚肠，有时是一双美丽的大眼睛，有时是冲天的火焰……她知道她是高，莫名其妙的高，怎么成了高呢……她的思维呈混乱状态。清醒的时候，她尽心地伺候孙，刷锅洗碗，好人一样；迷糊劲一上来，就成天地发呆，不吃不喝地坐着，说话东一句西一句，不着边际。老孙从来也不碰她，不和她在一个炕上睡。她的夜晚永远被噩梦占据，常常惊叫着坐起来，一身冷汗。茫然地看着屋里的一切，这一切使她陌生，使她不知所来，包括缩在角落里正惊恐地注视着她的老孙。

她曾努力地回想自己的过去，往往被浓浓的雾挡住，什么也看不到……

曾经有人来了解过高和那十五个女兵，高什么也说不出来，她和那些人从来就没交谈过，许多情况是老孙提供的。来的那些人开始还对她热情，后来就冷了。他们在埋葬女兵的地方立了碑，刻上某部队的抗日烈士，开了会，还在碑前头放了排枪，很隆重的。但这一切没有高什么事，那边热闹的时候高一个人在窑里坐着，眼睛发直，两手机械地搓着玉米棒子。来人说了，高不属于他们，高是打哪儿来的他们也说不清。尽管老孙为高做了很大争取，来人也还是不认账。

老孙在靠山屯没有根基，靠给人打短工过日子，日子饥一顿饱一顿。苦日子中，高会尽着所有给老孙做顿热乎饭，全让老孙吃，自己不吃。可是一犯病就不管不顾，一人吃，使劲吃，吃不饱就跟老孙闹，撕他的衣裳抓他的脸……老孙的身上老是伤痕累累的。

老孙在街上走，屯里的人都用同情的眼光看着他。

靠山屯对高是另眼相待的，尤其是女人们，她们看不起高，被千百个鬼子干过了，竟然还活着，没出息极了。如果像那些女兵，刚烈地死去，必然会有人来寻找，有人给立碑放枪，也算成个正果。眼下她这不人不鬼的算什么呢？女人们将高视为愚蠢、不洁、不贞、淫荡的化身，见了她从不理睬，以表示她们的高尚完美和她们的贞烈无瑕。

靠山屯的男人眼睛都带钩，高从他们眼前过，他们会没有顾忌，目不转睛地看，放肆而大胆，那眼光能将高的衣服扒光。他们对这个跟无数鬼子睡过的女人充满了好奇，在他们眼里，高不是一个正常的女人，如果说他们对别的女人还有什么礼教约束的话，对高则可以另当别论。对高的便宜，不占白不占，所以高在路上，在地边，常被某甲某乙拦住，一通的撕扯不清。也就在这时，老孙出现了，对那些男人说，她都这样了，你们还欺负她，不怕造孽吗？

男人们的想法和阿Q一样，如出一辙。

和尚动得，我为什么动不得。

日本人动得，我们为什么动不得。

老孙不能永远保护高，老孙老了，身体一天不如一天，干不成活了就去讨要，生活一天一天走上了绝境。终于，老孙连饿带病落了炕，里里外外的事就全靠了高。高是靠不上的，高有时候出去要些吃的，有时候跟老孙在窑里待着，什么活儿也不干，只是傻坐着，一两天不吃是常有的事。

这天下了雪，高到屯里去要饭。走了几家，什么没要来，有人看见是高，早早地放了狗，或不让高进家门，或恶言恶语地呵斥。仿佛高不是人，而是肮脏和邪恶。高不在乎，高知道自己身上有不好的气味，知道自己有人们躲避的病，知道自己有为人们不能容忍的经历……天很冷，高索索地抖着，用嘴里的热气哈着手，站在村街的避风处，有几个时辰了。街对面一个老婆儿给了她一碗杂面，让她赶忙回去给老孙做杂面汤。高对老婆儿谢了，说了许多感激的话，她说老孙许久没吃正经粮食了，全身都肿了，两个脚指头已经烂没了。老婆儿见高头脑很清晰，说话也得体，便问高是哪里人氏，娘家还有没有人。高说她是刷马河人，娘家有一大家人，几百口，在一个大锅里舀饭，还要跑操上课。老婆儿想了半天，也想不起刷马河在什么地方，便断定那是个很远的地界，大概在千百里外。老婆儿想，这个小媳妇也不是像大家说的那么混沌。

路上没有人，田野空空旷旷的，几只寒鸦在上上下下地飞，周围冷清极了。高挎着篮子，篮子里头有面，她的胳膊感到了篮子的分量，想到了热乎乎的面汤，高一阵欣喜，步子透出了轻松和舒展。此刻，她的思路非常明晰、透彻，不知怎的，她想起了曾经有过的一条皮带，一条带铜扣的牛皮带，是很远很远的事了，像在做梦……高站下来，企图集中精神抓住这条带子，她隐隐地看到，皮带的后面还有人，她应该记住的人……郭，是姓郭，还有别着钢笔的女老师李英……她自己叫……张英……她不是高……她应该还有两个四分五裂的同伴……想得她脑仁疼。

一个叫庆吉的汉子，赶着大车从路上过，看见高披着一身雪在路当间傻站着，庆吉挥了一下鞭子，打出了一声脆响。高茫然地看着他。庆吉说，喂，又想你的日本人了吗？

高没动弹，也没说话，她正越过庆吉，穿过厚重的雪雾，寻找着某些人。

庆吉看周围没有人，立刻变得嬉皮笑脸，跳下车来动手拉高，边拉边说，把你从日本人那儿学来的好玩意儿也给咱演示演示。庆吉把高往路边的树棵子后面推，他不能放过这个难逢的好机会。

高没有反抗，她好像没有一点儿反抗的意识，甚至没有考虑眼前的汉子究竟想干什么。庆吉以为她是愿意，越发地急不可耐，将高压倒在雪地上，三下两下地解开她身上的棉袄。皑皑白雪中，高闭着眼，那灵魂分明已经走了，她的头发上、身上满是雪，干瘪的胸完全暴露在风雪中。庆吉看到了高残破的乳房和那些累累的疤痕，庆吉犹豫了一下，最终还是将手毫不迟疑地向下伸去，解开了高的裤带，将裤子褪了下来。

庆吉再不能举动，他傻了，展现在他眼前的不是他想象中的东西，而是，而是……糜烂的蓝紫色的一堆。雪地上仰身平静地躺着的是人吗？是激起他无限欲望的高吗？不！庆吉哇的一声大叫，像见了鬼一样，蹦起来，逃到大路上，赶着车，头也不回地跑了。

高在树棵后面躺了很久，看到一只觅食的野兔蹭到她跟前，用嘴拱那些散落的面，她才感到了冷，爬起来，看着白茫茫的四野，不知该干些什么，裤带被挂在树杈上，高捡回来系了，是一根普通的棉花绳子，没有皮带，更没有铜扣。

高的心里泛起浓浓的雾，蹚不开，拨不散。

高回到家，老孙见了她满身的泥水，老孙说，你还是走吧，往深山里走，走得远远的，对谁也别说这边的事。

高一声不吭地点火做饭，她要用拢回来的一点儿杂面给老孙做汤。老孙说，你不要挂记着我，我已然是这个样子了，你还要守着看我死吗？我死了你在这儿更待不下去，趁着我还有口气，赶快走。

高没作声，一碗热腾腾的面汤送到了老孙手里。

半个月后，几个撵兔的孩子发现了躺在炕上奄奄一息的老孙，老孙的枕前放着干硬的饼子，一罐水剩得没了几口。

高走了，人们里里外外地寻找，没有找到高留下的任何生活痕迹，就像她从来没有在这里出现过一样。

很快，靠山屯的人就把她给忘了。

靠山屯的人压根儿就没接纳她。

五

上午新闻发布会时间很短，很紧凑。修子首先说明了张高氏来的目的，阐述了全世界妇女必须团结起来，为维护自己的权益而努力斗争，接下来由张高氏控诉“二战”期间受日本军队蹂躏的经过。张高氏的发言由她的儿子张大用代读，小雨翻译，最后律师宣读了张高氏对日本政府的起诉。会议中，张高氏一直不动声色地坐着，那件的确良布的褂子和那头稀疏的白发于会议起到了很好的衬托作用，那张饱受风霜的脸不用说话也是极好的苦难证明。用修子的话说，发布会开得出乎预料的好，达到了事半功倍的效果。慰安妇话题在日本已经不新鲜，新鲜的是张高氏这个人，一个穿着中式大襟褂子的无言的老妇人和她背后背负的日本军人在中国鲜为人知的事情。

日本各大报纸都做了报道，山田修子的形象和中国老太太的形象在报纸上同时出现。妇女的权益问题通过山田修子的正义之举，在日本人心目中得到了更深刻的认证。这场官司张高氏无论打得赢还是打不赢都不是很重要，重要的是这张牌打得很精彩，很恰如其分，充分发挥了作用。

新闻发布会回来，张高氏的住处挤满了来看望她的、关心“慰安妇”问题的日本妇女，其中一些人是直接从会场跟过来的。不说别的，单就颇具传奇色彩的张高氏这个人，就对她们充满了诱惑力。这是与日本有关的却又有着隔膜的人物，是属于两个完全不同世界的女性，是活着的历史，是她们了解日本另一面的窗口。接触张高氏，无异于接触一件并不久远的出土文物，文物只能观赏，不能交流。张高氏就不同了……

妇女们围着张高氏七嘴八舌地问，机关枪一样的日本话又脆又快，别说张高氏，就是小雨也难于招架了。

张高氏在日本妇女的“攻击”下惊恐无助，面对着不断向她发问的白脸红唇，面对着那些鲜亮美丽的衣裳和她从来没有闻过的香水气息快要窒息了。有人问她在王家庄祠堂里，初次被日本人奸淫时的感觉。

张高氏说，靠山屯村道边的榆树让雷劈了，劈出了一窝小长虫。

有人问慰安妇在“服务”后，是否能得到微薄报酬。

张高氏说，南大河的梆子唱得热闹，社火也要得好，过年的时候家家都要出钱，不能白看。

有人问在中国像张高氏这样的人究竟还有多少。

张高氏说她已经有三年没有吃过一顿饭了。

于是，张大用便替代了他母亲，回答妇女们提出的问题。应该说张大用是个很不错的演说家，很知道如何表达，如何煽情，说到伤心处，语声哽咽，泪水刷刷；说到愤怒处，慷慨激昂，义愤填膺。充分体现了与母亲同仇敌忾、患难与共的儿子精神。

女人们的手绢掏出来了，她们知道了在战争的阴暗处还有着地狱，在优裕的生活之外还有着贫穷。现在，经受过地狱又经受过贫穷的人就在对面，激情之下有人慷慨解囊，掏出数千元的日本票子往张高氏的手里塞，效仿者一二三四……马上有热心人登记造册，日本人干这种事向来有条有理，有始有终。

张大用向每一个掏钱的人鞠躬致谢，神情悲切，让人感动。有位女士说她母亲从报上看到张高氏的照片，特意让她带来了一套自己穿的深紫色套裙，以替换那件灰衫。女士当下要给张高氏换上，妇女们都支持此举，她们很有兴致地等待着看变身以后的乡下老太太是什么模样。既然五十多年前，日本的男人将张高氏弄得如此凄惨，如此不人不鬼；那么五十年后，日本的女人将以她们的爱心和大度，以她们宽广的国际精神为张高氏抚平创伤，还她一个鲜丽的美好面目，一个不亚于日本妇女的晚年。

应该是没错。

可是，不知哪里别扭着。

小雨对张大用说，你应该阻止她们。

张大用说，为什么要阻止，独立自主、自力更生的时代已经过去了，我们到这儿来就是为了寻求支持来了，我们用不着装得那么清高。小雨说张大用没有理解她的意思。

张大用说，是你不理解我们，既然是她们的人把我们祸害成了这样，我们凭什么不要，这钱这衣服我们拿得理所当然。

那边，突然变得鸦雀无声。

张高氏的布褂子一脱下来，立即露出了里面自制的补丁摞补丁的，看不出眉目的旧坎肩，这样的内衣别说在日本，就是在国内小雨也很少见到过。被扒掉衣服的张高氏，手足无措地站在众人面前，她想不明白，日本男人脱她的衣服，为什么日本女人又将她的衣服脱了，让她精着身子站在大庭广众面前。女人们被这件出乎意料的内衣搞得不知该怎么办好。修子不失时机地解开张高氏的坎肩，将张高氏残破的胸部亮给大家看，在女人们的惊呼中大声说，无论过去、现在还是将来，妇女的权益绝不能受到侵犯，我们就是要为这样的妇女伸张正义。

小雨低下头去，她感到那个在众人面前被扒开衣服的好像是自己。

满屋的女人鸦雀无声。

被穿上日本套装的张高氏显得有些不伦不类，满是沧桑的面孔与华丽的服装有着太大的反差，一双粗糙的、关节很大的手从镶着缎边的袖口伸出，两只改良过的、缠过又放开的脚在飘逸的裙摆下无处躲无处藏……有些怪诞，更多的是滑稽。女人们的气氛活跃起来，张高氏像橱窗里的假人，被人们从各个角度欣赏着，评论着。对这奇怪的装扮，大家都说好，也包括张大用，他恭维地说简直认不出他的母亲了，他的母亲从进入张家大门，从来没这么华丽过，没这么鲜亮过。

谁将一双皮鞋递到张高氏面前，看着那双鞋，张高氏的脸色突然变了，她四处张望，对修子说，求求你了，我不上街……不上街……

修子面对小雨，一脸疑问。

张大用说，俺娘犯糊涂了。

张大用将那双鞋挪到了房间外面，人们这才明白，老太太怕鞋，日本女人对此不理解，想的是老太太怕得奇怪又没有道理。她们感觉中国女人太怪，怪得不合常理。

张高氏被扶到里间躺了，有人将刚才大家捐赠的四万日元送过来，问张大用回去拿这笔钱怎么用。张大用问小雨四万日元是多少。小雨说人民币两千块。张大用说，人家都知道我出了国，这点儿钱回去以后给侄男侄女的当见面礼也不够分。

有个记者问张大用如何支配这四万日元。

张大用毫不犹豫地回答，吃了它。

小雨说，你应该对大家说用这钱给你母亲看病。张大用说，看啥病，我妈的病多少年了，两千块就能看好？

小雨给大家翻译的时候改变了张大用的意思，还是说“给母亲看病”，女人们夸赞张大用是“孝子”。

新闻会一完毕，张高氏在日本的重要活动基本结束，修子说她很累，托小雨多多关照老太太，自己先回去了。修子刚走，张大用也说他想到热闹地方逛逛，让小雨给他当向导。小雨不去，张大用很不高兴，说他好不容易到日本来一趟，不是借了他母亲的光他根本就没有出国的机会。他们村周围方圆上百里，连三个乡镇都算上，也没有一个出过国的，要说他还是有福气……可是到了日本不能老在旅馆里窝着吧，桧树庄的里里外外都被他看遍了，连地底下的停车库也去过了，没意思。花了那么些钱出国来了，不能就看个车库吧？

小雨看张大用袖口的商标，不知什么时候被他悄悄地拆了。即便是拆了，小雨还是觉得他俗气、讨厌。小雨的手机响了，是常去酒馆的“朋友”打来的，他说在电视里看到了给张高氏做翻译的小雨，他在言语间表示了对张高氏的不满，因为她让日本的父辈很是丢了面子。他约小雨晚上在六本木国际俱乐部见面，要好好“收拾”一下“助纣为虐”的翻译，以为日本男人挽回“面子”。小雨说她晚上无论如何走不开，她得时时刻刻地跟着张老太太。对方生气了，用很粗鲁的日本话说，一个支那老P，值得?!

“P”是英文Prostitute的第一个字母，是娼妓的意思，它的发音恰恰与中国的“屄”相同。小雨突然感到一阵恶心，从“支那”，从“老屄”，从这些侮辱的字眼里，她感受到了某些人骨子里的肮脏和卑劣。现在，她比讨厌眼前的张大用还要讨厌这个“朋友”，以前怎的竟没看出来！没容她说话，对方就将电话挂了。小雨知道他恼了，她太知道这个有家室的男人了，他的儿子比她小两岁，他的父亲是当年参加过太平洋战争，在山东半岛转战了四年的皇军大佐。他本人是个年富力强的商人，谨慎、冷峻、好色、刚愎，一个性格典型的日本人。

小雨攥着手机有些跑神，她明白花了很多工夫建起来的“关系”就这么完了，这样一来，她的收入将大打折扣，甚至她的生活也会出现危机，她挣钱的计划也将会随之泡汤。

小雨想，也许早该收场了。

小雨的日本话再一次刺激了张高氏，老太太坐在床上喃喃地说她有罪，要老实交代。张大用瞪了张高氏一眼，恶狠狠地说，瞎哼唧啥哩，你不要以为出了国就能得不行了，你是个啥谁都知道，你也不能在日本住一辈子，到了你还是得乖乖回去。

小雨听得出来张大用是借着张高氏在说自己，也不接他的茬儿，倒是张高氏一下吓得闭了嘴，战战兢兢地看着满脸不高兴的儿子，一副为给儿子带来了麻烦而内疚的样子。张大用还不依不饶地说，回去再跟你算账。

张高氏低了头不再言语，半天对小雨说，你把外头那双鞋给我捡回来，我挂……挂上……

六

高被野猪宕的革命群众揪出来了。

野猪宕地处浅山，山里的“文化大革命”是用不着大字报、大辩论的，这里的革命比较直接，比较实际，是坏人，揪出来就是了。野猪宕的人世面见得少，但是富于联想，特别是有关“国际”方面的事情，男女老少都很关心。群众斗争热情都很高涨，批斗会每天晚上都开，都要高“认真”交代问题。

附近几个小队都知道野猪宕有个破鞋，当过日本军妓，炕上的功夫了不得。每天晚上给野猪宕的人介绍经验，听得人身底下发烧痒痒，到家就把婆娘按倒在炕上。于是就都有些迫不及待，都恨不得高就是他们村里的，让他们也能经常地过瘾。山洼里自古就穷，没有地主也没有富农，只有一个军妓，所以，来参加高的批斗会的革命群众就特别多。野猪宕革命领导小组的领导为此也很兴奋，与临近几个队共同举办过几次斗争会，效果不错。以往斗地主什么的还要准备发个言什么的，斗“军妓”则用不着，主要是听“军妓”交代，喊几个口号“打倒日本帝国主义”“打倒日本特务”，挺好。很轻松。

因了高，这一地方阶级斗争的盖子算是彻底揭开了。

应该说，初时高在野猪宕还是平静地生活了几年，当初离开靠山屯她一直牢记着恩人老孙的嘱咐，再不提以往的事情，她以逃荒的身份来到了这山间的小村，对外谎称自己的男人饿死了，没有孩子，没有亲戚，无依无靠。人们问她要到哪里去，她说不知道，走一站算一站，她那陌生的平原口音，饱受沧桑的面庞，成为她谎言的极好佐证，山民们对她的说辞深信不疑。

大凡山区，都有自己的小气候，山地阴湿，草木茂密，往往山外大旱，山内却小有收成，常有平原逃荒者沿着山道拖家带口，迤逦而来。高很自然就留下了，宿在村饲养室那口存放草料的破窑里。

住下来的高每天为队上的牲口割草，以换得几口干粮，她舍得出力气，很少说话，割草的时候时常坐在半山上发呆，一坐就是一天。尤其是山间的雾从涧底升起来的时候，她总是显出一种莫名的恐惧，漫山地跑，躲避着那些游荡的水汽。

人们说，这女人脑子有病。

高说，她怕雾，雾是害人的东西。

野猪宕的人们不以为然。

时间长了，有热心的人出面为高张罗亲事，大家认为反正她山外也没什么人了，在野猪宕落户是顺理成章的事。由村上善于说媒的妇女庞大花出面，提了一个，是修水库落下残疾的一条胳膊的李继成。高的反应冷淡，不说愿意也不说不愿意，让庞大花一头雾水。

有天晚上，头顶有个好月亮，有风在微微地吹，坡上有麂子在声声地叫。高趁着月亮光在窑前给牲口铡草，草的青气很好闻，很清爽，高觉得心里很透亮。高抬头看了看天幕上的月亮，突然觉得这月亮很熟悉，很亲切，月亮旁边也有一块淡淡的云，像几十年前那个晚上一样。月光下，她看见一个俊秀的青年人踏着月光从林子里向她走来了，在她的跟前站住，轻轻对她说他的脚疼。她低头看那双脚，并没有伤口，光滑而秀气。她知道他是谁了，问他，这长时间你去了哪儿？

他说，去队部开会了。

她问，什么会？

他说，要“四清”的会。

她问，李金荣可是跟你在一块儿？

他说，我不认识李金荣。

她说，你怎的会这么没记性，你们不是前后走着的吗？

他说，野猪宕没有李金荣，有个李光荣，是支书。

她说，早知道以后，当时我跟你们一起走就好了。

他说，你还要走？

她说，走不了了，现在哪儿也去不了啦。

他说，那你就留下来，不嫌弃就跟我在一搭儿过。

她想也没想就说，中。

那天晚上，高的臆想中是在和她的战友对话，而实际她是在和队里的饲养员老万在说话。老万是鳏夫，老伴儿得大肚子癖疾死了。用医学的说法这个病叫腹腔积水，是肝病的晚期，山里的百姓没这个知识，只道是肚胀，胀得像鼓，是孬病。有串乡的土大夫，用针扎了几回，也没见好，到底走了。

也没什么准备的，当下，高就跟着老万进了他盖在牲口棚旁边的土屋。

第二天早晨，老万蹲在门槛上吧吧地抽着旱烟，他问低头坐在炕沿上的高从前到底是干什么的。

高不吭声，此刻她的头脑无比清楚。

老万说，你说话呀。

高说，俺伺候你。

又等了许久，高仍旧没有说明的意思，老万叹了口气，将烟锅在门框上磕了磕无奈地说，我看你也是苦出身，不愿说算了……往后好好过日子。高说，嗯哪。

高成了“老万家的”，成了野猪宕的正式社员。在山洼的热炕上，高有时也想起靠山屯的老孙，她不知老孙怎么样了，是不是还活着，她认为老孙是她的救命恩人，是她永远欠着人情的人。没有老孙的教诲，就没有今天这温暖的小屋和热炕，没有今天的温饱与平静。

老万则没有高那般的满足，他对身边这个谜一样的女人多了一些隔膜，她身上的累累伤疤让他觉得恐惧。一个人会有这样一身伤——他想不出这个少言寡语的女人有过什么样的经历，受过怎样的非人待遇。

渐渐地，高的脸上出现了红润，眼神也灵活多了，偶尔还会淡淡地一笑，让人觉得她并不难看。高的思路越清晰，她的嘴闭得越严，就是对老万，她也从不多说什么。她是老万的老婆，尽心伺候着老万，她会操持家务，不串门，不惹是非，每天无声无息地在出出进进，像只猫。老万对高感情一般，说不上好也说不上坏，说不上爱也说不上不爱，一个白得来的媳妇还能怎么着呢？唯一不满意的是她对两口子之间的事，从没有主动过，任老万怎么拨弄，如何激情，她永远是呆呆地仰在炕上，紧闭着眼睛，声息皆无，像根木头。老万甚至认为她还不如自己那个走了的婆娘，那死鬼女人就是病得起不了炕，对他也是有呼应的。这女人，天生的不起性。

高还是怕雾，山里一起雾，她就躲进屋不出来，浑身发抖，一脸惊恐。老万问她为何怕成这样，她说雾里藏着鬼。

老万说，雾就是雾嘛，雾一散什么也没有了。

年复一年地过去。

“文化大革命”开始了，初时山里的人将那场革命看得很遥远，村里走出去几个半大小子，说是去步行串联。接着过来几个毛泽东思想宣传队，在小队部的场上唱了几首造反的歌，跳了几个横着走的舞，吃了几口“忆苦饭”，喊了几句向贫下中农学习，就灰飞烟灭地走了。后来有工作组到野猪宕视察过几回，老说野猪宕的阶级斗争盖子没有揭开。老百姓们你看着我，我看着你，不知道这“盖子”的把儿在哪儿，打哪儿揭。于是将队长换了，将支书靠边了，让串联回来的半大小子干。半大小子自个儿提着灰桶，在村街上刷了不少大标语，弄得满村都白喳喳的，像戴了孝。工作组来了，说盖子还是没揭开。半大小子也蒙了，将个灰桶踢得老远，挺着脖子嚷：就是首都北京也没到这个份儿上哩——

这么着，革命的重担就转移到了饲养员老万肩上，老实巴交的老万，承担了野猪岩革命领导小组组长的职务。工作组当时长住野猪宕，组长老王是从临近公社调来的干部，原先是供销社的采购，后来造反夺权，成了人物，威严得要命，张口是“大（打）翻在地”，闭口是“不死（是）请客吃饭”。老王每天都要找老万研究革命形势，布置革命任务，老万嗯哪、嗯哪地应承着，烟锅子抽得吱吱响，没看法也没主意。高在灶后的阴影里缓慢轻柔地拉着风箱，老王对这个悄无声息的女人从来没有注意过，村里漂亮姑娘媳妇有的是，革命者是不能为美色所动的。老王只知道老万的女人有个奇怪的名字，叫高，许是姓高，一个极普通的姓氏。总之，他无视这个女人的存在如同无视于那只盘在炕头永远呼呼睡觉的花猫。

山里的女人高知道啥，啥也不知道。

这天，从山道上肆马狼烟地走来两个人，穿着褪了色的军装，没有领章帽徽，斜挎着黄帆布包，别着领袖章。很革命，很精干，很郑重，很严肃的样子。野猪宕的工作组还没有撤，正在家里研究工作的老王和老万很郑重、很严肃地接待了两位山外来的革命战友。来人是靠山屯革命委员会外调人员，外调人说，靠山屯广大革命群众在伟大领袖光辉思想指引下一举揪出了隐藏下来的日本汉奸特务孙宽厚，同时揭出了一个叫作“高”的日本军妓，这个女人沿着官道逃向西边山地。

老万转过脸去看着高。

高没有拉风箱，高正坐在门外的台阶上，一动不动地注视着南面山的垭口，山垭处有云翻涌过来，水一样地流向谷底……

老王见老万看高，立即意识到什么，对高说，你，过来！

高不理睬老王，依旧看她的云彩。老王恼了，走到高的跟前，点着她的鼻子说，我知道，你就是那个高，潜藏极深的日本特务。

外调人员也很兴奋，他们说，天网恢恢，疏而不漏。阶级敌人再狡猾也逃不过革命群众的汪洋大海，没想到这么容易阶级敌人就落网了。

高对老王说，我不是日本特务，我是八路干部。

老王笑了，说，你是八路干部你怎不壮烈牺牲，你再不要丢八路的人了。高一句话说不出。

老万说，王组长，我老婆她有病，神经不清楚。

老王说，怎么，你还将她认作老婆吗，你的屁股坐到哪边去了？在这场与日本帝国主义的斗争中，你的立场是至关重要的。把日本特务养在家里，这个问题你要向组织交代清楚。

两个外调人员强调说，不是帝国主义，是军国主义。

老王说，不管是帝国还是军国，都是纸老虎。接着大喝一声：把她大（打）翻在地！高当下就被隔离审查起来，关在队部的小屋。几个人连夜轮番审问她，并没人打她，正是盛夏，房内换了百瓦光的灯泡，专照着高的脸，人们又将凳子架在桌子上，再让她蹲上去，颤颤悠悠，一次次地摔下来……

没到早晨，她已经被折腾得不人不鬼了。

这已经是很温和很文雅的“帮助”方式了。

三天，不给饭吃，不让睡觉。到第四天，老万来了，送来了一罐小米粥。见屋里只有他们两个人，老万悄声告诉高，靠山屯那个老孙死了，吊死在屯南边的一片荒地里，老百姓学大寨，平整土地，在荒地里挖出了一坑坑的人骨，说都是日本人干的，与老孙有关。老孙就自动死在那儿了。

高说，老孙死得冤。

老万吓得直朝高摆手，让她不要再说下去。后来，老万掉眼泪了，说他也不想再追问高的来历，他早就感觉到高不是一般良家妇女，只是没想到会和日本人有关系。

高问老万外面有没有雾。

老万说，大太阳晒着，哪里有雾。

高说，没有雾就好，我给你说说雾的事情，雾一起我就该上路了。

老万说，你的话我怎听不懂。

高借着一罐小米粥的精神，借着外面没有雾的艳阳天气，给老万讲述了自己的经历，这是她一生中唯一的一次完整、系统的叙述，从此再没有过。

老万听呆了。

老万后来将这一切转述了出去，报告给了工作组，于是日本军嫂的帽子便很自然地戴在了高的头上。她骑着驴，脖子上挂着一串破鞋，这些鞋是从村里搜集来的，七八双破鞋臭烘烘用绳连着。高先是在村街上游，后来坐着架子车到公社，再后来站在拖拉机的车斗里进了县城……不知谁找来了剧团演样板戏的日本军装，给她披挂上，将脸抹得五抹六道，耍社火般地在街上巡游。大人孩子看稀罕一样地在下头指指点点，有人朝她唾，有人扔石头，大家都知道她是将自己的×给日本人操的汉奸卖国贼，丢尽了中国人的脸，她活着的本身就是一个错误。车下边那些鄙视的、愤怒的、好奇的、厌恶的，甚至是色眯眯的脸在高的视野里形成一个平面，一个一晃而过的平面。她看着他们，却如同没看见一样，她将自己的思路抽出来，抛向天空，让它们在上头荡啊荡，不落下来，让灵魂和肉体分离。她有这样的本事。

不游街的时候她被隔离在队部西头的一间办公室里，给她一盆水，让她刷那些破鞋，没人看着，也不让她回家。她不识字，不会写交代材料，刷完了鞋就一个晚上一个晚上地傻坐着。

这天晚上，老王过来了，手里捏了张纸，铺在桌上，很严肃地让高进一步交代“军妓”的细节，高就交代日本兵用小刀片将她的身体划得一道道，没有好地方了，让她烂了几个月。

老王问，光划身上，就没弄你的下边？

高说弄了。

老王想知道是怎样“弄了”。

高就给老王讲怎样“弄了”，听得老王眼睛发直，嘴张多大，一再强调“再详细些，再详细”……

高就“再详细些”，讲着讲着高看到老王的“家伙”硬硬地支起来了，喘气也不匀了，那张“记录”的纸一个字没写，早已飞到了桌底下，不知什么时候，他已经靠到了自己身边，和自己并排挤在狭窄的单人床上了。

老王在高的耳边说，日本男人的“那个”和中国人的有没有不同？

高说她根本没见过日本男人的“那个”。

老王说，怎么可能，你刚才不是还说日本人把他的鸡巴往你的嘴里塞嘛。高说，我闭着眼呢。

老王说，你看看我的“这个”比日本人的怎么样？说着，老王拽过高的手，将它塞进自己的裤裆。

老王问，怎么样？

高说，也没什么不一样。

老王说，你看看这个一样不一样。

说着老王将高压倒在床上，一抬手关了灯……

那晚，老王将高干了三次，三次都没尽兴。

队部的院落，秋凉如水，漫起了薄薄的雾。

老万再没露过面，初时还有人看见他在自家的门口坐着，后来也不知所终了。

“文革”时期，失踪一个人是常事，值不得大惊小怪。

高如何到了南大地，如何又进入了张家，成为了张高氏，成为了张大用等六个孩子的妈，她自己是怎么也说不清楚的。“文革”后数年，她几乎是在流浪中度过的，她已经习惯了这种漂泊不定的生活，哪里都不是她的家，哪里都是她的家。有时，恍惚中的她又很清楚，她知道自己要到一个叫作尚村的地方去，她要到那里报到，那里有人在等她，一直在等着她……

张大用的父亲张景福，在当地是个小有名气的人，三个儿子仨闺女都不是善茬儿，人称“三英三秀”，没人敢惹。家里人多，吃饭的嘴多，个个都如狼似虎，日子过得很艰难。张大用的亲生母亲是被他爹活活打死的，是因为那女人忌妒，爱唠叨，不能容忍张景福在外面时不常地换女人。

张大用们的妈心口挨了张景福一脚，窝在门后头一口气没上来，当时就过去了。她的儿女们对母亲的走也未显出怎样的悲哀，只是没出一个礼拜，与父亲相好的女人便被剥得精光，嘴里塞着脏布，高高地吊在村中央的槐树上。严冬天气，那女人浑身冻得青紫，从树上摘下来时只剩了一口气。没人说得出是谁干的，连当事者也说不出。

“三英三秀”将这个活做得滴水不漏。

张景福成了老光棍，也再没有女人敢近他的身。

这时候，高走进了张家。儿女们对这个迷迷糊糊的女人采取了暂时不管不问的政策，但他们绝不承认她就是“妈”。他们让她住在牲口棚里，白天干活儿，晚上只有张景福“用”她的时候才临时调进屋里。对张景福来说，她只是个泄欲的工具，对孩子们来说，她是个廉价的劳力。包括张景福在内，谁都可以打她，谁都可以理所当然地支使她。高为他们洗衣做饭，缝缝补补，在张家的几年中，没有一个孩子叫过她一声“妈”。

高的脑子越发混沌，她有收集破鞋的嗜好，捡来了，洗干净，挂在脖子上。为这个，她着实挨了张家不少打。

高在靠山屯、在野猪宕那边的名声太大，人们在高的片言只语中终于知道了她的来历。于是，这家人将她看得更紧，虐待更甚，他们不允许她走出家门，不允许她在外人跟前露面。将她视为一块脏抹布，用过后永远塞在不见人的角落里。他们认为，这是张家的奇耻大辱，是张家人对外永远不能言说的痛，一失足成千古恨，当初让这个姓高的女人走进这个院落本身就是大错而特错。

但是他们不能将她赶出家门，毕竟，张景福还要时常地利用她。

改革开放，张家的“三英三秀”变成了“三龙三凤”，这是会借风势，能腾云驾雾的一群精英。张家人开发廊，办歌厅，建工厂，在南大地真正地成了气候。张景福也人五人六地成了老爷子。

成了老爷子的张景福整天想的是如何一脚踢开丑陋不堪的高，虽然没了当年的精气神，他还是希望像当年一脚踢死前妻那样，一脚踢死高。现在他一刻也见不得这个女人，见不得她的衰老和丑陋。他常常朝着高的胸口使劲踹，一次次将高踢倒在地上，半天爬不起来。可是这个高似乎很有承受力，她不言不语地总是活着，总是不死。她从地上站起来，笑眯眯地看着张景福。这让张景福不能忍受，他觉得眼前站立的不是“军妓”，而是魔鬼。

他大叫一声，将她再次踹倒。

这些，都在他的儿女们的注视下进行。

最终倒下的不是高，是张景福，脑满肠肥的老太爷，虽然年龄不高，却终于架不住高脂肪、高胆固醇、高糖的夹击，一头栽在炕沿下边，也算是善终。丧事还没有办完，兄弟姐妹们就商量着将高“请”出张家。他们没有任何义务赡养这个外来的、毫无血缘关系的老女人，更何况还是个妓女。高知道自己在这个地方再待不长了，她也知道自己已经浑身是病，再没精神朝前走了，那个遥远的尚村啊，可望而不可即……

这时候，南大地来了山田修子，她是从野猪宕寻来的。精明的张家兄妹很快摸清了东洋女人的目的，他们向山田修子宣布，张高氏是他们的母亲，是他们一直敬爱着的母亲。虽然不是亲生，但是张高氏和他们的父亲的爱情是不容置疑的。

张家和日本人的谈判代表是张大用，张大用的背后有着一群挂得上和挂不上的亲戚。

自山田修子到来，高有了属于自己的名字——张高氏。冠以“张”姓，是她得到这个家族认可的标志。有人管她叫“妈”了，叫得亲切而毫不含糊。而高不理解“妈”的含义，她并不因这个词汇在她身上的使用而激动而幸福。她漠然地看着围绕着自己团团转的人们，这些人越亲热，她越感到恐惧。

七

张高氏状告日本政府的诉讼状没有下文，据说日本法院是否受理此案需要一定时日。日本民间团体在不久前就慰安妇问题举行了一个模拟法庭审判，一切都跟过家家似的，将当事人折腾个够，屁事不顶。

修子有两天没露面了，她将张高氏的一切都交给了小雨。也的确，张高氏这边除了等待，再没什么事可做，而这等待又是没有任何希望的等待。大家心里都明白，日本政府不会就这件事做出任何判决，拖延只是一种姿态。小雨知道，修子的目的只是耗够老太太的在留日期，届时将老太太送出日本国就算完事大吉了。

张高氏的使用价值已经用尽了。

张大用还在痴心地等待着三千万的赔偿。他每天关注着电视上播出的日元对人民币的汇率，那时刻变动的数字如同一只只不安分的兔儿，既让他难以捕捉又至关重要，因为这些数字将直接关系着他的收益。他甚至觉得三千万有点儿太少，合一百八十万人民币，一百八十万够干什么呢。

张大用提出要到箱根旅游，到迪斯尼看米老鼠，到热海去洗温泉，这些地方都是他在来之前向熟悉日本的人咨询的结果，都在东京附近。张大用有个小本，除了以上必去的地方以外，还记载着亲戚们要他在日本购买的物件，以数码摄像机为主，型号一二三，非常详尽，南大地的农民并不闭塞，也不落后。

小雨每天扶着张高氏在桧树庄的庭院里散步。老太太除了穿紫色套裙以外还穿连衣裙，穿简单的和服，都是日本女人的赠送。张高氏并未因这些穿戴而感到丝毫的不好意思、不合时宜——她没有感觉。倒是小雨，有些别别扭扭，很不自在。

张高氏这几日在日本的日子可以用“清闲”来概括，没有谁再注意她，也没有记者来访。记者们的目光转向了和歌山一个妇女的咖喱饭投毒案，每天的报道全是“投毒”。小雨知道，用不了两天，又会有新的焦点将它覆盖。媒体就是媒体，记者们对张高氏早失去了兴趣，没有谁会再将这个老太太提出，除非老太太能制造出什么惊天的新闻来。每天小雨领着老太太和她的儿子到餐厅吃饭，老太太的饭量已大不如前，米饭只是一小碗，她几次要吃馍馍，日本没有馍馍，只有面包。张大用对那些生猛倒了胃口，一提生鱼片就恶心。现在他只认拉面，酱油拉面，一边吃一边骂，说鬼子的饭不是人吃的。不是为了他娘，他犯不上到日本来受这个罪。日本这个鬼地方，除了洗澡方便，别的啥也不行，但人不能老洗澡……

张高氏在小雨的搀扶下机械地走着，穿过花径，绕过喷水池，进入草亭。经过严格修整的宾馆园林清静美丽，有小鸽子在台阶上盘桓，园子里只有她们两个人。

此刻，张高氏的神情是平静的，几日的营养，使她的脸丰盈了许多，光彩了许多。小雨想，如果生活顺利，她其实是个富态的老人，长得也不难看。

小雨说，明天您就该回去了。

张高氏说，哦。

小雨说，我会到机场送您。

张高氏说，这里不是家吗？

小雨说，不是。

张大用从园林的门口远远地朝这边跑过来，手里扬着一张纸，跑到近前瞪着眼睛对小雨说，日本人让回去等，这没有道理！我们大老远地来了，总得有个结果，给个说辞吧？一张纸打发回家，就是一个“等”字，等妈拉个×呀，日本日弄了我妈，还想日弄我吗？没门！

小雨说，日弄你是没门。

张大用恼了，说，你甭幸灾乐祸，搁过去，你就是汉奸。

小雨一愣，想说什么终是没有说出来。跟随张高氏几天，她的脑子似乎也有点儿乱，甚至包括自己在日本的生活，都显得很迷蒙，很不清晰。看着张高氏，她时时地想到自己，张高氏脑子有病糊涂，难道她就明白？张高氏的迷糊是外在的给予，是被动，她呢……

新时期的新迷糊。

这片薄薄的雾气何尝不是来自内心。

张大用为这次到日本来没有结果而愤怒不已，他觉得自己是被人给耍了，一腔怒火无处发泄，全对着小雨而来。小雨默默地承受着，她知道，有些事讲不清楚，永远也讲不清楚。她给修子打过几次电话，没人接，全是录音，修子好像又忙碌上了其他事情。下午小雨接到修子电话，让她安排明天的送行宴会，说她和几个要人一定要很隆重地为张老太太送行，让小雨替她准备一篇发言稿。修子的礼数细致而周到，让人挑不出礼儿却也露不出热情，这就是典型的日本风格。

张大用听了小雨的转达说，这就送客了，什么问题还没解决呢，日本人怎么这样……

小雨说，你以为日本人会怎样？

张大用审视的眼光打量着小雨，再一次说，你究竟站在哪个国家的立场上说话呢，我看你越来越像汉奸。

小雨不再理睬张大用。

有几个妇女带着点心来看望张高氏。张大用粗暴地一挥手说，不见！

小雨说，你不能不见。

张大用说，我们是人，不是街上耍的猴。

结果还是见了。这是从很远的广岛来看张高氏的妇女，她们坐了近一天的火车，很不容易找到了桧树庄。在花园的亭子里，几个女人围着张高氏坐着，没有过多的话，她们知道，说出来这个中国老太太也听不懂。其中一个年纪大的，一直揉着张高氏的手，眼里一次次洇出片片水光。小雨想她们会说些曾经挨原子弹爆炸的事，但是没人提起。

看着张高氏和这些女人，小雨突然想起“曾经沧海难为水”这样的话语。这水由清变浊，由浊变清，从大海到高山，从天空到陆地，往复地循环着，变化着，相融相聚，成云成雾，成为一片自然……

张高氏的离开较来时清静了许多，就这机场还是有不少记者追踪。张高氏坐在轮椅里，怀里抱着一大束鲜花，那是修子的赠送。粉艳的花衬着老太太那张木然的脸，让人恍惚有隔世之感。修子推着轮椅，弯下身很亲热地跟老太太说着什么，这些话小雨完全用不着翻译，那是推车的人在作秀。张高氏遵照修子的意图，今天换上了白色的大毛衣，俨然一个受到关照的老人。这关照当然来自日本，来自修子主持的妇女团体。

张大用黑着脸远远地跟在后面，他的心里堵得慌，他觉得眼前的人都不是东西，都有些假模假式，当然也包括那个还算尽责的翻译和他自己。他开始盘算着回去以后如何处置日本人捐赠的有限日元和轮椅上坐着的张高氏……

尾巴上印着红凤凰的中国飞机载着张高氏升上了天空。修子拉着小雨来到了送行的平台，修子向着飞机使劲挥舞手臂，高声呼喊“撒约哪拉”，好像张老太太真能听见似的。

天空碧蓝碧蓝的，没有一丝云彩，飞机昂着头消失在小雨的视野中。在晴朗的蓝天下，小雨想，下周的今天，红尾巴的飞机上，乘坐的将是自己。

（原载《朔方》2003 年第 4 期）

雨

一

我对面单元住的是亲姐儿俩，一个姓山本，一个姓柴田。山本是她们娘家的姓，妹妹结过婚，随了夫家的柴田姓氏，后来从夫家出来，也再没改。姐姐没有结过婚，至今仍旧姓着娘家的姓，是个待字闺中的老姑娘。这样一来她们家信箱上标的名字就成了山本柯子和柴田榕子。“柯”和“榕”都不是日语里的常用字，有一回我问及她们的名字，她们说是父亲给取的，父亲战前是中学的国文先生。

姐姐山本属虎，今年六十七岁，妹妹柴田属狗，五十九岁。姐儿俩相差八岁，可长得很像，都是单眼皮，长圆脸，皮肤白皙，年轻时大概像日本传统画上的美人。妹妹柴田见了人会侧身站住，慢慢地弯下腰去，嘴里叽里咕噜地说着客气话，半天也不抬起身来，让你不由得也跟她没完没了地礼貌。姐姐山本相对起来比较冷，也打招呼也弯腰，看上去就有点儿草率，说话也利落，不拖泥带水。山本虽然性情冷，但是心眼不坏，每天早晨清扫门口，都将我门前也捎带收拾了。

要是逢我不在家，又突然变了天，她会替我将晾在外面草坪上的被子收进来。这种做法在现代日本人当中不多见，通常情况是，在单元楼住着，邻居之间谁叫什么都不知道，彼此鸡犬之声相闻，老死不相往来。你的被子就是在雨水里浇个透心凉，也没人会管。所以，摊上山本姐儿俩这样的邻居，我很知足。

姐儿两个，姐姐趋于老旧，喜欢穿茶色的裙子，配以咖啡色的皮鞋，琥珀的项链，看着不显山不露水，其实衣服质地、颜色以及饰物的搭配都是经过精心挑选，很有讲究的；妹妹衣服的颜色较为鲜亮，爱穿休闲装，常常是大红大绿，快六十的人了，却极富青春气息，让人看了为之一振。姐姐满头白发，没有杂色，梳理得一丝不乱，后面挽一个弯弯的髻；妹妹白发中夹杂着灰，烫着短发，将额前的一绺染成了淡紫，带了些许浪漫与俏皮。我最喜欢看的是姐儿俩穿和服出门，姐姐穿着藕荷色绣碎樱的，妹妹肯定是淡青绣唐草的；姐姐穿鹅黄，妹妹就穿淡粉。姐儿俩收拾得清丽无比，无可挑剔，蹬着木屐一前一后从院里走过，向着遇到的每一个人鞠躬问好，那情景让人觉得像是刚从天上飘下来的神仙，是不食人间烟火的老仙女下了凡，飘逸潇洒极了。我常常想，有机会应该把俩老太太请到中国去，给服装学校的学生们好好讲讲女性服装的色调搭配，她们在这方面算得上是专家。

当然，打扮需要有经济基础，我相信俩老太太有相当厚实的家底。从她们佩戴的很传统的首饰来看，我揣测得出那些珠宝每一件都价值不菲，其中任何一件都不是我能置办得起的。姐儿俩都拿着可观的养老金，因为经历过原子弹爆炸，医疗费全部由国家负担。但她们都很健康，一年四季没见哪一个闹过病。反倒是我，今天感冒了，明天胃疼了，动辄往医院跑。老太太们见我常说，叶桑，你得活动哪，小肚子已经起来了。

老太太们的锻炼方式是遛狗。她们养着一条灰色的秋田犬，犬的眉毛上有两个白点，个儿很高大，近乎于狼，是日本的名狗，老太太们管它叫“贺茂”。日本叫这种名字的多是男性，贺茂也是条雄性犬。小区禁止养狗，但是管理人员奈何不了这俩老太太。老太太们说她们的狗已经是老“人”了，老人都应该有个平静欢乐的晚年，不管是人还是狗。管理员到家来做工作，让她们将狗处理掉，贺茂立着毛喉咙里很不满地呼噜，还冲管理员龇牙，不是绳子拴着早就扑过来了。贺茂和那位管理员是死对头，全楼谁也不怕贺茂，只有管理员怕贺茂。管理员私下跟我说过狗的问题，说如果“桧峰之星”的狗影响到我，哪怕给我带来极小一点点不便，我也有权反映，必要时甚至可诉诸法庭。我们住的小山叫作“桧峰”，在广岛西区的海边，风景很美。管理员将太太们称为“桧峰之星”，想必山本和柴田是桧峰地区家喻户晓的名人。在广岛，地道的当地老人不多。广岛居民大部分是从外边迁进市内的，真正的广岛城内市民大部分死于原子弹爆炸，残存者多属侥幸。我们所住的这一片白楼的小区，是90年代以后才建立起来的，这之前是一片长满桧树的山坡。我和“桧峰之星”们都住在一层，一层阳台外面是分属于每一户的小草坪，用铁栏杆隔着。当然也只有一楼才有这样的待遇，上边二楼三楼都没有。贺茂在草坪东南角有个窝，白天尽职尽责地趴着，也不叫。傍晚的时候就坐在阳台玻璃门前，定定地向里面看，等着老太太们带它出去遛弯。俩老太太遛狗，已经成为小区的专门风景。贺茂抖动着一身光亮的灰毛，颈圈上挂两条绳索，山本、柴田各拽一条。狗高大威猛，人细弱文雅，一条狗两个人形成一个三角，很稳固地走在太田川的河堤上，十分引人注目。俩老太太一人手里攥一个塑料袋，山本的塑料袋里装着小铁铲，随时收集贺茂的排泄物；柴田的塑料袋里有小食盒，是为给贺茂喝饮料用的。贺茂很知道自己和什么样的人在散步，它绝不跑，它一步一步地小颠，像英国皇宫前马队的马，不是在走是在舞。六十七岁和五十九岁的老太太在后面一人扯根绳，迈着快步，达到了人狗合一的超然境界。贺茂知道在什么地方该停下来，这都是事先固定好的，贺茂所停的地方必定是景致优美之处，有凳，有石，有自动贩卖机……贺茂喜欢喝苹果汁饮料，哪个贩卖机有苹果汁出售，它清楚极了，一点儿不会错。在贺茂一双蓝眼睛的注视下，柴田将十元的硬币投进去，扔完了一个，听到“叮当”的响声再投一个，再听响声。其实柴田完全可以扔一个百元的硬币，但是她不，她就要十元十元地扔，为的是要和贺茂一起享受这听“叮当”的快乐。十个硬币投完，“哐当”一声，掉出苹果汁，贺茂立刻扑过去，用嘴打开小门，叼出装苹果汁的易拉罐，递到柴田手里。柴田将黄色的汁液倒进带来的小盒，拍着贺茂的脑袋说，喝吧喝吧，盼了一天了。自始至终贺茂都在摇着它那扫帚一样的大尾巴，向老太太们讨好，表示着自己的愉快和感激。有时候柴田故意少投一两个硬币，贺茂便“汪”的一声，提醒她。贺茂识数，贺茂一点儿也不糊涂。买苹果汁，是人和狗散步中一个很重要的节目，那行走的路线，那买果汁的地点，包括贺茂拉屎的草窠儿，撒尿的树根，都是雷打不动的。

老太太们的生活让我羡慕，我想不出她们会有什么不顺心的事情，人到老年活到这个份儿上，称得上是圆满了。看到她们我就常常想起刘恒写的《贫嘴张大民的幸福生活》，那叫什么幸福生活？人家老太太才真叫“幸福生活”。我们老了的时候未必能有这般的安逸，这般的舒适，未必能有这么有人气儿的狗。

山本姐儿俩极少有亲戚来，有时候有个中年男人来看望她们，据说是柴田婆家的晚辈。男人管两位老太太都叫“奥卡桑”，叫得很亲热。管俩老太太都叫“妈”，让你猜不出他们彼此间是什么关系。老太太们管中年男子叫“贺茂”，竟然跟她们的狗同名。老太太们“贺茂”“贺茂”不停地叫，贺茂就一口一个“哈依”，答应得很干脆。那个趴在外面的贺茂很知趣地缩着，它知道这时候没它什么事，人家喊贺茂它要是往里搅和就是添乱。贺茂来的时候永远捧着一大抱黄色的雏菊，他知道俩老太太爱这种花，从来不买其他的。我几次看见他抱着花累得喘气，站在对面门口，不得不将那抱花搁在地上，停顿一会儿再按门铃。老太太们开门得有段工夫，贺茂就利用这个时间理理头发，正正领带，再把花抱起来，很认真地捧在胸前，以便老太太一开门就能看到一个很精神很齐整的形象。贺茂在老太太家待的时间不长，说会儿话就走，有时候帮着俩老太太弄弄阳台外边种的花，搬进搬出的，任着老太太们支使；有时候帮助调调阳台栏杆上的卫星接收器，俩老太太在屋里坐镇指挥，一会儿左，一会儿右，没个准星。贺茂的皮肤像老姐儿俩，白皙得能看见蓝色的小血管。我想，贺茂如果是个女人，他能演电视剧，当明星。可是贺茂好像只是个普通的公司职员，而且是属于没什么出息的那一类职员，我从他那敛首低眉的做派就能想象出他在公司里是个什么角色。

对门这样热闹的时候不多，往往是狗贺茂常在，人贺茂不来。很多时候是一两个月不见贺茂登门，老太太们就耐心等着，把活儿都攒到贺茂来了再干。也有等不及的时候，比如天冷了，那些花有的该搬进屋里去，贺茂又老不来，她们就会把我叫过去帮忙，很客气，管我叫“叶桑”，很委婉地说出她们的请求，完全是商量的口气，生怕给我带来什么麻烦的样子。我倒希望她们能像称呼贺茂那样来称呼我，来支使我。从年龄上看，她们都是阿姨辈的人，没必要为这点事惴惴不安。

我到对门去过几次，老太太们的屋里干净得一尘不染。依照日本人的生活习惯，所有生活用具，所有生活痕迹好像都要掩藏起来。比如说睡觉的被褥，白天总是被她们藏到壁橱里面，外面是光光的榻榻米，好像这些人从来不睡觉一样。厨房也是，没有锅碗瓢勺的堆积，没有油盐酱醋的排列，清冷得你都猜不出她们会吃些什么。老太太家也是这样，唯一的特点就是花多，卧室里，客厅里，饭桌上，钢琴盖上，甚至厕所里全都摆着黄雏菊。这是一种太普通的小黄花，摆得多了，室内就有一股菊花的清气，让人产生了殡仪馆的联想。当然，只是我，别人不一定。山本家的阳台是盆栽的小松树和大株的巴西木。还有在栏杆上穿来绕去的菊类小花，也是黄的……整个房间的色彩偏于冷淡，有些单调。跟老太太们华丽的外表不和谐，淡雅的气氛，平静的内心，或许这正是她们生活的基调。相比较，我感到我们家里太有点儿杂乱无章，书撂在厕所里，枕头飞上了窗台，沙发垫子在榻榻米上，袜子让电视机顶着。这一切正如我混乱的没有规律的生活和审美意识上的粗俗与欠缺，论修养我比人家真是差得太远。

每回干完活老太太们都要送礼，有时是点心，有时是一个小玩意儿，都很精致，很有品位。山本老太太在送礼的时候常常要送几句善意的指导，比如，你的脸搽点儿粉会更好看，你的头发别个珠光卡子会显得更有气质一类。我就去买粉，就别珠光的卡子，老太太们每回见了我的“改进”，都会像发现新大陆一样，大呼小叫地惊奇一番，欣赏一番，以示她们指导的正确。我的丈夫几次告诉我不要跟日本人走近乎，不要收老太太们的礼，不要串门子，不要听风就是雨；要有自己的主见，要和邻居保持一定距离。我不以为然，我愿意过去帮忙，我希望人家指导我，我盼着人家送礼，那精美的小礼品诱惑力实在是大，我没有法子阻止我的手不伸出去。丈夫每天上班，平时早出晚归，偌大家里只剩下我一个人，我巴不得老太太们找我干点儿什么事，一个人闷在屋里只是发困，越待越没劲。

我在日本的身份是“家族滞在”。也就是说，在这儿我是靠人养活没有工作的家属，我的身份不允许我出去工作。我只能是在家里闲闲地待着，像笼子里的猴，从阳台蹿到客厅，从厨房蹿到卧室，吃两瓣橘子喝两口茶咬两口点心看两行书。人一闲心里就没着没落的，跟病了差不多。我时常地想念国内的朋友们，想念我那部敲着敲着就出怪字有病毒的电脑，想念门外那乱哄哄的菜市场。在国内，再怎么不济我还是个作家，在这儿我是什么呢，什么也不是。对门俩老太太比我忙，嘟嘟嘟一会儿出去一趟，嘟嘟嘟一会儿出去一趟，好像她们老有干不完的事。我知道，山本是俳句俱乐部的会员，是和服教室的老师；柴田是合唱团成员，是妇女相谈会的干事……总之，俩老太太的生活充实极了，她们的事多得干不完。我真想加入她们的活动圈子，却没有机会。

有一天，我在阳台上晾衣服，听到隔壁柴田在唱歌，山本用钢琴伴奏，柴田的声很大，山本的琴键敲得也很有力：

无论你走在哪儿，
都有离合与悲欢。
世界很小，世界是个圆，
让我们拉起手互相关爱。
无限的天空，无限的大海，
都装在我们的心里，
装在这小小的世界。

她们唱的是一首广岛人人都很熟悉的儿童歌曲《小小世界》。广岛市繁华的商业中心——SOGO 商店门口有个大钟，每到正点，世界各国的玩具人都要从小格子里出来，齐声高唱这首歌。很多人就是为了看小人表演而到商店来，久之，这首曲子就成了大家的歌，广岛的歌，谁都能哼，谁都能唱。现在听老太太唱《小小世界》，更让人体会到一种童心焕发的张扬，一种返老还童的轻松和“看山还是山”的自在。

柴田反反复复一遍又一遍地唱，山本一遍一遍地弹，都没有疲倦的意思。我不能说柴田唱得很好，很多地方她都跑了调，凡是高音的部分大都上不去，明显地运用假声在给自己助威。钢琴也是太古老的钢琴，声音不准，需要调试。但是我佩服俩老太太的精神，换了我，绝没有这样大声唱歌的勇气。可柴田不，她的歌是越唱越响亮，越唱越兴奋，唱到了无人的境界。

中午吃完饭，我到信箱取信，嘴里下意识地哼着《小小世界》。恰巧姐儿俩穿戴整齐地出门，柴田听到我的哼唱，不好意思地深深鞠了个躬，说刚才实在是失礼了，声音那么大，影响了我休息，心里不安。我说我也喜欢这首歌。柴田说，合唱队今天要排练《小小世界》，她唱低声部，怕出错，抓紧练了练。我突然心血来潮，问能不能也跟她们到合唱队练唱歌。柴田笑了，说不行。她告诉我，合唱队最年轻的也有五十五岁了，我还不够格。

原来是老年合唱队。

山本说要是我愿意可以跟她到和服教室学穿和服，我说等丈夫回来跟他商量一下再决定。其实用不着商量我也知道他不会同意，去和服教室学习一则要交学费，二则要自带衣服。更何况，我学会了穿和服也没什么用，我也不是日本人。山本从我身边过的时候悄悄对我说，你穿红毛衣下边不能配蓝裤子，日本女人有俗语，红配蓝，狗都嫌……

我真不知说什么好了，在家一向不修边幅的我，从来没动过什么配什么的心思，一个人在家里，玩那么多花样，纯属瞎折腾。早晨擦胭脂抹粉，在屋里待一天，晚上再洗去，图的是什么呢?

图的是好心情。

这点我当时没明白，是后来才想清楚的。

二

对门无坚不摧、无往不胜的老太太们有个最大的弱点——怕下雨。我见过怕打雷的，怕刮风的，从来没遇到过怕下雨的。

一到下雨天，甭管是大雨小雨，山本和柴田就会不出声息地闷在单元里，在各自的房间待着，连阳台也不去。什么合唱团，什么和服教室，再重要的活动也不去参加了。她们常教育我，就是一个人在家也要梳妆打扮，要对得起女人这张脸，对得起一分一秒流淌过去的光阴。可是一到下雨，她们那两张脸晦暗得比老奥巴桑还奥巴桑。

樱花谢了，广岛进入了梅雨季节，连绵的雨水不大不小，不紧不慢地下着，桧峰小山和山下的濑户内海都沉浸在一片迷蒙的水汽当中。人就像是住在水里。潮的，摸哪儿哪儿是潮的，你不理它，过不了几天就会长出白毛，连睡觉的被子也会发出霉味儿。家用的吸干机嗡嗡嗡整日开着，根本不管用。人的身上开始发黏，不敢开窗户，一开窗户就会涌进一团团带着海味儿的湿气，让人心烦，让人发闷，让人无端地想发脾气。这不是一个让人舒服的季节。

雨水中，对门老姐儿俩蔫了。

她们不出来买菜，也不出来倒垃圾。一个礼拜，我没见她们出过门，也没听到《小小世界》的歌声。

从阳台上望过去，她们家的贺茂蔫头蔫脑地趴在窝里，塑料食盆是空的，积满了雨水，那身漂亮的灰毛变成了麻色，紧紧地贴在身上，耳朵也耷拉下去了，眼角满是眵目糊，“小小世界”满是凄凉。见我看它，贺茂抬起脑袋懒懒地摆了一下尾巴，算是打个招呼，接着又把脑袋扎在两腿之间。它知道，下雨的时候是不给饭吃、不出去遛弯的，它得忍着。

我有点儿可怜贺茂了，将手里正吃的面包嗖地扔了过去，面包落在贺茂的前面，贺茂抬了一下眼皮，动也没动。我又扔过去一块搁了花椒盐的发面饼，贺茂换了个姿势，将屁股对了我。我到厨房翻了半天，翻出一截从国内带来的广州香肠，自己也舍不得吃的，一咬牙，甩了过去，香肠砸在贺茂身上又顺沟滚到栏杆跟前，可也没引起贺茂的兴趣。半天工夫，我们家厨房的许多食品都搬到了对面的草坪上，不见狗出来，也不见老太太们出来。那些五花八门的吃食都祭了雨神。

这个时候我很盼着那个小白脸的贺茂来，他来了至少可以给这停滞的生活一些动力，将这一潭凝固的水搅动起来。

可贺茂没来。

丈夫下班回来，我将对门的情况向他诉说。

他看了看雨水中我扔过去的已经泡得变了形的五花八门，让我不要多管闲事。说这是日本，不是中国，人跟人交往要有分寸，这里的生活原则是“不给别人添麻烦”，不是中国“一方有难八方支援”。我老这样管别人的事会招人讨厌，会被人家认为是没教养。

那天晚上我想了半天，究竟是“不给别人添麻烦”好，还是“一方有难八方支援”好。想来想去，是既“不给别人添麻烦”又“八方支援”，把两者加在一起最好。丈夫看我半天不说话，以为是不高兴了，给了我两万日元，让我明天到广岛西边的德山市转转。我说去那儿干什么？他说，你的朋友邓友梅小时候不是在德山当过劳工吗？

干吗不替你的朋友去拍几张照片。

第二天，我冒着雨到德山去了。纯粹是为去而去，根本不是为什么照片，鬼知道邓友梅在德山的哪儿当的劳工。德山也是湿的，我在车站的商店买了一具漂亮的狗项圈，是给贺茂买的，我总觉得让雨淋了几天的贺茂怪无辜的，小可怜似的，让人心疼。

买了狗项圈回来不敢让丈夫看见，将那个皮圈藏在抽屉深处，想的是天气好了，对门遛狗的时候当着贺茂的面交给老太太们。一定让贺茂知道是我给它买的，我是它的朋友。这样，再下雨时它就会吃我送给它的食物了。

小区每季度要发放装垃圾的口袋，管理部门在每个单元贴出通知，让各户出人去领，过时不候。小区有间集中活动的大房子，平时锁着，有事开门，事完了又锁上，管理员是兼职的，平时人家有人家的工作。我去领垃圾口袋，管理员在簿上找到了丈夫的名字。他说，你们住 104，能不能把 103“桧峰之星”的也领了，这些纸口袋搁在空屋子里会发霉。

两捆纸口袋，捎带的事，不存在什么能不能的。我刚要答应，想起丈夫“少管闲事”的教导，立刻有些犹豫。管理员低着头一边在 103 上画记号一边说：下雨天，那两个奥巴桑是不会出来的……说着，103 的两捆口袋就给我拎了过来。

不代领也得代领了，这是没商量的事。

我打着伞，提着四捆口袋跑回单元，按对门的门铃。想的是借这个机会进去看看，看看下雨天老太太们闷在房子里干什么。半天山本老太太才通过门上的对讲器对外面的我有气无力地说，是叶桑吗？

我说，是我，管理员让我送垃圾口袋来了。

山本说，给您添麻烦了，请暂时放在门口吧。

对方没有开门的意思，我只好将口袋搁在了大门外面。

这两捆口袋一搁又是一个礼拜。我早晨出门，口袋在那儿摞着，中午出门，口袋还纹丝不动地放在那儿，就是说俩老太太一直没开过门，真是怪人。

我担心会出什么事，在国内，常看到外国有的老人死在房间几个月后才被发现的报道，宣传部门主要是通过这样的事来说明资本主义国家人与人之间关系的冷漠，我不希望在我的周围也会有这样的情况发生。跟丈夫说了我的忧虑，丈夫眼一瞪说，你是有病，看电视里的杀人事件看太多了！

我说，我总是好心。

他说，你别没事找事。

他这个人在国外待的时间长了，心就变得冷了，除了关心自己的工作，关心自己的小家，别的一概不管不问。用他的话说，在国外人际关系简单，不生闲气。好像他在国内工作时同事们给了他多少气受似的。我说，人活着，图的是什么，不就图个人气儿嘛，你时刻想着别人，别人才能想着你。总不能房顶上开窗户，上炕认得老婆下炕认得鞋吧。

他说，我不跟你斗贫嘴，你在家闲一天，不遛遛嘴怕上下嘴唇长在一块儿不是。

两口子没事打嘴仗，有一搭没一搭的也是一种乐趣。

早晨，丈夫去上班。出了门又蹿回来，咋咋呼呼对仍在被窝里的我说，快起来，天上有虹（读 jiàng）！这话也就我懂。所谓的“虹”其实指的就是彩虹。老北京的孩子管它叫“虹”，这个读音很特别。

现在北京再说“虹”，十个有九个已经不明其意了。但丈夫老改不过来，我真不知道他在大学里是怎么教人家汉语的，误人子弟是肯定无疑的了。

穿着睡衣奔向阳台，看到海面上一片灿烂，天不知什么时候晴了。东面太阳从云端里刚刚露头，万道霞光洒向平静的海面；西面，波光粼粼的天尽头幻化出一条绚丽彩虹，从南向北，横贯长空，像一道七彩的门，将这边的山和那边的海连结起来。彩虹随着云彩的飘荡在移动，越来越近，越来越近，几乎就到了我的头顶，我就要从彩门下边钻过去了……我高兴得大声叫起来。

贺茂在草坪上也使劲地汪汪，它没见过这个，它也很兴奋。我看见旁边的草坪已经被收拾得干干净净，那些发面饼，那些面包都不见了踪影，贺茂的食盆里放着一粒一粒的狗干粮。

彩虹转瞬即逝，就像它的突然出现，一回眸的工夫便已不知踪影。太阳从云彩里钻出来，照得天地一片辉煌；淡淡的雾从脚下腾起，轻柔地沿着山麓铺散开来；一种叫不上名字的麻色鸟儿，仰着小脑袋像谁要把它杀了一样，拖着长声尖叫着；一只大尾巴的松鼠从树上出溜下来，匆匆忙忙地钻进了草窠儿……海面上吹过来很爽利的风，带着特有的腥气，拂过人的脸，就像是谁轻轻地对着你吹气。舒服、惬意！

——今天是个大晴天。

我将那些沉重的被子晾了出去。

出门倒垃圾，恰逢柴田在扫门口，见了我一弯腰，说“早晨好”，声音轻快自然。柴田的脸画得很清爽，眉宇间透着愉快，穿了件杏黄的衬衫，整个人就像一道亮丽霞光，把我身上的蓝睡衣一下比得没了颜色。我不能将前几天萎缩在昏暗房间内，消极、自闭、变态、沉闷的老人和眼前的舒朗、自信联系起来。或许正如丈夫说的，各家有各家的习惯，各家有各家的隐私，有各家的不便言说。

雨过天晴，老太太们照旧去遛狗，照旧去歌唱，照旧去参加各式各样的活动。小小世界照旧充满了阳光，仿佛那些阴雨连绵从来没有出现过一样。

三

梅雨过后溽热接踵而来，转眼到了八月。对门的贺茂好像是病了，不好好吃东西。我有几次看见老太太们蹲在贺茂的窝前，像哄小孩一样地哄贺茂喝药。我在栏杆这边说，给它吃药不如给它打针，这多麻烦。

山本低头跟贺茂周旋，没说什么。柴田走过来小声对我说，不是药，是营养液。贺茂没有病，贺茂太老了，它的牙今天又掉了一个，以它现在的年龄，相当于人的八十多岁了。

哦，没牙的老贺茂。

柴田回头看了看无精打采的狗说，贺茂虽然吃不了饭，但贺茂是幸福的。

我说，贺茂的确是幸福的。

8 月 6 日是广岛原子弹爆炸纪念日。

对面的门楣上挂了好几串五色的“千纸鹤”，以示纪念。我不好打问她们在这一天都失去了谁，这些属于伤痛，属于隐私，她们不说，我不能主动问。但从她们那积极的生活态度，开朗的性情看，至少她们本人是没受多大影响的。

有的人家挂了国旗，我们小区旁边的国泰寺墓地摆满了鲜花，来上坟的人络绎不绝。寺庙里钟声悠悠，路边、河堤、墙角时时可见花束堆放，那是活着的人对在此地逝去的亲人的悼念。五十年前的这一天，有十四万人在原子弹的爆裂下奔赴了黄泉之路。纪念碑后的反核之火仍在熊熊燃烧，据说要烧到什么时候世界上没有核武器才会熄灭。电视里，终日在播放和平广场纪念大会的情况和当事人的回忆。电视里反复播出一个女孩子的纪念碑，那个女孩死于原子弹爆炸后数年的放射线病，病中她用包药纸叠了许多纸鹤，祈愿和平与健康。那些小鹤折得很精致，一只鹤只有手指甲盖的二分之一大。唯其小，才体会出了小女孩的心劲儿和决心。

一大早，对门老姐儿俩穿着黑色绣水鸟的和服到广场上参加集会，一人带了一个大夹子，让过路的人在上面签名，反对核试验。夹子上，第一个签名的就是我，因为她们一开门就碰上了我，面对两个老人的诚恳面孔，我想，任谁也不会拒绝在上面签下自己的名字。

丈夫对我的做法照例是反对。他教训我说，你在这儿的身份是外国人，外国人不要参加日本的政治活动，包括签名。

我说，签了又能怎样。

他说，签了就可能违反入国管理局的规定，没准哪天把你驱逐出去。

我说，驱就驱，好像谁多爱在这儿待似的。

他说，你也不想想，没有这颗原子弹，没有这十四万人的牺牲，“二战”能停下来吗？没有这十四万人的牺牲，中国、世界上许多国家不知道还要牺牲多少个十四万！说你没脑子，你比谁都没脑子；说你糊涂，你比谁都糊涂。还是作家呢，料你也是没甚出息的作家，真不知你怎么入的作家协会。

我说，作家协会就是不让扔原子弹的协会，什么时候也不能满世界撂原子弹。

他说，去去去，老娘儿们家……偷换概念，跟对门的疯老太太是一路货。

晚上我赌气没给他做饭。于是两个人就出去吃，吃天妇罗。面对着炸得嗞嗞作响的大对虾，他突然又说，在广岛人民的受难之日，你还能吃得这样投入真有点儿太那个……

我瞪了他一眼，将那个虾不折不扣地填进嘴里。

8 月 6 日半夜开始，豪雨如注。

风借着雨势，将窗户摇得山响，连整个隔扇也好像在发颤。窗帘呼呼啦啦，大白鸟一样地飞，一阵阵的雨星往屋里灌。外面什么也听不清，什么也看不见，黑暗中一切都在响。风和雨的声音搅在一起，加上海浪的配合，组合以后再重新发出，使一切都变得怪异而不可捉摸。哗——雨水拍在树叶子上，呼——风在沿着山坡低旋，唰——浪由黑暗的海中卷上来……世间一切能动的东西都在振动着。轰隆隆，闪光过后是一连串的闷雷，仿佛有万千铁甲车在天边滚动。透过惨白的电光，可以看见雨水中摇摆挣扎的树，看见翻滚咆哮的海，看见无穷无尽的雨帘和山下城里那一片迷蒙的灯光。呼啦——呼啦——呼啦，全世界都旋进这个大漩涡里来了，谁也跑不出去，也没地方跑。我相信，所有的人都醒了，在这样的狂暴的雨夜还能沉沉地安睡，除非是缺心眼。人们不敢出声，人人都捏着一把汗，担心所住的小山在顷刻间坍塌崩裂，随着泥石流滑向万丈深渊。猛不丁的一阵静寂，好像一切都突然停滞了，什么都不存在了。还没有缓口气，又来了，呼啦——呼啦——比刚才更猛。我睡不着，在风静的当儿听到身边的丈夫睡得很均匀，还在打小呼，大概现在就是把他抬到海里去他也不会醒。看着飞舞的窗帘，我想起关窗，又突然想到，晾在外面的衣服还没有收。推了推鼾声不已的丈夫，他不耐烦地说，你干吗？

我说，天要塌下来了。

他说天塌下来有三楼顶着，不用我操心。又说他一直在醒着，在考虑学生论文的事情，根本没睡着。

我让他出去收衣服。

他说，反正也湿了，收回来也是湿的。让它淋着去吧。

说完，又响起了鼾声，我知道他又在考虑他学生的论文去了。我来到阳台门口，发现昨天晒的衣服早已没有踪影，不知飘舞到哪个角落去了。黑暗的风雨中，有手电的光亮一闪，又一闪，我意识到，光亮来自隔壁草坪，侧身望去，果然见两个老太太穿着雨衣在院里折腾什么。该不是借着风雨之夜挖宝贝吧？我的脑瓜一下进入了文学创作思维，脑海里映出一个个电视剧“杀人事件”的镜头……连小雨也害怕的老妇人，在黑夜里大战暴风雨，一定在干着顶天立地的大事！

早晨起来我得知，贺茂死了，死在昨天夜里。

对面的门敞开着，这是为了让贺茂的灵魂能顺利走动。老太太们为贺茂很郑重地穿起了丧服，黑的衣裙佩戴着黑珍珠的项链，一切都一丝不苟，并不因为逝去的是只狗而稍有怠慢。

贺茂跟我也算是有过交情的，我买了一束花过去尽人情。主要是关心一下失去爱犬的老太太。相濡以沫的生灵不在了，老人们的心里一定很难过，劝慰一下是必要的。进到对门房间，看到贺茂像人似的被停放在客厅的主要位置上，灰色的长毛被老太太们用吹风机吹干了，盖上了小毯子。贺茂的旁边一左一右坐着山本和柴田，老太太们的脸色很平静，没有我想象中的悲悲切切。

山本将我的花接了过去，摆在贺茂的头部。柴田告诉我，殡仪馆的人一会儿就到，贺茂的尸体交给他们处理会办得很妥帖。我没好意思问是动物的殡仪馆还是人的殡仪馆，日本养宠物的很多，宠物死了，是该有收拾尸体的部门，总不能扔到垃圾堆去。既是来吊唁狗，总得要说点儿什么，我提到贺茂不少可爱之处，老姐儿俩只是微笑地看着我，一言不发。我说，将来可以再选一只秋田犬来养，秋田犬实在是聪明又忠实的狗。老姐儿俩看着我还是一言不发。

中午的时候，来了辆汽车，将贺茂装在一个小木盒子里拉走了，同时拉走的还有贺茂的窝和贺茂吃饭的塑料盆。贺茂一下就消失了，一个几十年的生命，在一个上午消失得干干净净，没留一点儿痕迹，就像它从没出现过一样。我好像从生命的流逝中体味到了什么，很浅薄，很模糊，也很说不清。

没有了贺茂，我的心里有些空落，有些不习惯，在阳台上常常下意识地往对面草坪上望，东南角上空空荡荡的，只有绿草，风吹着那些草，微微地颤，有了生命一般。头顶的天很蓝很蓝，有云彩在飘。山下的海很绿很绿，卷起一朵朵细碎的浪花，太阳晃晃地照着，不知从谁家飘出了葱花炝锅的香味儿……

我想，这大概就是光阴了。

四

经过一场暴雨，隔壁的花木已经凋零得不成样子，推算着那个白脸的贺茂该来了，可是贺茂一直没来。我等待着老姐儿俩叫我过去搬花，天都凉了，也没见过来打招呼。

转眼到了年底，山本和柴田似乎更忙了，她们参加了世界语学习班，一周两个半天，坐汽车到广岛车站的学习塾去上课。我不知道学世界语有什么用，据说这种人造的语言（当然，所有的语言都是人造的）很科学，很容易掌握，地球上还有世界语协会组织，大家用世界语交流，像一家人一样。这是一种新颖的、陌生的语言。我没有那精力，没有那勇气接受它，但是我对门的老太太们有这种勇气。她们对世界的新鲜总是有种追求，孩子一样的好奇。有时我觉得她们活得过于细腻，过于投入，简直成了精。

跟“精”住对门，有种可怕的感觉。

有一天我没话找话，心血来潮地问她们世界语好学不好学，山本说很简单，柴田说很有意思。我问她们“原子弹”世界语怎么说，姐姐说“啪轰”，妹妹也说“啪轰”。

我说，原子弹是“啪轰”？

她们说，是的，是“啪轰”。

妹妹补充说，“啪”是闪光，“轰”是爆炸。

我以为她们是在开玩笑，两年后到美国访问，见到了一个会世界语的教授，我问世界语“原子弹”的发音，他准确地告诉我是“啪轰”。可见对门的老太太们绝没有跟我开玩笑的意思。那天，她们动员我跟她们一块儿参加世界语学习，我说连眼前的日本语还没有学好，还是把世界语先放放吧，到桧峰的商店里用世界语买不出大白菜来。

我听到老太太们背世界语单词，“沃童”“奈幄得”“释司斯”……怪怪的，听着让人想乐。老姐儿俩在试着用世界语给对方写信，很认真地投送邮局，很认真地收集，很认真地回信……我有点儿提心吊胆，怕她们哪一天高兴了也给我用世界语写一封。

日本人年末是忙碌的，很大的工作量是写贺年片和送年礼。人们将写好的贺年片统一送到邮局，元旦那一天早晨邮局一起发放，几乎每家都会收到一捆乃至几捆贺年片。收得少了便会被认为是没人缘，在邻居中很没面子。年礼叫作“御岁暮”，是给至亲好友送的，不管多远，商店都负责送到。商店送年礼多雇用临时工来帮忙，送的人开着车来到小区，在门外就大声喊，很张扬。对门老姐儿俩像互相寄信那样，也互相送年礼，山本让商店给柴田送来一盒金鱼糕，过几天柴田又让人给山本送来一包山蘑菇……我到商店给俩老太太一人寄了一块头巾，为了增加声势，是按两份礼品送出的。很快，我收到了她们的回礼——一条漂亮的呢裙子。

丈夫说，门对门地住着，玩些个花样，过家家似的。

我说，这也是一种情趣，自己制造的情趣，它会让生活更有味道。

丈夫说，这都是闲人干的事。

我说，不是闲人是贤人。

日本有规矩，当年有丧事的人家不能接受贺年片，必须在接近年底时向亲戚朋友发出“丧中失礼”的通知。是圣诞节前两天，老姐儿俩买了一棵很漂亮的圣诞树，让花木公司的人给送了来。她们把树立在草坪上，几乎占了草坪三分之一的位置，原本是要让树站在客厅里的，客厅太矮，容不下，就挪到了外面。老姐儿俩有事干了，进进出出地装饰这棵树，她们买来各种小玩意儿，很开心地，不慌不忙地慢慢在树上给它们选择合适的位置。本来是少年所为，竟然被两个老太太干得如此有滋有味，给我的感觉是，圣诞节是个很重要的节日，装饰圣诞树是一件很了不得的事情。我隔着栏杆问她们，圣诞节是要开Party吗？柴田说是，并且说那天晚上希望我能过去帮忙，给她们的客人包中国水饺，作为一道大菜，让大家品尝。山本拿来纸笔，让我写上需要准备的材料。我说饺子全部由我安排，算是我给大家的礼物。老太太们听了，高兴得小孩似的直拍手。

过节这天上午我提着两棵白菜两斤肉馅回来，上坡的时候碰上邮递员送信。邮递员是熟人，他正在汉语学习班学汉语，见了我总要多说几句话。他用汉语说有我的信，也有对门的明信片，说着将信递过来。接信的时候我看到对门那张素白的明信片上三号黑体醒目地印着：丧事在身，新年不再问候，失礼之至，乞谅。下面一行小字：

长子贺茂（享年43岁）五月永眠。感谢生前厚情，多方关照。寒中祈望自爱。

平成十四年十二月　柴田昭志

贺茂，贺茂，莫非就是那个常来走动的贺茂！

邮递员指着明信片说，主人的信，息子死。

我说汉语不叫息子叫儿子，不叫主人叫丈夫。

他说，对，是儿子。

“儿”的发音他发不好，说成了“俄”，我顾不得跟他仔细计较，急匆匆地问，谁的儿子？

他说，奥巴桑。

我说，说汉语，哪个奥巴桑。

他指着明信片上的柴田两个字，吭哧了半天，说不出柴田的姓氏。后来还是换了日语说，是柴田老太太的儿子，得的是白血病。

我的脑袋蒙了，怪不得这半年没见贺茂来看望老太太，原来五月就已经故去了。难得的是老太太们竟是这样的沉稳，这样的平静，如同一条缓缓流动的小溪，任着下面有暗流漩涡，有跌宕起伏，表面上竟是水花不起，平缓舒展。做到这点要有怎样的功夫，怎样的韧性啊。快乐的老太太，背负着这样的沉重，那腰竟然没有弯，还在准备着欢乐的圣诞晚会……

一个上午又一个下午，我的心情都不能平静，老想着那个面色苍白的贺茂。他是柴田的亲儿子，走在了他母亲的前面。他的母亲，老年丧子……丧了子的母亲，正在忙忙碌碌地准备圣诞晚会，脸上带着知足的笑，屋里屋外地张罗……我想到了自己，几年前为了一次工作上的委屈，当着许多人搞得哭天抹泪儿；因为受到某人的羞辱，恨不得一头撞死，怎的就这么小家子气呢……

山本家的圣诞节宴会，来的几乎都是老人，老广岛，他们成为了这座城市的国宝级人物。老头儿老太太们从四处聚来，很是不容易。柴田告诉我，来的人一年比一年少，他们像星星一样，落了。今天，亮着的星星都聚到桧峰来了，山下都能看到草坪上的圣诞树在发光，那是他们这些星星，这些在原子弹下活过来的星星在亮。我发现，这些人都很健谈，都很快乐，都有一种“曾经沧海难为水”的洒脱。这是一群见识过地狱的人，一群摆脱了生命禁锢的人，置之死地而后生。他们的愉快是发自内心的，他们的享受生命是理所当然的。

我在厨房里，为饺子大菜而忙碌。山本安排一个叫内田的老太太给我帮忙。山本认为，内田去过中国，一定会包饺子，殊不知，这位叫内田的老妇人只是吃过饺子而根本不知道那些个馅是怎么进去的，于是就在我旁边裹乱。怕我寂寞，就陪我说话，她说她是山本的高中同学，被炸那天，她刚好和山本在一起，两个人是同生死共患难的至交……她说她嫁过四次人，有过五个姓氏，内田是她最后一个丈夫的姓。她的婚姻复杂而不幸，经历过“原爆”的女人，没人愿意娶。

我将话题转向我的邻居，内田说这姐儿俩的遭遇比她有过之而无不及。

五

1945 年 8 月 5 日晚上，一夜的警报，人们吃过晚饭就进了防空洞。

8月的广岛，又闷又热，防空洞内的气息在闷的基础上又加上了潮和霉。人们挤在洞内的湿地上，盼着警报快解除，好回去歇一歇。6日早晨，解除了警报，大家拖着疲倦的身体慢慢走回家去。连年的战争，不只是广岛，就是整个日本也都卷入极度的贫穷与疲惫之中，厌战的情绪在人们的心中悄悄萦绕，谁也不知道这场战争要打到什么时候，打出什么结果。

广岛是日本重要的军事基地，濑户内海中的江之岛是日本海军的中心，广岛的兵工厂、造船厂成为日本军队的武器支柱。宇品港成为了日本军队进攻中国大陆的出发地，成千上万的兵士由这里上船，荷枪实弹地跨过日本海，去实现他们的“东亚共荣”。也有成千上万的骨灰盒，用白包袱皮包着，由宇品港回到日本本土，市民们已经看惯了默默的送灵队伍，熟悉了那些白花花的包袱，那都是他们当中的丈夫或者儿子。

6日的天空万里无云，日本人将这种天气称之为“快晴”，谓之好天。这天一大早天气就很热，动一动身体就冒汗。山本柯子一家走出防空洞，父亲看了看湛蓝的天空说：没雨，要下点雨就凉快了。父亲说完回过头看了看妈妈和柯子，柯子朝父亲笑了笑，父亲摆了摆手。朝车站方向走去，他要到市中心的学校去上班。母亲在后面习惯地喊：“等着您回来……”即将高中毕业的柯子要跟同学们参加疏散作业，她的小布包里包着昨天晚上装好的饭盒，盒里的米饭已经发出了不好闻的味道，但是她不敢说。她知道配给的有限的食品是多么的珍贵，因为她要“勤劳奉仕”，母亲才特意给她装了米饭和纳豆。她和她的同学们已经拆了几个月的房子了，活儿很脏也很累，她们要将离得太近的易燃建筑物拆掉，以免在飞机轰炸中，发生大面积火灾。承担这种工作的是广岛市内的大中小学的学生，劳动完全是义务的，一点儿补助也没有，大家每天都处在半饥饿状态，到了一起，除了谈吃，没有别的内容。母亲抱着两岁的妹妹榕子回家，榕子昨天夜里发烧，哭闹了一宿，得给她找点药吃。

一家人在防空洞口只停留了极短暂的一会儿，可是在柯子的心里却停留了很长很长的时间。每每想起父亲，她的脑海里都会出现防空洞口的印象，那是全家最后的团聚，是她心中一幅美丽的画，那个珍贵的团聚定在时空的某一点，永远不会改变了。

柯子和同学们在城市西边清理拆毁的民房，八点钟刚过，她记得清清楚楚，是八点刚过，她和同学内田到工地旁边的电车站来喝水。车站的挂钟在她们进入候车室的时候刚刚打完点，一班电车进了站，上班的人正准备使劲往上挤。车长站在站台后部用力地吹着哨子，告诫人们往后站。她们喝完水正要往工地走，天上有飞机声，是美国的B29 轰炸机，柯子一听就听出来了。因为随时都有空袭，广岛人辨识飞机的经验已经相当丰富，有飞机飞过，不用看，听也能听出是什么机种，什么型号。内田站在车站的台阶上，指着天空大声朝同学们嚷，看，“B29 定期航班”又来啦！

大家立刻停下手里的活计抬头看飞机，两架大型轰炸机在广岛上空，由东往西飞，银色的机身在阳光下有些晃眼，有些迷蒙。同学们谈论着飞机的去向，猜测着它是由哪儿起飞的……

猛然，啪——一道白光，天空中出现了一个更为强大的太阳，将周围景物晃得没了颜色。同学们本能地用手捂住了眼睛，光线太强了，强得让他们感到了冷，一股浸入骨髓的冷将他们紧紧护住。紧接着“轰”的巨响，半空中炸开了一朵云，热浪几乎同时向他们冲击过来。烫，说不出的烫，眼看着胳膊上、脸上出了水泡，眼看着皮肤卷了，硬了，眼看着衣服冒了烟。谁也喊不出来，人们的喉咙、气管被焦灼的热浪填塞。云彩在天上繁衍扩大，变作了蘑菇形状，一股飓风，带着热气以无限的冲击力横扫过来，建筑物倒了，树焦了，许多房子着了火……

山本和内田被气流冲击到台阶下的流水沟里，一堵墙倒下来，将她们扣在下面。她们相拥相抱着，听着周围轰隆的声响，感受着大地的震荡，不知自己是死是活。无数的物件从她们头顶飞过，无数的碎玻璃带着嗖嗖的声响箭一样地飞舞……她们闭着眼睛，屏住呼吸，仿佛随着万千呼啸的怪兽，万千碰撞的巨石一起向着地层的深处旋转坠落，她们知道，她们在经历一件没遇到过的事情。

四十分钟过去，她们带着严重的灼伤，带着满身的血痕艰难地从沟里爬出来的时候，世界已经一片废墟了。暴露在空旷疏散场的同学大部分已经烧得面目皆非，有的被玻璃扎死，有的被飞来的物件砸死，也有的在奄奄一息地挣扎。周围一片焦土，视力所及，看不到一幢完整建筑。进了站的电车，只剩下了残缺的铁架子，那些乘客一个都不存在了，站长的铜哨子变成了铜片，嵌在一片房檐的瓦上……柯子手臂上的皮肤整块地脱落下来，露出了鲜红的肉，她奇怪，竟然觉不出一点儿疼。她想找老师，向老师告假，得回家看看，看看母亲和妹妹，却怎么也没找到老师，只看见了老师的眼镜架，已经扭曲得不成样子。

柯子的家住在横川，离她的疏散作业地不很远，她向着家的方向跑去。路上，她看见太田川里漂浮着许多尸体，许多受了伤的人在没有目的地奔走，人们的眼睛都是直的，人们已经不会思考。远远地，柯子看到了家，家已经变成了一堆瓦砾。她向着那堆仍旧冒着烟的“家”奔过去，用那双淌血的手在瓦砾中使劲地刨……

在厨房的位置找到了母亲的遗体，母亲是被倒下来的大黑柱砸死的，手里还拿着炒菜的铲子。母亲的头颅碎了，脸已经辨认不出来，身体还是温热的，柔软的。她摇晃着母亲，希望母亲能在她的呼唤下醒来。母亲不能死，母亲死了小妹妹怎么办？父亲怎么办？母亲的身子窝着，姿势很别扭，柯子使劲拽母亲，至少她希望母亲能躺得舒服一些，但是她根本拽不动。

妹妹榕子是在门口玄关地方发现的，榕子还活着，冲击波袭来的时候，她们家的秋田犬贺茂用身体遮挡了小主人，贺茂的全身扎满了碎玻璃，那模样已经不像是狗。后来人们剖开贺茂的身体，发现有一块尖锐的玻璃扎进了它的心脏……

柯子抱着妹妹，坐在母亲的尸体旁边，想哭，喉咙里却发不出一点儿声音。下午下起了雨，黑色的雨，夹杂着气流卷上天空的杂物和尘埃，带着焦煳的臭气飘落下来，像一个黑色的锅盖，将广岛严严实实地罩住。黑色的雨将柯子和妹妹淋得精湿，她们没地方躲，也不想躲，任凭肮脏的雨水顺着身体往下流淌。榕子已经不会哭，榕子吓呆了，她紧紧地搂住了姐姐的脖子再不松手。阴暗墨黑的云彩下，是黑沉沉的地，房子都倒了，有人在瓦砾中不停地翻找，不知是找人还是找东西。雨下得很猛，像直着往下倒一般，将地面喧腾的灰烬和浮土砸得冒烟，土地上冒出一个个丑陋的大水泡，一股股雨水顺着残墙往下流，白墙上淌下了一道道黑色的水渍。柯子看着那些流动的水渍悲哀又无望，一切都变了，这到底是怎么回事呢？她感到背上的重量，妹妹榕子在她的后背上静静地趴着，水从榕子的脸上流下来，又淌到她的脖颈上，痒痒的。半天，榕子伸出小手指着墙上的黑道道说，雨……天……榕怕雨……

柯子和榕子在家的废墟上，在雨水中呆呆地坐着，她们在等着父亲回来。黑雨下得猛收得也猛，雨过天晴，太阳又出来了。太阳还是早晨的太阳，可广岛不是早晨的广岛了，家也不是早晨的家了。当然，山本柯子更不是早晨的山本柯子了。事后柯子才知道，这场时间不长的黑雨，对她和妹妹的一生造成了致命的伤害，成了她们身体上永远的痛。

她们怕雨。

父亲没有回来，父亲永远没有回来。

父亲的学校在市中心，原子弹在他的头顶上空五百七十七米处炸裂，爆炸的中心热度在六千度以上，六千度的高温下，什么都蒸发了，只剩下一片细碎的灰烬。

柯子承担起抚养妹妹的责任，她们住在临时搭起的棚子里。

在家的废墟上，她发现最初恢复的活物是一棵细小的黄雏菊。雏菊从碎瓦中颤巍巍地挣扎出来，顶着一朵略带病态的花蕾，几天后，终于绽开了一朵脆弱又娇艳的小花。紧接着，墙的背阴处又开了一朵，带黑道的墙旁边也冒出了一朵……她不能带着妹妹嫁人，而且她的血液已经发生了明显的变化。榕子似乎很健康，几次检查都没有发现任何异常，想的是老天的关照，是生命的奇迹，并不是受到污染的人都要得病。

感念忠犬贺茂的恩情，她们养了第二只贺茂，第三只贺茂，贺茂生生不息，成了她们生命的一部分。

榕子到了结婚年龄，男方迎娶广岛姑娘时是小心谨慎的。榕子向男方家里提供了医院出具的各种检验证明，经受了对方家庭的严格审查，在柯子眼里看来，近乎到了侮辱人格的地步。但是为了妹妹的幸福，她忍耐着。榕子做了新娘，去了名古屋，丈夫柴田昭志是个老实本分的汽车司机，是个尽职尽责的人。跟着榕子到广岛来过，管柯子叫大姐，善良而随和。两年后，榕子的儿子贺茂诞生了，贺茂生下来白血球就不正常，病病殃殃的。医院说，原因在母亲，母亲受过放射线污染，会影响到后代……

柴田昭志没说什么。榕子主动离开了柴田家，她不能再给这个家族增添第二个第三个有病的孩子。在榕子离开后，柴田贺茂又有了一个叫静子的继母，有了菊男、清男两个兄弟。

榕子一直姓着柴田，因为她的儿子姓柴田，她不愿意再姓别的姓。

六

新学期开始，丈夫的工作从广岛调到了东京。搬家的时候我从抽屉里翻出当时给贺茂买的项圈，不便给对门再送过去，又舍不得扔，我决定把它带到东京，想的是说不定将来我也会养一条狗。

到东京刚安顿下来，我就关注我的对门，对门是小两口，都染着黄头发，穿着毛了边的牛仔裤，男的女的都戴着大耳环。有时候在电梯里碰见，我不张嘴他们绝不会主动打招呼。两口子互相也不说话，各自拿着手机，嘀嘀地按，忙不迭地不知给谁发着 mail……

我对丈夫说很想念山本家的老姐儿俩，想把她们的事写下来。

丈夫说，有什么好写的，不就是俩老太太一条狗，狗死了，儿子也死了，俩老太太照旧生活得很愉快嘛。

我说，说透了也就是这么个事，可是话从你嘴里一说出来，怎么的就没了味儿？

（本篇原题《广岛故事》，原载《人民文学》2003 年第 4 期）

霞

赤水之气上蒸为霞。

——《河图》

一

1984 年初秋。

太阳即将沉落，富士山映衬着璀璨晚霞，在暮霭的云气中蒸腾。山的顶端已经披上了皑皑的雪，雪光反射着太阳，反射着彩霞。极致的辉煌，让人产生一种虚幻，一种飘浮，一种难以言说的失重感。金静梓看着渐渐隐入海平面的太阳，心中一片茫然，周围的一切都是这样陌生，这样的不可思议。车窗外这座被摘去了脑袋，光溜溜的山；这鲜艳得怪诞，晃得人睁不开眼睛的霞光；包括收音机里开机关枪一样的陌生语言和旁边这位身上散发着香水气味，异母同胞的兄长；都是她从未接触过的。但是她和这一切又有着密不可分的关系，因为她属于这陌生。

信彦用手点着天上的霞光说，这叫光煞，要变天了。

信彦的话金静梓根本没有听懂，但是她知道他是在谈论天气。如同对霞光和富士山内心一种本能的排斥一样，她对这个接触不到三个小时的兄长，同样有种不能认同的排斥。尽管前次随残留孤儿代表团来过日本，和他见过一面，但是那仓促的会见，实在给她没留下太多印象。现在，她要跟着他回家了，成为吉冈家族的一员了。

一切都像一场梦。

五十年前，母亲带着刚满周岁的她，随着开拓团从东京来到中国满洲，到满洲的第三年，日本投降了。在回归日本的艰难旅途中，母亲死在一个叫葛根庙的地方，是集体用手榴弹自裁的。她至今不明白，拖着孩子的母亲何以在日本即将投降，在生存日艰一日的情况下，还要单身奔赴中国的东北？母亲在葛根庙离开她的时候，父亲又在哪里？

汽车拐进一个大院落，在楼门口刚停稳，就有女佣从里边奔出来，打开车门，高兴地说，欢迎您回来！

女佣的口气轻松自然，那感觉好像她不是来自遥远的中国，而是到附近散了会儿步，刚拉开房门，小狗就迎出来的随意。紧接着，屋内又出来几个男女，站在台阶上，热情地向她寒暄着。一个穿米色和服的中年妇女从人群中向她走来，信彦在旁边说这是他的妻子，叫枝子。金静梓知道这是吉冈家的人，她的亲人，她热情地伸过手去，对方迟疑了一下，但很快明白了她的意思，拉过她的手说了很长一段话。金静梓什么也没听清，只记住了其中无数个“玛斯”的音节。

人群后头挤出来一个穿白裙子的姑娘，说一口标准汉语，自我介绍说叫刘丽，是吉冈家特意为她请来的翻译，也是她的日文老师。有刘丽在身边，金静梓觉得踏实了许多，她从内心体会到了家里人对她关照的周到细心。

金静梓在众人的簇拥下来到了大客厅，厅很大，有许多个落地窗，将傍晚的霞光不折不扣地收拢进来，尽管那霞光已经变作沉沉的灰色，仍旧油画般的美丽。窗外有花园，有润白的小石头塔，一束柔和的光打在上边，清冷淡雅，使环境显出了品位，显出了高洁，显出了主人不俗的审美。金静梓原以为父亲会在客厅里等候她，却没有，这让她多少有点儿失望。嫂嫂枝子是个善解人意的人，她说父亲因为女儿的归来太激动了，心脏一时无法承受，现在正在卧室躺着，待稍微平静一会儿再来看她。她问要紧不要紧，枝子说有母亲在旁边关照着，歇会儿就好了。她想，枝子说的母亲，应该指的是继母。

金静梓被让到小客厅暂时休息，小客厅的地毯很厚，摆设比大客厅更为精致。她惊讶一个家庭竟然会有两个接待客人的地方，而她在中国只住了一个单间，蜂窝煤炉子摆在过道，旁边倒扣的筐上放着油盐酱醋，上厕所得跑到楼道尽头，进了门睡觉的床铺一览无余。没有客厅，客人来了，就坐床上……她住的那个筒子楼都是这种格局……

金静梓说，这个家里有俩客厅啊？

刘丽说，岂止俩，有五个呢！

金静梓看着刘丽没有说话，五个客厅，她的脑子一时转不过来。刘丽说，奇怪吧？你父亲在静冈还有别墅呢，那儿地方更大，五栋楼，我们留学生去年夏令营就在那里。

金静梓无法想象五个客厅和五栋楼房，她的思维很乱，觉得一切都很虚幻，如同梦境。她的举止拘谨，手和脚都不知如何放置。倒显得刘丽更像个主人，她东瞅瞅西看看，欣赏着厅里的各样小摆设，摆弄着房间内头顶、墙壁、地面各式各样的灯，没有一刻消停。

金静梓寻了钢琴旁边的木头凳子坐了，她不习惯坐沙发，家里新打的两个人造革弹簧沙发，她几乎从没在那上边搁过屁股，她不喜欢那柔软，那没着没落的柔软，给人以不踏实的感觉。现在她更不踏实，她觉得孤独无靠，尽管旁边有个活泼又自来熟的刘丽，使她在语言上不再傻子般的懵懂，她还是觉得孤独。吉冈家的亲戚们对她不能说不热情，对她的到来也表现出无限的惊喜，她依然觉得孤独。她是一个敏感、内敛的人，只是刚刚踏进吉冈家的门，甚至还没有见到父亲，她已经感到了不自在，感到了亲族们热情眼光背后的闪烁不定。她不能排除亲戚们看稀罕物的好奇，好像在审视一只走失了五十年又找回来的猫，尽管仍是原来的那只，却已有了太大的变化。于是，人们只是表面上承认，而内心却为那只猫设起了祭坛。

枝子说父亲起来了，在隔壁房间等着她。

在枝子的带领下，她被领到一扇门前，枝子告诉她，父亲就在里面。说着轻轻推开了门，将她让到前面。

似乎准备了许久，也似乎没有任何准备，她进入了那个大厅，厅里明亮的光晃得她有些眩晕。不是霞光，是头顶璀璨的水晶灯，是人们身上的宝气珠光。刚才的亲戚们都在，大家见她进来，很自觉地闪出一个空当，使她和一个穿灰色和服的老人直面相对了。

一个微胖的老妇人快步向她走来，将她拉到老人跟前说，这是您的父亲。

父亲？她望着眼前的老人，怎么也不能和想象中的父亲吻合起来。盘桓在脑海中的，是中国养父的影子。自她记事起，养父就蹲监狱，大赦出来后，在胡同口摆小烟摊，那烟不是论盒卖，是论根卖。养父走路佝偻着身子，永远地顺墙溜，从不敢正眼看人，平日寡言少语，寂静得如同一只老猫。猫一样的父亲有一双修长俊美的手，写得一手好章草，但又从不显露……“文革”的一天上午，养父在家门口被活活打死，一直到死，父亲也是寂静的，没有发出一点儿声响……眼前的老人，身板笔直，眼睛明亮，手上的骨节很突出，显出了力度和自信。她好像此刻才悟出了，一个人的手原来可以传递出这个人的全部生命信号。

静子吗？老人的声音低沉而冷静。

是的。她用同样冷静的声音回答父亲。

枝子将她推到父亲跟前，父亲拉过她的手，攥在手心里，抬头看着她，目光里有湿润的光在闪烁。

想着这就是和自己有着血缘相连的父亲，是给了自己生命的亲人，不知怎的，她的泪珠扑簌簌滚下来了。

站在她身边的老妇人，她应该叫作继母的喜梅子借势将她搂在怀里，拍打着她的后背用只有她能听见的声音说，回来了，终于回来了！真好啊！又大声说，静子长得真像是故去的夫人，初一看，我以为是夫人回来了呢！

刘丽将老太太的话翻译给金静梓，金静梓才知道，原来自己长得像母亲。

老妇人对金静梓说，我跟你母亲都是从久津出来的，你母亲是久津地区出名的美人。久津八木家，那是杨贵妃的后代，不是我们这小门小户能比的……盼了几十年哪，心已经死了，没想到还能见到你……见到你如同见到了夫人，可怜的邻子，不该去的……

老太太说着说着哭了，把金静梓的心也搞得酸溜溜的，她不清楚继母与生母是什么关系。仆人阿美送上冷毛巾卷，继母用毛巾在眼睛上很矜持地搌着，这使金静梓怀疑那双灵动的眼睛里究竟有多少泪。

哥哥信彦换了一身郑重的礼服，打着黑领结，带领着一群亲戚来给父亲道喜。金静梓被安排在父亲的旁边，紧靠父亲在沙发上坐着。父亲身上散发出的气息使她感到陌生，感到不自在。她想往旁边挪一挪，但是手被父亲牢牢地攥着，她不能动弹。父亲笔挺地坐着，兴致勃勃地听着亲戚们一家一家的即兴贺词，继母站在她的身后，很仔细地给她介绍谁谁跟她是什么关系，有着怎样的背景……她只有点头的份儿，压根儿记不住这许多的名字和繁杂的关系。在国内，她从没有想到过，在大海的这边还会有这样多与她有关系的人存在……亲戚们按照亲疏关系，一拨拨进见，又一拨拨撤到一边去，这种有序的表演，无疑是父亲喜欢看到的，金静梓从攥着她的手里体味到了满足、兴奋。大厅里，男人们的衣服齐整，女人们的衣服美丽，就连给她端茶送水的女佣，衣裳穿得也是相当别致。相比，她的装扮有点儿寒酸，有点儿单调，还有点儿暗淡，一身铁灰的的卡套装，是出国的前一周特意请王府井的高级裁缝做的；圆口的坡跟皮鞋，在白色的地毯上鲇鱼一样显得呆头呆脑；那双白色的玻璃丝袜子，与鞋的反差过于强烈，此时此刻竟那么不合时宜……她下意识地把脚往回收了收，看了一眼父亲，父亲正用温暖亲爱的眼光注视着她。从父亲的眼光里，她有了一种可信赖的亲切感。是啊，这里是家！厅里这些不断向父亲表示着喜悦的男女都是她的亲人，她将成为他们中的一员，在这个华丽的家族中度过自己的后半生。

在众人的寒暄中，她很希望有人能提到她的生母，可是人们好像都忘了当年这个家族中的女主人一样，没有人说到她。从年龄上推断，金静梓想，这许多人中，大概除了继母和父亲以外，没有谁见过自己的母亲。刚才继母说了，母亲是久津有名的美人……有名的美人，不知是什么模样。她问父亲，来客中有没有母亲娘家方面的亲戚。父亲看了看问，阿昭没来吗？

继母说，昭子来过电话了，说老人俱乐部今天演话剧，她是管服装的，不好请假，所以来不了。昭子说了，改天一定来看静子。

金静梓问昭子是谁，父亲说是小姨妈。

枝子俯在父亲耳边说欢迎会的时间到了，主要客人和记者已经来了。父亲站起身，攥着她的手仍旧没有松开，所以，她跟着父亲一起站起来。

继母对父亲说，应该让静子换件衣裳。

父亲点点头。继母示意枝子领着她去换装，父亲在后面补充说，换和服，她是日本的女孩，不是中国的丫头。

金静梓来到了属于自己的卧室，落地窗外就是那座美丽的小塔，宽大松软的床，厚厚的长毛绒地毯，沙发上摆着绒布玩具，小柜上摆着小瓷人，床头柜上有鲜花……一切都体现出了女孩子的小情致。摆设在年龄上的错位让金静梓觉得隔膜，有种进错房间的惶恐，她站在门边，不敢迈动脚步。刘丽在房间转了几个圈招呼她说，进来呀，这就是你睡觉的地方！金静梓摇摇头，她不能认可这个少女的房间。枝子说，房间内的玩具是父亲嘱咐准备的，在父亲的心里，静子永远是个没长大的女孩子，是吉冈家唯一的女儿。金静梓索性靠在门框上不动弹，刘丽指着墙角的行李说，那些难道不都是你的？

人造革提包上印着上海某座高楼的白色图案，这是国内正在流行的很时髦的标志，这样的提包只有在上海才能买到。火车站里，谁能提着有上海图案的人造革提兜被视为新潮，有身份。而大多人使用的还是那种黄帆布，印着毛主席语录的布兜。领导新潮流的上海提包，在这里不知怎的，灰塌塌脏兮兮的没了一点儿精神，很寒碜很落寞很收敛地缩在床的后面。见到行李，金静梓心里一热，走过去用手摩挲着简陋的小包，仿佛看到了一个被冷落了的朋友。

枝子从衣柜里取出一套衣服，让她换上。金静梓拉开包说还是穿自己的好，说着拉出一条藏蓝的裙子。枝子看了裙子哧哧地笑，说这样的衣裳是公司职员的公务服，作为欢迎会的主角，金静梓是绝不可以穿着公务服出现在大庭广众之中的。枝子抖开了手中的衣裳，那是一件绣满盛开樱花的和服，淡蓝的和服上开着嫩粉的花儿，配上那条嵌着金丝的腰带，霞光般的艳丽，星云般的闪烁。金静梓说这样鲜艳的衣裳只能在中国戏台上才能出现，日常生活是万万穿不出去的。枝子说日本的和服在颜色和花样上都是很讲究的，穿着它就是穿出了日本文化。日本妇女向来以炫耀美丽的和服为荣，绝没有什么穿不出去的道理。还说这件衣裳是静子母亲留下来的，母亲留下衣裳，除了顾念自己的女儿，不会再有其他。

金静梓再不能推诿，只好任着枝子给自己穿衣服。枝子一边穿一边向她介绍，这儿叫振袖，这儿是伊达襟，这儿是带扬，一套和服足足穿了半个钟头。

金静梓用手抚摸着光滑的和服，如同抚摸着母亲光润的肌肤。和服舒展宽松地罩护着她，像是母亲温柔的怀抱。衣裳上散发着淡淡的香味儿，她想这就是母亲的气息了。几十年前，母亲也像这件衣服一样拥抱着自己，在一声巨响中离她而去。如今她回来了，又回到母亲的怀里，竟早已走过了母亲当年的年龄……她有些伤感，眼圈红了。枝子也擦着眼睛说，要是夫人也回来就好了，看到静子穿上这件衣裳，不定有多么高兴呢。金静梓看到了穿衣镜中的自己，难以相信，那个花团锦簇的人就是她，尽管微细的皱纹已经无情地爬上了眼角，毕竟掩不住面容的清秀，好像还不老……

这是家里又一个客厅，比前几个都大，一切都是富丽堂皇。枝子拉着金静梓的手一起走进大厅，刚刚踏上金色的地毯，厅里立即响起了热烈的掌声，有灯在闪烁，有音乐在奏响。她攥着枝子的手在微微颤抖，紧张得已经出汗了。父亲从人群中走过来，由枝子手里接过她的手，把她介绍给大家。在这个厅里，那些亲戚们已经退到次要地位，她面对的是社会要人、各公司的代表，吉冈集团的主要领导和各新闻媒体。照相、提问，她跟在父亲后面，机械地在厅里走动，向着每一个人报以诚挚的微笑。她不希望人们认为从中国来的她没教养，失礼，她努力表现得得体、大方、不俗，她不能给中国的养父母和日本的父亲丢人。父亲到底是父亲，脸上带着幸福的表情，在她的前面，很有风度，很周到地向各个方面应酬着，缓缓在人群中向主席台移动。

真是位了不起的父亲！

被父亲拖着，她来到了大厅的尽头，尽头的墙上挂了一幅“吉冈静子归国欢迎”的大标语。在家里挂标语，这也是她在国内没有遇到过的，这使她感到，日本的家似乎更像个大社会，至少，它和社会的联结比她那个小家要紧密得多。她不知道苏彬现在在干什么，大概又蹲在路灯底下和一群棋友下棋呢。苏彬的棋极臭，连上中学的小五子也下不过，但就是不服输，每晚不战斗到十二点绝不回来。两个人的性格差异太大，也没有孩子，一个月以前办了离婚手续。和不来是一方面，更主要的是苏彬不愿意跟她来日本。他说他不能给日本当女婿，更不能把自家姓氏改成“鬼子”的。要那样他在棋友面前是一点儿面子也没有了，不如在电线杆上撞死。

金静梓的思想一时有点儿抛锚。

父亲将她推到灯光的最亮处说，诸位，这是我的女儿吉冈静子，这是一颗丢失了四十七年又找回来的蓝宝石，是我们吉冈家族的荣幸，是神的安排。静子是我灵魂的一部分，是我爱的集中，唯其得而复失，失而复得，才让人更觉珍贵……太平洋战争期间，我的夫人邻子带着她去了满洲国，三年后战败，在撤退途中，在兴安南省葛根庙，为效忠天皇，邻子随同千名日本国民用手榴弹集体自决……

会场很静，金静梓以为下面父亲会说到救她于危难中的中国父母，但是不知是父亲忘了，还是刘丽没有翻译，这个话题并没有被提及。

厅中央有长桌子，上面摆满了食品，大家端着碟子各取所需，不断有人到金静梓跟前来说话。刘丽翻译得有一搭没一搭，她的主要心思在那些精美的食品上。金静梓看得出，每个跟她说话的人都带有“窥探蓝宝石”的好奇，这让她的心里非常不舒服。她也看到，在会场的角落里，信彦和枝子采取着低调态度，在这个欢迎会上，他们是主人，但不是主角。

二

金静梓起得很晚，她以为赶不上早饭了，来到餐厅却发现下来得太早，父亲还没有起床，只有枝子在吃早餐。枝子说信彦一大早就到公司去了，已经走了两个小时了。刘丽早来了，她的报酬是以小时计算，来了即便没事，工资也是照给的。金静梓问刘丽吃过早饭没有，刘丽说吃过了，金静梓让她随自己再吃一些，刘丽说合同上说了，不管早餐，金静梓便也不再让。

阿美将金静梓的早餐端来，是白米饭、拌凉扁豆，半碗拉了黏儿的黄豆和一颗酸梅子。她没有想到吉冈家的早饭这样寒酸、单调，竟没了一点儿胃口。看枝子稀里呼噜吃得很香，她问碗里臭烘烘的豆子是不是馊了。枝子说这叫纳豆，是发了酵的黄豆，日本人早餐桌上须臾不可离开的食物。金静梓又闻了闻那豆子，还是一股馊味儿。刘丽鼓动她尝尝，说纳豆就跟中国的臭豆腐一样，闻着臭，吃着可是香。金静梓还是不愿碰那黏糊糊的豆，她觉得那豆给人的感觉特别不好。枝子说姑姑不吃就不要勉强，这样的东西日本以外的人的确很难接受。“二战”时期，纳豆是日本国民的名贵食品，俘虏营给美国俘虏特意准备了纳豆，结果美国人将日本告上了法庭，说日本虐待俘虏，给俘虏吃馊豆子。金静梓勉强尝了一口纳豆，不咸不淡，黏黏糊糊，半天嘴里倒不清爽。喝了几口水，还是满嘴馊臭。枝子说习惯就好了，习惯了还会上瘾。金静梓想，她永远不会为这些馊豆子上瘾。

刘丽将手里正看的报纸推过来，上面有她和父亲的照片，照片上的她腼腆地笑着，一脸的幸福。照片旁有重磅黑体：印染巨人蓝宝石失而复得。

金静梓不相信报纸上的娇颜女子就是自己。在国内，她是个普通的产科护士，如果没有什么重大医疗事故，没有什么见义勇为的壮举，她的面孔永远不会在当地报纸上出现。可是现在，只是跨过了一条长长的海，她还是她，竟成了受人注目，无比重要的人物……

刘丽说，你是不是觉得特不可思议，有种灰姑娘改变命运的感觉？

金静梓朝刘丽笑了笑，没作回答。

刘丽说，也不是谁都有这样的机会，我现在顶愁苦的就是没有一个印染巨头的爸爸。我真希望我也是个被遗忘在中国的日本孤儿，可惜不是！我现在倒成了在日本的中国孤儿，国内的爹妈没有任何经济背景，我在这儿每年还得为三十万元学费发愁，刷碗、当清洁工、端盘子，苦着哪！

金静梓问刘丽在学校是学什么的。刘丽说学经济，说她不喜欢这个专业，枯燥极了。金静梓说，既然不喜欢，为什么还要学呢？

刘丽说，毕了业好找工作。

金静梓问她，她喜欢的专业是什么。刘丽说，历史。又补充说，但是学了历史一点儿用没有，中国不需要研究日本历史的；日本不需要外国籍的日本历史教员，一切都是白搭。金静梓问刘丽日本为什么叫“大和民族”。刘丽说，顶早日本岛上一个人影没有，只有猴，八千年前，通古斯人由朝鲜半岛移居到日本列岛，成为了岛上最早的居民。通古斯也是后来女真、蒙古的祖先，这些人黄肤黑发，面长眼细，鼻扁嘴阔，善捕鱼狩猎。后来，又不断有南亚、中国大陆人员流入，各族群的交叉混合，成了日本的“大和族”。

金静梓说，跟北京的杂拌一样的。

两个人就笑，枝子见两个人笑，也跟着笑。笑完了，枝子沏了碗茶，用小盘托着，端到外头去了。金静梓以为外面来了客人，从门帘望出去，见枝子将茶献在佛龛前，敲了一下龛前的磬，双手合十，毕恭毕敬地祷告起来。

金静梓问是不是天天如此，枝子说每天的第一杯清茶照例要敬奉给祖先，有佛龛的人家都是这样。金静梓问什么样的人家才有佛龛，枝子说顶门立户的长子屋里才有资格设立佛龛。金静梓看吉冈家的佛龛金碧辉煌，两旁点着圆形的长明灯，里面摆设着松枝、水果和鲜花，龛顶上吊着镂花铜香炉，后面站立着观世音菩萨，菩萨的旁边是祖宗的牌位，黑底金字。金静梓细看牌位上的字，竟是“妙禅大姊”。她问妙禅是谁，枝子说就是她的母亲，邻子夫人。金静梓问母亲怎的会有法号，枝子说吉冈家信奉的是禅宗，家里人故去以后都要向庙里住持请示法号，以作供奉。

正说着，父亲从楼上下来了，看金静梓在读牌位上的字，索性将装牌位的盒子拿下来，哗啦一下倒在榻榻米上。父亲说，一共十四块牌子，最前面是你母亲的，后面是祖父的、祖母的、曾祖的、高祖的……吉冈家的祖先都集聚在这个龛里。

十四块，该有多少代呢？金静梓看到，最下边一块牌子的字迹已经模糊，棱角已经磨圆了。

父亲不知从哪里抱来一捆发黄的厚纸，打开来，竟铺了半间屋子，纸上画了一棵大树一样的表格，父亲指着树的根部说，这是吉冈家的老祖宗，平安时代京都以出售染料而发展起来的吉冈宗志，这是第四十九代，明治时期首个引进西方先进印染工艺的吉冈秀明……这儿是我，这儿是你的母亲，这儿是你……

父亲的手指向大树的末梢，金静梓看到了自己的名字，吉冈静子，也看到了母亲的名字，吉冈邻子。但是，在她们的旁边竟是空的，图表上边没有继母喜梅子的名字，也没有哥哥吉冈信彦的名字。

父亲拿来几张久津的风景照，对金静梓说，这是你母亲的娘家，久津半岛的油谷町，一个很美的地方，杨贵妃就是从这片海滩踏上日本土地的。马嵬坡贵妃被缢死庙堂院内，皇上随六军进发四川，是陈玄礼看贵妃气息有所和缓，着人救护，沿汉江南下，至扬州，造空枦舟，将贵妃放逐海中，任其漂流……这段历史，只有久津的人知道。杨贵妃到日本改姓八木，从此隐姓埋名，淡泊存活，死后被埋葬在二尊院，那是八木家的祖坟。你母亲是八木家长女，八木家的姑娘个个美丽如仙人。

照片上是一片薄雾笼罩的海湾，一座小山，低矮平缓，像是海岸线的延长，深入到海的怀抱。天上有淡紫的霞，细碎缥缈，梦境样不可捉摸。景致极美，与杨贵妃也是极相称的，这地点不知是杨贵妃选的还是日本人选的。金静梓想象不出，一个“侍儿扶起娇无力”的纤弱女子，马嵬惊变，死里逃生后又漂洋过海，几经风浪颠簸的女人，登上异国的沙滩时该是怎样一幅惨淡景象。是否也像她，满足中隐匿着丝丝缕缕排解不开的愁绪和难与人言的哀伤。

父亲说，大家公认她是最美的。

她不知父亲指的是杨贵妃，还是母亲。

父亲问她中国的养父家有没有家谱。这是她回到日本以后，第一次听到父亲提及中国养父养母的话。她认为，这样的话语应该在她刚踏进家门的时候就进行了。她告诉父亲，中国的养父家也有家谱，“文革”时候被抄走了。她的养父是伪满皇室成员，随着溥仪在苏联伯力蹲过监狱。父亲问她的养父叫什么名字，她说了。父亲的眼一下亮了起来，激动地说，了不起的人哪！满洲贵族，与日本帝国顶顶亲善的人，你的养父，我们都知道的，伟大的人物！

父亲说着，跪在榻榻米上，朝着西方很虔诚地磕了一个头。金静梓知道，父亲的这个头是磕给中国养父的。磕完头，父亲又让金静梓写了养父养母的名字，说要到庙里请法号，摆在祖先的牌位旁边，日日供养。父亲对养父态度的变化，让金静梓感到意外，她闹不清，假若养父是中国普普通通的百姓，没有满洲国的经历，没有皇族的血统，父亲还会不会将他们供上佛坛？

三

小石塔塔身洁白，造型别致，将庭院点缀得清秀雅致。金静梓从一进门就喜欢上了这个塔，枝子告诉她这是父亲为她和母亲建造的慰灵塔。塔身上原本刻有两个人的名字，现在，一个已经被凿去，只剩下了吉冈邻子在上边，成为了母亲灵魂的依附与归宿。学着枝子的样子，金静梓也望空三击掌，告知在家的和不在家的，有缘和无缘的，过路的和常驻的一切神灵，其中也包括她的母亲，护佑她在日本顺利地扎下根，平安地生活下去。

在这个家里，父亲很少说到母亲，继母喜梅子也闭口不提母亲。在这个家庭里，除了母亲留给她的那套和服，再寻不出母亲一丝一毫的痕迹，连张照片也没留下，似乎母亲压根儿就没在这个家庭里生活过一样。花园的石塔，说是来纪念母亲的，却只简单记载了一个名字，再无其他。金静梓真希望有谁拉着她的手，如同讲一个古旧故事一样地说，你母亲那会儿啊……可是没有，吉冈家没有一个人能讲得出来。信彦不是母亲生的，但他却是哥哥，应该是吉冈家的长子。但既然是长子，家族的“大树”上又没有他的名字。继母将母亲一口一个“夫人”地称呼，谁都听得出，这其中绝不夹杂任何感情色彩，完全是公事公办的口气。她将这种感觉告诉刘丽，这个年轻人解释说，日本妇女就是这德行。每个人都准备了大量恭敬赞美的词汇，必要时可以毫不费力地掏出来，既表现了礼貌又屁事不顶。金静梓说枝子就不是这样的人，她认为枝子是吉冈家一个实际又体贴的好媳妇，在某种程度，她的角色甚至和用人阿美相差无几。全家吃饭时，她在饭桌旁一碗一碗地为公婆丈夫孩子盛饭，一碟一碟为大伙儿分菜，忙得不可开交。本来这事阿美可以胜任，但是父亲固执地认为在饭桌前伺候的应该是长媳妇，绝不能让什么用人来担当。所以，这个工作就成了枝子的责无旁贷。

刘丽告诉金静梓，枝子是东京帝国大学德国文学专业的硕士生，绝不是什么普通的“家庭妇女”。金静梓就更不明白了，读了那么多年的大学，难道就是为了站在桌前为大伙儿舀汤盛饭，伺候孩子、男人上学上班？金静梓又想起苏彬，其实苏彬也没什么可以挑剔的地方，搁别人，他也许是个求之不得的好丈夫……

“文革”期间她被下放到酱菜厂腌咸菜，苏彬是她的组长，他同情她，关照她，没有两个月就提出了结婚的请求。她想他大概是看上了她的容貌，这其实是最靠不住的。她婉转地提出了自己的社会关系，苏彬说他绝不在乎什么满洲国的岳丈，他家往上数五辈都是赤贫，红得发紫，足可以染成红的、白的、黑的、花的任何五颜六色。她没有说话，她嗅到了他身上的韭菜花和老腌萝卜味儿。当然，她自己身上的味儿也好不到哪儿去。后来就结了，每天过着淡而无味的日子，尽管他们每天都在折腾那些咸而又咸的咸菜。后来，她考上了卫生学校，当了护士，苏彬还在酱菜厂腌水萝卜，她几次鼓动苏彬学点儿什么，苏彬说腌菜就挺好，这也是有关国计民生的一个伟大职业，谁能不吃咸菜呢？

太阳暖暖地照着，没有事情好做，金静梓闲得心里发慌。她踱过小石桥，水里的金鲤追逐着她的影子将小圆嘴讨好地拱出水面。她揪了根草棍丢下去，鱼儿们扎在一堆将那根棍儿顶起多高，又抢橄榄球般将那棍儿拽到睡莲底下去了。金静梓从来没有这么闲在过，从来没有这么无所事事过。在国内，日日盼着礼拜天，盼着休息。她所在的科室，护士们要轮班倒，真正休息的时候并不是社会意义的周日，就那，也早早就设计着，盼望着了。休息日之所以显得那么珍贵，是有一周的工作日做陪衬的。如今在生活中取消了工作，只剩下了假日，这假日便显得没有意思，没有快乐，黯然失色。她想起了产床上，在她手底下产出的红扑扑的婴儿，想起了那些闪着光泽的止血钳和手术刀，想起了来苏、新洁尔灭和血腥混杂的妇产科特有的气息，想起并不招她喜欢的苏彬……惆怅得有些莫名其妙。

小白塔孤寂地站立在青草地上。

忧伤的母亲身边站着忧伤的她。

头上是深蓝的天，台风刚过，大团的云飞快地向东奔跑，海上吹来咸湿的风，有翻腾酱菜缸的味道。金静梓隔着院墙的栏杆朝外面看，马路对面一个小男孩正坐在楼门口对着电线杆发愣。她朝孩子轻声地招呼，咳——

孩子很生气，朝她使劲嚷嚷。她叫来刘丽，刘丽说她把小孩的红嘴儿吓飞了。她赶忙道歉，说一会儿红嘴儿还会飞回来的。刘丽问电线杆上那么多麻雀，为什么偏偏看中红嘴儿，小孩说红嘴儿是从他的家乡西归浦飞来的。她问西归浦在哪里，孩子说是韩国济州岛的一个地方，那里离日本的福江岛最近，红嘴儿们经常飞来飞去，能飞到东京他的家门口的，一定是他家乡的老相识，千里迢迢来看望他了。金静梓问他为什么会从西归浦来日本，他说找姥姥，他的姥姥是日本人。孩子的日本话明显地带有“噜噜”的音，语法也乱，跟金静梓的半吊子日语很般配。

孩子对金静梓说，你是从中国来的吧？

金静梓问他怎么知道，孩子说附近的人都知道，报纸上都登了。金静梓问他看不看报，他说不看，但是他的姥爷看。金静梓问他知不知道中国，他说知道，中国是个很大的旧木头盒子，上头有五只蝙蝠。金静梓想不通中国怎么会和木头盒子有关，就从兜里摸出一块印有天坛祈年殿的手帕，拎着两个角让小孩看，说这是中国的一座宫殿。孩子隔着栏杆看得很仔细，问是不是她住的房子。金静梓说不是，是老天爷住的地方。孩子问老天爷是谁，金静梓说是天上的神。孩子点点头，说那一定是上帝了。看罢，小男孩用圆珠笔将祈年殿三个字在手上描了，说要回家让姥爷看看，问姥爷知不知道这个地方。金静梓索性将手帕送给了孩子，孩子不好意思地捧着帕子，说他叫丙哲，这回便收了，改天一定登门拜访，回赠礼品。

阿美来说，教授礼仪课的青山女士已经来了，让金静梓过去上课。

这是父亲的安排，父亲为失而复得的女儿设计了日语、礼仪、烹饪等诸多功课，他要将这颗蓝宝石打磨出光彩，成为闪光耀眼的奇珍，成为合乎日本社会规范的楷模，才不愧为吉冈家的后人。

金静梓跟在阿美后面往客厅走，心里有些发怵，青山女士是个很严厉的老太太，规矩大得没了边。按照青山女士的要求，金静梓举手投足全是错，从说话频率到穿衣打扮，从站立姿势到双手的修饰，几乎都达不到标准淑女的准则。这使得金静梓很没有自信，她甚至不知道在中国几十年的生活，是怎么过来的。

见金静梓走进客厅，青山女士站起来，弯着腰嘴里说了一通没有任何意义的套话。金静梓也赶紧弯下腰去，一时却忘了说什么，嘴里像含了个枣儿，呜噜了半天，冒出了些连她自己也听不懂的奇怪音节。她弯了许久，估计很能表达感情了，才抬起略显酸困的腰，却见青山仍旧弯着身体，口中念念有词，她赶忙又低下身子。

寒暄了五六分钟，双方终于在椅子上坐下来。青山女士说，上次跟您一起学习了榻榻米上的跪坐要领，今天我们再学习沙发和椅子的各种女式坐姿。小姐从中国来，中国是礼仪大国，历史悠久，其中不乏贤淑谦恭的女性，日本亦有以孝谦女帝为首的诸多母仪天下的典范。作为大家闺秀，第一位的就是要举止优雅大方，稳重得体，要教养精深而不古板呆涩，要焕彩生姿而不轻俏俗媚。故此，这一颦一笑，一举一动都极有讲究。内质的修炼是必要的，外在的训练更是必不可少，这也是我们授礼仪科目的重要。以坐沙发而言，西洋沙发低矮松软，高不过膝，坐下去很容易给人以松垮萎靡之感，非淑女也。女性坐沙发上身要直，喏，这样，不能将整个身体埋进去，更不能往后靠，臀部要放在沙发的前三分之一，保持着时刻要站起来的模样，现出谨慎谦和的气质……

金静梓看到，窗外，枝子在领着园工们剪树，他们将树剪成各种造型，完全失了树的本样，成为一株株绿色的奇形怪状。白塔在霞光里，变成了淡淡的粉色，粉得很不自然，像是舞台上的布景。

青山女士滔滔不绝。

……两条腿要自然并拢，裙边要扣在膝盖上，这样的姿势不能保持太久，否则显得机械呆傻，难免让别人产生视觉疲劳……十五分钟后，双腿可向左或向右倾斜四十五度，但是一定要记住，双腿不能分开，叉腿坐在沙发上，是女性最忌讳的姿势。除此以外，二郎腿、触电似的哆嗦也非女士所为……

继母的身影在门口一闪，又很快消失了，看来继母对这些课程很关注。金静梓甚至认为，给她请这些教师，更多怕还是这老太太的主意，父亲要打磨她这块石头是一种意向，继母则立即付诸实施。其中，不乏吉冈家的女儿是个不合格的女儿的暗示，明是教导，实则是寒碜。这个不多言的女人，不知用什么手段取代了她母亲的位子……这是一个心思很深的女人，外表看来不显山不露水，实际她的一切都是经过了深思熟虑。就拿外表来说，那满头没有一丝杂色的白发是染就的，细腻舒展的皮肤是做过手术的。并不艳丽的和服是常换的，往往早晨衣服上绣的是花蕾，到中午朵朵花儿就开齐了，晚饭桌上，衣服上的花朵竟变作了凋零的花瓣，同一质地的和服，三件绣三种花样，随着时间的变换而变换，考究到了极致。

青山女士还在啰唆。

……不能光着脚踩在榻榻米上，见面不能握手要鞠躬，鞠躬男女有别，女的要轻柔和缓，以六十度为准，男的要直起直落，显出力度。初次问候礼是三十度，分手是四十五度。品茶时要跪接，双手接过茶碗将正面图案转向主人再饮，三口必须喝完，碗边用手擦过，双手递还……约会不能迟到，也不能太提前，以早到三十七秒为最相宜……正式场合要化妆，否则是对别人不礼貌……

繁文缛节，记不胜记。

青山女士的讲课终于告一段落，阿美凑到金静梓耳边说，昭子夫人来了。金静梓问哪个昭子，阿美说，就是小姐的姨妈啊！

金静梓一听，转身就朝外奔，将刚才学到的稳重优雅一股脑儿抛在了脑后。

门厅里站着一个穿运动衫的老太太，个子不高，但很匀称，因为天热，领口敞着，浑身散发出阳光的味道。从感觉上金静梓立刻就判断出，这就是姨妈，母亲的妹妹，是个离母亲和她最近最近的人。看到她，姨妈张开手臂，将她抱在怀里。姨妈的拥抱，绝不同于继母的拥抱，金静梓感觉得出，这是一种发自内心的喜悦和亲近，不是那种让人看的作秀。

在姨妈带有太阳味儿的温暖臂膀里，金静梓情不自禁地叫了一声，小姨。她是依照汉语习惯，用汉语叫的，但是姨妈听懂了，姨妈的眼圈红红的，激动得半天说不出一句话来。半天，姨妈说，看见了你就跟看见邻子一样，她走的时候比你现在还年轻……

金静梓将姨妈领进自己的卧室，那是她在吉冈家里唯一属于自己的领地。姨妈是自己的姨妈，如同那块领地一样，她不能允许任何人来与她分享。

她已经能够用纸和笔与姨妈单独进行交“谈”了，姨妈夸赞她日语进步快，她说还是不精。姨妈说，学精了也别指望与他们有什么交流，这个家族就是这样，注重程式，注重规则，少的是亲情和关爱。你母亲对这个家已经没了一点儿希望，所以她走了，说是去开拓团，实则是一种逃离。别人家，都是一户一户走的，哪儿有单身女人进开拓团的，而且还带着孩子？你母亲是绝望了，她跨过日本海，就没打算再回来。走的时候，她将自己留在家里的所有痕迹都抹干净了……

金静梓问姨妈有没有母亲的照片，姨妈说有，接着从夹子里取出一张让她看。

照片上是一家人，男人绅士打扮，女人梳唐髻穿和服，他们的身后，是三个年龄相近的女孩子。姨妈指点着，男人是外祖父八木缄吉，女的是外祖母八木澄江。又指着三个女孩让金静梓猜，哪个是她的妈妈。

金静梓看着三个区别不大的女孩，困惑地摇摇头。姨妈说，那你喜欢哪一个?

金静梓指了指正中间，抿着嘴乐的一个。

姨妈说，这可不是你妈妈，这是二姨，叫悦子。昭和十八年嫁到冲绳，以后再没了消息，据说是全家在炮火中遇难了。右边这个才是你的妈妈。

金静梓将照片再拿近一些，盯住那女孩使劲看，照片年代太久，人也照得太小，除了母亲身上的花棉袄，她什么也看不出来。

昭子姨妈变戏法似的又抽出一张照片，是母亲的单人相。初看，金静梓以为那是自己，细看，才觉出母亲脸上的线条更柔和，鼻子更秀美。姨妈说，你和你母亲最相像的就是眼睛，最动人的也是眼睛，你们娘儿俩的眼神后面老有种忧郁，这好像是天生的，从杨贵妃那个时代就传下来了……

金静梓说母亲长得的确很美。

姨妈说，再美也没能拢住你父亲的心，应了红颜薄命那句老话。金静梓问起继母的事，姨妈说，一个鸭川的陪酒女罢了，过来时就带着儿子，很会笼络人的。

交谈中金静梓得知，年过七旬的姨妈在本莲沼开了一个小杂货铺。老伴儿已经故去，自己也无儿无女，本可以领社会保障金，却偏不，要自食其力地养活自己。这使金静梓体会到姨妈身上有种和母亲十分相近的气质，不知是八木家的气质，还是杨贵妃的气质?

四

父亲告诉她，明天是她的生日。

金静梓这才知道，自己还有七月十三生日一说。

在中国，她过的是八月十七，那是养父母在葛根庙捡到她的日子。她在产科工作，每回给新生儿填写出生卡片时，几月几日，几点几分，都记得一丝不苟。对她来说，这是工作的一个细节，对孩子来说，却是一生的重要记录，一个贯穿一辈子的节日。可是认真记录的她，却没有自己的记录，可悲极了。她给前夫苏彬写了封信，告诉了自己的生日，并不是有意要与苏彬接续什么，完全是为了排遣寂寞。她从那些熟悉的汉语结构，从那些有图画色彩的方块字中获得了许多乐趣。她写了霞光里的慰灵塔，写了思乡的韩国孩子，写了开杂货铺的姨妈……她相信苏彬会从字里行间揣摸出她的感觉。他聪明，情感细腻，善体贴人……他不是个合适的丈夫，但他不失为一个聪敏、忠诚、机警的伙伴。

父亲给了她一张一千万元的支票作为生日礼物。父亲说，女孩子要有女孩子的家当，有女孩子的开销。刘丽见了这张支票差点儿没晕过去，她说这是一个太巨大的天文数字，多少日本人一辈子也攒不到这个数，吉冈家的老头子玩似的，一撒手就是一千万！金静梓问一千万合人民币是多少，刘丽说得看当天的汇率，大概有十万块了！金静梓想，十块钱一张的票子，十万块搁那儿得多大一堆呢？国内现在最推崇的是万元户，万元户在大伙儿眼里是阔得不得了的富翁。现在自己一夜之间成了十万元户了，怎的竟也高兴不起来。

韩国的丙哲由他妈妈领着，郑重其事地来了。在吉冈家的豪华面前，丙哲显得很拘谨，他将一个包装很精致的盒子递给金静梓，说是他自己亲手做的。金静梓打开盒子，里面是个白磁盘，盘子上用淡红的小石子粘成“故乡”两个汉字。

丙哲说，这些石头是我在家乡的湖边挑选的，它们是地地道道的韩国石头，字是我姥爷教给我写的。这里是静子小姐的故乡，西归浦是丙哲的故乡，静子小姐回到了故乡，丙哲将来也一定要回到故乡。

金静梓觉得丙哲在哪儿弄错了，他觉得她回到了故乡一定是如愿以偿的幸福，可是她想得跟他完全拧着，把这想法跟小孩子讲清楚还真不容易。

丙哲还送了她两条蓖麻蚕，一条红，一条蓝，说是从韩国带来的种，红的叫赛力，蓝的叫玛亚。金静梓问蓖麻蚕吃什么，丙哲说吃蓖麻叶子就可以，他已经看过了，吉冈家的院子里有这种东西。

送走了丙哲，金静梓有种难以说清的孤独，她觉得自己真的成了一只被关在家中的，养尊处优的猫。人们想起它了，会把它拢在怀里，摩挲爱抚，想不起它了会面对面地视而不见。那种冷漠，那种隔膜，让人的心冷得发颤。来到了母亲的石塔前，企图和母亲产生一种沟通。石塔默默无语，散发着和姨妈身上一样的太阳的味道……她想，这种生活或许就是母亲当年腻歪的，拒绝的，母亲在这个家庭里生活得并不舒心。

石塔的后头是父亲的书房，那是父亲不允许家人进入的地方。在她回来的第二天，枝子就特意交代了这件事。现在，书房通向花园的落地窗开着，在低垂厚重的帘子后面有着一片神秘。鬼使神差，她蹑手蹑脚地闪了进去，灵活得倒真如同一只猫。

就是一般的书房吧，两面墙都是书，中央有大写字台，有转椅。金静梓不明白这样的地方父亲为什么拒绝别人进入……平滑的桌面映出了她的面孔，抬头看，白色的石塔正对着书房的窗户，一抹夕阳照在塔上，冷冷的，如同母亲哀怨决绝的目光。金静梓明白了，父亲就是在这个桌子后面，日日与母亲相对。当然，过去也与她相对，是对亡妻的思念，抑或是对灵魂的一种拷问，只有父亲明白了。她在写字台前坐下来，桌面上有水晶墨水瓶和青铜的烟灰缸。她看见了一幅发黄的照片，嵌在镜框里，醒目地摆放在桌的一角。照片里的军人高高地举起刀，刀口下，跪着一个被绑缚的年轻农民。刀的落下只是刹那间的事情，年轻的农民求生已经无望，他不再想什么，不再请求什么，他平静地闭着眼睛，等待着最后时刻的到来。举刀的军人，大概是为了照相，也为了突出对刀下人的精神折磨，似乎有意在延长这个时刻。年轻人的身前身后，散落着十几颗人头，地上黑糊糊的，是血，军人那双钉着马刺的长靴，就站立在浓重的黑色之中。

这幅照片金静梓在国内看到过，刊在某个画报上，那是南京大屠杀的一个场面。但是她绝没有想到，照片会出现在父亲的书桌上。照片上的军人，不是父亲，可是父亲却保留了它，珍贵地放在重要的位置，念念不忘。金静梓屏住气息仔细看那幅照片，仿佛自己变作了刀下的青年，灵魂与肉体在那把锋利的刀下，嚓地分离开来，永不能再重合。父亲坐在桌子后面，看到窗外的慰灵塔的同时，也看到了这幅照片。金静梓明白了，这是一种复仇快意，父亲是在用这张照片，用照片上的头颅和鲜血，来祭奠在这场战争中失去生命的妻女。如同丙哲错误理解她的思乡之情一样，她也错误地理解了父亲。她和父亲之间有一条跨不过去的深渊。

走出书房门口，她有些失魂落魄，头重脚轻，仿佛头颅和身体已经分离开来，疼得厉害。

她在自己的房间里闷了一天。

她变得沉默寡言，脸色也出奇的苍白。

枝子几次动员她到外面走走，让刘丽陪她到箱根住几天，她都拒绝了，她不想动父亲的支票。在心里，从她进入吉冈家族第一天开始，她就没有接纳这位父亲。她开始明白了，母亲为什么会回到久津的娘家，不单单是父亲性格的偏狭，不单单是为了那个陪酒的喜梅子，是观念上的差异。

她不愿意见到父亲，甚至再不愿意跟父亲在一个饭桌上吃饭。父亲坐过的椅子她绝不再去坐，父亲摸过的碗她也绝不再去碰，帮助枝子收拾碗筷的时候，她常常将父亲用过的餐具原封不动地留在桌子上。别人以为是她忘了，只有枝子用关注的眼光看着她。

饭桌上，她没有一点儿食欲，什么也吃不下。桌子的尽头，父亲正把煎得鲜嫩，带着丝丝血迹的牛排用叉子送进嘴中，很有风度地嚼着。牛排上的血，在粉色的肉中渗出，让她想起照片上的青年。她越发的烦躁，在她的眼中，不但是饭桌上的盘子里，就连椅子的坐套，沙发地毯，以及她的卧室、床单被褥，到处都沾满了血腥气。这种腥味儿包围着她，无时无刻在侵扰着她。

有一次在饭桌上，她忍不住问父亲，当年在中国杀过人没有。父亲淡淡地说，当然杀过，没有杀过人叫什么军人。金静梓做了个挥刀的手势，问父亲干没干过这个。父亲没有回答，用手指在椅子扶手上敲打出一套军乐的鼓点……

五

金静梓开始注意每天送来的报纸，那上面有征聘的广告，她想她应该出去工作，换一种环境。在中国，她是个职业妇女，有着精湛的产科技术，每天是忙碌的，每天是充实的。可是在这儿，她算什么呢？初时，征聘的广告还有不少，可是后来，这类广告渐渐不见了踪影。她问过阿美，阿美说不知道。她在门口堵住了送报的小伙子，询问广告的事。小伙子说是吉冈家的夫人吩咐过了，吉冈家不接受任何广告，每次给吉冈家送报之前，都要把夹在里边的广告剔除干净。

看来继母已经注意到了她的行踪，这个不动声色的女人，在暗中和她较量。

有一天，继母问金静梓，要不要给苏彬写封信，把苏彬也接到日本来。金静梓说，我们已经离婚了啊。

继母说，离了婚还可以再复婚呀。我看得出，你对他也不是太反感，你不是经常给他写信吗？

金静梓说她还没有考虑过这个问题。继母说，要是中国的苏彬不合适，也可以让父亲在日本的实业家里寻找，这都是日本的精英，其中不乏出众的人物。金静梓不客气地说，她自己的事情还是自己来料理，别人不要干预。继母说那当然。

金静梓推说头痛，结束了婚姻的话题，早早上楼了。在楼梯上，她听见继母对枝子说，这个静子啊，性格太内向，像她的母亲。

在有限的广告中，她发现了一则征求护士的信息。说的是济民会下头的一个大冈诊所，征求护理人员，年龄要求在三十五岁以下，月给十九万元。金静梓的目光停留在三十五岁上，她想，凭借自己在中国三十年的护理资格，对方说不定在年龄上会给以通融。

她决定去碰碰运气。

为保险起见，她让刘丽陪着，乘山手线在品川站下了车，没走几分钟就寻到了胡同里那个小小的医院。蒙着白纱的玻璃门紧闭着，门口摆着两盆花，不像医院，倒像住家。

金静梓说，怎么这么安静?

刘丽说，不是济民会的医院吗?性质就跟咱们的街道医疗站似的，到这儿来看病的都是附近的居民，这个地方，大病看不了，小病看不好。

听刘丽一说，金静梓心里有了底，再怎么说，自己也是在国家正规医院干了几十年的，应对这小小的医疗站，她的技术绰绰有余。

推开纱门进去，里面是个整齐的厅，一个穿连衣裙的老太太正坐在椅子上缠毛线，见进来人，老太太赶紧站起来，朝她们笑笑说，您来了!

金静梓问这里是不是济民会的大冈诊所，老太太说是，说诊所开业时间不长，目前还只有内科。金静梓问老太太是不是医生，老太太说她不是，她是医生的母亲，她的儿子大冈正人才是诊所的法人。金静梓掏出广告，说明了来意，老太太说所长在楼上，她马上去叫。说着，将她们让到诊察室里。

诊察室的陈设很简单，一张办公桌，一把小转椅，几张处方笺，屏风后头有检查床，门旁边有一盆来苏儿液体。闻到熟悉的味道，金静梓有些激动，她仿佛回到了熟悉的产房，浑身每个汗毛孔都伸展开来。在国内，一周一次，她们用这种药水消毒病房，小护士常因浓度掌握不准，将手烧得脱皮……金静梓将一个手指伸进盆内，盆里冰凉的絮状物体被她搅动起来，成了均匀的乳白。

大冈医生进来了，金静梓将自己的履历书递过去，说明了来意。医生用手指梳理着稀疏的头发，半天没有吭声。金静梓又在自己的能力方面做了补充，并且说在待遇方面不计较。

医生说，吉冈小姐，我现在考虑的不是您的工作能力，而是语言能力。作为医务工作者，语言要求绝对的标准与准确，任何含糊其词都会造成严重的失误。金静梓说，她在中国学过日语，到日本以后，每天都在做这方面的练习，一般的日常用语问题已经不大。

大冈医生没有说话，顺手从桌上拿起一本杂志，指着几个药名问她是不是都认识。

金静梓拼读着那个陌生的单词，在记忆里搜索着拉丁文、英文，找不出任何印象，只好坦率地说不知道。

大冈医生说，是皮肤外用镇痛膏。

金静梓说，在中国叫伤湿止痛膏，用途很宽泛的外用药。

大冈指着另一个单词说，这个呢？

金静梓也不认识，她看了一眼刘丽，刘丽也在翻白眼。

大冈说，这是来苏儿，一种消毒剂。

金静梓觉得冤枉，来苏儿，在国内天天用的东西啊！

大冈又问一个词，金静梓还是不知道，连想的余地也没有。她摇摇头，大冈说，这是抗癌剂，日本在1980年发现的，现在早已广泛使用于临床。

金静梓实在找不出适当的话来答对，对国外医疗界的情况，她的知识实在是有限。但是她还是不甘心，她恳求说不能当正式的护士，她在这里见习也好，并且不要一分报酬。

大冈沉吟了半天说，吉冈小姐先回去吧，我要和有关部门商量一下，定下来一准给小姐打电话。另外还有一点，在日本当看护，必须经过日本专门学校的进修，有日本政府批准的资格认证，这些文件小姐也要准备好啊。

金静梓哪里有什么日本政府的资格认证，她有些茫然无措。刘丽说医生的话没错，在日本干什么都得有资格认证，没有教育资格的认证不能当教师，没有营养师的认证不能开饭馆。就是想当翻译，也得有专门地方的认可，不是想干就能干。

金静梓知道，这回出来找工作是彻底泡汤了。

从济民会的诊所一出来，刘丽就和她分手了，刘丽要赶到第一宾馆去洗盘子，说是今天有几家婚礼，洗盘子的工作量很大。金静梓只好一个人往回走，想起昭子姨妈说过的，她的杂货铺就在附近，就去找。找到姨妈那个两间面门的小铺时，天已近中午了。

小铺里的东西摆得满满当当，商品很多，也很杂。店铺里没有人，挂着半截门帘的内房里飘出米饭的香味儿。

金静梓站在铺子当间问，有人吗？

哈依！欢迎光临！姨妈应声而出，见到她，高兴得嘴也合不拢了，说金静梓能找到这个地方，真是出乎她的意料之外。金静梓看到，姨妈家外头是杂货铺，里头是两个大间，家具不多，却收拾得利落，没有吉冈家那种堂皇的压抑，有的是亲切和随意。金静梓从一进房间就有种到家了的轻松。她告诉姨妈，自己还没有吃饭，姨妈说就在她这儿吃也挺好，不过比起吉冈家的饭来，差了点儿。金静梓说家常饭最好。

姨妈的午饭的确很简单，米饭、酱汤、烤鱼肉。

金静梓边吃饭边说了去大冈诊所的事，姨妈说这种诊所就是个保健站，不去也罢。又说，她所在的老年俱乐部倒是需要个护士，先一个为大伙儿服务的惠子回家生孩子去了，至少得一段时间才能回来，让金静梓不妨先过去帮帮忙。姨妈说，也没什么特殊治疗，就是督促大伙儿吃吃药，给老年人做做按摩。

金静梓说，不要资格认证吗？

姨妈说，跟主任说一说，临时先干着，作为一般志愿者，大概没什么问题。不过，可是没有报酬啊。

金静梓说她愿意干。姨妈说下午就跟俱乐部的人去说，让金静梓在家等电话。

下午，姨妈的电话很快就打过来了，说老年俱乐部的负责人同意她明天一早去面试。金静梓很高兴，尽管工作很简单，总算可以走出家门了！

晚饭桌上，她把这件事告诉了家里人。枝子羡慕地说，姑姑要出去工作了啊，真好！

继母像是没注意她的话，慢慢专心致志地剥着烤牡蛎，脸上毫无表情。信彦在和他的儿子商量航模飞机的话题，用眼睛扫了她一下，没接她的话茬儿。倒是父亲，喝着汤说，是阿昭的主意吧？

金静梓说是。父亲说，亏这个阿昭想得出，吉冈家的女儿，怎么能给人家去按摩胳膊腿。

金静梓说，中国的医院里专门有按摩科，这是治疗疾病的一个很重要手段。

父亲粗暴地说，别提你的中国，你是日本人，现在跟中国没一点儿关系了。别忘了，你的母亲是在中国被害死的！

金静梓说，是我的母亲自己拉响了手榴弹，谁害了她？是日本！这笔账应该记在日本的头上，跟中国没关系！

父亲陌生人一样地看着她，在父亲眼里，这个敢和他顶嘴的倔强女儿，分明是几十年前的妻子，那执拗的下巴，那紧抿着的嘴唇，无一不是妻子的再现。不同的是，眼前这双眼睛里，更增添了一种他的妻子所没有的自信。

继母出去了。

枝子和儿子也停止了吃饭，惊奇地看着他们。

信彦看看父亲，又看看妹妹，不好说什么。

父亲说，你没有资格在我面前谈论那场战争。

金静梓说，我是那场战争的直接受害者。

父亲说，我在那场战争中失去了妻子！

金静梓说，对您来说，没有战争，您也会失去她。

父亲说，谁给了你这样和我讲话的权利？

金静梓说，是我的母亲。

父亲说，那个刚愎自用的女人，以后你不要再提起她！

金静梓说，请您不要再掩饰您内心的矛盾，院子里的石头塔，您书桌上的照片，说明您对母亲已经刻骨铭心……您太自以为是了！

父亲说……我不允许你当什么按摩女郎！从明天起，我不许你离开这座房子！

父亲说着走到电话旁边，拨通了老年俱乐部电话，说吉冈静子明天不能去俱乐部参加面试。

父亲饭也没吃，出去了。信彦说，老头子这回是真的发火了，脸都气白了。

枝子说，在家里，还没有人敢这样和父亲说话的，静子是第一个。

六

吉冈家族内部发生了动乱。

肇事者不是中国回来的，终日被关禁在家里的金静梓，而是在人面前难得高声讲话，温良恭顺的枝子。

枝子采取的行动正如她沉静的性格，她一声不响地在丈夫枕边留了封信，走了，说是暂时到庙里住段时间。在金静梓看来，枝子这样做实在有些不可思议，搁任何一个中国主妇都不会有如此突兀之举，轻而易举就是“到庙里住段时间”，这叫怎么回事呢？枝子不是用人，但是枝子的出走给了这个家庭很重的一击，谁都深切体会到了，没有枝子家庭秩序的混乱和生活质量的下降。最起码，祖宗早晨的第一碗茶是没人给送了。

一家人闷头吃着早餐，父亲阴沉着脸，把一块烤煳了的面包拽进碗里，将牛奶溅得满桌都是。继母仍是没有表情，用筷子尖仔细地剥开裹着黏面团的紫苏叶，甚至不屑抬头看一眼眼圈青黑的儿子。信彦一副睡眠不足的模样，他不会料理自己，妻子走了，他连自己的衬衣放在哪里也寻不出。儿子的校服也是几天没换了，老师已经给孩子提出了整洁警告。儿子倒不在乎什么警告不警告，母亲的不在使他感到轻松，他闪烁着一双酷似母亲的大眼睛，在往外挑拣酱汤里的蛤蜊，他嫌吃那小东西费事。母亲若在，这是绝对被禁止的举动。现在好，现在没人管，他想怎么挑就怎么挑。

枝子的出走，对外是绝对保密的，就是对内，彼此也不轻易谈起。以至金静梓体会出了，当年母亲的离去大概也是这样。走便走了，吉冈家连谈也不谈，悄没声儿的，人就没了。

这样的气氛竟然拖了半个月，金静梓佩服这个家族的耐性，终于，她忍不住了，不顾父亲难看的脸色，对信彦说，枝子还没有消息吗？

信彦说没有。金静梓说，你得找，不能在家死等。

信彦说，东京的庙数百，谁知道她在哪儿住着，出了东京也不一定。

金静梓说，这类事情昭子姨妈或许清楚，不如上她那儿打听打听。

信彦还没有说话，父亲不高兴了，让金静梓不要找昭子。说昭子知道了这事，就等于是全东京的新闻媒体都知道了这件事，吉冈家的脸面就丢尽了！

金静梓说，不能怕人知道就不去找。

继母说，枝子嘛，不过是累了，出去躲躲清闲，给自己放几天假。全家大可不必为这事慌乱，我了解枝子，割断夫妻爱，舍掉母子情，绝非是她这样的女子能做出的。大家该做什么做什么，过几天枝子就会回来的。

金静梓说，已经过去半个月了啊！

当天下午，金静梓还是来到了姨妈的杂货铺，让姨妈帮着想主意。

姨妈说，这个家族，凡是有正常思维的人都待不下去，枝子能在吉冈家生活了十几年也算是个奇迹了。

金静梓说大部分原因还是信彦不体贴妻子。姨妈说她了解信彦，信彦虽说是喜梅子那个冷漠的女人生的，可是禀性跟他妈不一样，在男人中还是很优秀的。姨妈说，你不知道日本男人，工作的时候拼了命地干，加班加点，下了班却不回家，纠到一块儿沿着街一家酒铺一家酒铺挨着喝。喝到半夜醉醺醺回来，先打老婆，后让老婆下面条……信彦不是那样的人，枝子应该知足。

金静梓问有没有可能打听到枝子在哪个庙里住着。姨妈说这很难，但是能收留信徒住宿的庙宇，东京算起来也没几个，也不难。金静梓问，到底是难还是不难呢？

姨妈说，到大泽和尚那里问问吧，他总比咱们清楚。

大泽和尚住在普渡寺，离杂货铺不远。

寺庙跟中国格局不一样，进庙门就是大殿，殿门不开，锁着。庭院有树，修剪得照旧造型怪异。地面铺着碎石子，走上去嚓嚓地响。

大殿山墙处有一黑一红两辆摩托，姨妈说，黑的是和尚出去做法事用的，红的是和尚夫人出门采购用的。当然有时两辆也一块儿出去，一黑一红在野地里追逐——和尚夫妇是新婚。

正说着，大泽和尚迎出来了，穿了件蓝灰的僧衣，梳着分头，登了双靸鞋，除了脑袋，其余跟中国和尚没有什么区别，只是从和尚领后头露出的高档羊毛衫显得不那么和谐。

被让进客厅，和尚夫人迎接了。夫人很年轻，二十四五，穿戴时髦，端来了点心和茶。客厅与厨房通着，金静梓通过简单的隔断可以看见厨房里成箱的麒麟啤酒，嵌入墙壁的大冰箱和电磁灶、微波炉。

大概是金静梓审视的目光过于明显，和尚指着自己的脑袋说，不像个出家人是吧？

金静梓说是的。金静梓说……日本的和尚跟中国和尚在生活态度上大不一样，跟日本和尚的生活相比，中国和尚断五荤三厌的活法到底有点儿亏。都是佛门弟子，想必也能殊途同归吧。

大泽和尚说，对日本佛门来说，落不落发已不是必须，明治五年四月，政府发出了僧人可以吃肉、蓄发、娶妻的布告，使僧侣不唯成为一种信仰，更成为一种职业，有了很大宽松度，更合乎情理。不剃头的和尚很多，比如他，就不想剃，头发终归有头发的用途，人身上的东西是没有白长的，佛既然赐予了，就该留着。四大皆空，六根清净，指的是人心，而不是外表形式。

金静梓觉得和尚虽然年轻，谈吐还不俗。

说起枝子住进庙里的事，大泽和尚说，日本信仰自由不假，但真要出家也不是那么容易的，并不像世人想的那么简单，谁想当僧人谁就能当，手续也相当繁杂。首先必须进入专门的道场，与世隔绝三到四年，集体修炼佛经，每天三到四个钟头的睡眠，青菜薄粥，最后通过测验，通过与师父一对一的偈语问答，才能拿到合格证。拿到这个合格证比拿到驾照难几百倍。

姨妈说，枝子本人是大学毕业，拿过学位的，闹不好会直接升为住持呢。

大泽和尚说，大学毕业，学位都不是当住持的资本。我本人便是英国剑桥大学法学院毕业，到现在也没当上普渡寺的住持，只是个临时负责。

姨妈说，枝子已经半个月没跟家里人联系了。

大泽和尚说枝子是直接进不了道场的，家里人大可不必为这个担心。不跟家里人联系，是她不愿意联系，到该联系的时候自然就联系了。

姨妈说和尚的话等于没说。

和尚说，神奈川的清月庵办了个《心经》写经班，全是妇女，吃大灶，睡通铺，过的是集体生活。这是日下很时髦的一种举动，参加者趋之若鹜。您家的枝子到写经班去了也未可知。

金静梓想去清月庵看看写经班里有没有枝子，和尚说，用不着去，打个电话就可以了。说着拨通了清月庵的电话，一问，说那边有个叫吉冈枝子的，已经到了半个月了。金静梓没想到这么简单就找到了枝子的踪迹，在日本，真是想逃也没法逃的。但是，这样简单的事，父亲和信彦怎么就不主动地干一干呢？

在饭桌上，金静梓又提出叫枝子回来的话。信彦说他不到清月庵去，清月庵是尼姑庵，他不能在众多女人跟前低三下四地求老婆回家。

父亲说，不能惯得太没有样子。这些日子，没有她大家过得也很好，天并没有塌下来。

继母说，既然你信彦不愿意低三下四，就让静子陪着去，最好是劝回来，往后好好过日子，再不提这件事。实在不回也甭勉强，拉拉扯扯让人看笑话。过不到一块儿就离，作为吉冈家的媳妇这样做已经是很出格了。

听老太太轻而易举地说出“离”字来，金静梓有点儿吃惊，枝子在家中的地位可想而知。如同一件衣裳，一个摆设，不合意了便扔，哪管你曾经挡过风雨，遮过严寒。“再不提这件事”，好个干净痛快！

金静梓想，她要是枝子，听了这样的话，决意是不会回家的。

神奈川位于东京南部，西与山梨接壤，东与相模湾相连，是个风光秀丽的所在。汽车沿着海滨公路行驶，蓝海黄沙，茫茫无垠，平滑透明的海水无声地从远处涌来，卷起一条长长的白链，几只海鸟追逐着白链在翻飞，直到它消逝在海滩上。

金静梓说，枝子真会选地方啊，这么美的景致，连我见了也不想回去了。

信彦说，现在看着美，只要一阴天，老天爷掀起狂风巨浪，一切就一塌糊涂，日本的天气，说变就变。汽车开始爬坡，依照路标的指示，上头五百米就是清月庵山门了。信彦把车停在一块平坦的草地上，再不往前开了，他说，你把她叫出来，我在这儿等。说着，掏出一根烟点了，倚着车前挡，拿出一副不向任何人低头的派头。

金静梓说，你得上去，在半道上等显得心不诚。

信彦说，够给面子的啦！你见了她也不能光说好话……把该说的说了，回不回由她。

见信彦这么说，金静梓只好自己踏上了通向山门的台阶，在铺满落叶山径的引导下，来到了清月庵。山门前寂静无人，两棵老松向青天伸展着弯曲的枝丫，无言地观望着渐渐走近的她。

山门里，一个老尼，在药师殿前头整理花草，金静梓走过去向她打听写经班里有没有一个叫吉冈枝子的，老尼耳聋，加上金静梓并不熟练的日本话，交流起来十分困难。最后，老尼指了指偏殿，意思是让她自己去看。

金静梓轻轻推开偏殿的门，里面静悄悄的，佛香缭绕，十几个穿着白色和服的妇女各自跪坐在小矮桌前，用毛笔抄写《心经》。每个人都是一丝不苟的认真；每个人都是一脸的郑重与虔诚。

> 观自在菩萨，行深般若波罗蜜多时，照见五蕴皆空，度一切苦厄。舍利子。色不异空，空不异色，色即是空，空即是色，受想行识，亦复如是。舍利子是诸法空相，不生不灭，不垢不净，不增不减，是故，空中无色，无受想行识，无眼耳鼻舌身意……

金静梓在写经的妇女中看见了枝子，她走过去，轻轻地拍了拍枝子的肩膀，枝子抬起头，从“无眼耳鼻舌身意”的神情中脱出，笑了笑，跟着她走出偏殿。

金静梓说，哥哥和我来接枝子，咱们今天就回家怎么样?

枝子没有正面回答金静梓的话，也没有想解释自己出走的意思，指着跟前的一棵树说，知道这是棵什么树吗?

金静梓说不知道。枝子说，是菩提树。释迦佛祖就是在菩提树下悟透人生真谛的。修行，讲的是思考，求的是顿悟。

金静梓问怎么个顿悟法。枝子说，直指人心，见性成佛。

金静梓说，靠主观觉悟，明心见性，在哪里都可以做到。清月庵有菩提树，有《心经》，的确是个清幽的环境，但是家庭同样是个人生重要的所在。六合之内无所不包，而人心也是无所不包的，就是信彦真有什么不是，夫妻间也要多担待些。

枝子说跟信彦没有什么过不去，跟谁也没有什么过不去。她只是觉得没意思，无休止的，日复一日的没意思，每天的生活复印机一样地重复。一切受“日子”支配，在家里，已经成了一个既不可缺少又无足轻重的物件，别人心里没有了枝子，可怕的是，自己的心里也没了自己……

金静梓想起了父亲的严峻，继母的冷淡，想那家庭氛围对人性不经意间的一口口咬噬，对个性的水滴石穿式的磨砺……她不知道是不是枝子在菩提树下，也悟出吉冈家族的真谛。

枝子说，以前还没什么，静子回来以后让我想了很多，静子身上有股刚劲儿，敢顶撞父亲，敢与母亲以同样的态度抗衡。他们嘴上不说，但是心里都是很怵静子的。在这个家里，我是什么，信彦又是什么，我们什么也不是，到现在信彦也不能算是吉冈家的儿子。父亲母亲除了关心他们自己，什么也不关心。我就想，静子能说出的话，我为什么不能？静子力争走出吉冈家，我为什么就走不出？

金静梓没想到，枝子的造反竟然与自己有关。

枝子说，每天写经，在菩提树下打坐，好像突然才发现天蓝得可爱，鸟叫得动人，风吹得清爽，连每天喝的白粥也变得有滋有味了……

金静梓说，枝子，信彦在下头等着呢。

枝子说……他来了……暂时还是不见好，既然已经住进庙里了，还跟丈夫接触，不好啊。

金静梓说，又不是真出家了，见见怕什么。再说，就是真成了佛门弟子也是允许结婚的。说着就拉着枝子往外走。

枝子在门口果断地止住了脚步说，见了面不好办哪。

金静梓说，要不我回避？

枝子说，不是那个意思……有些事说不清楚……头脑里有些想法，三言两语沟通不了……我得赶紧进去写经了，出来时间长了不好……

说着，枝子已经开始往回走了。

金静梓说，我下去怎么跟信彦交代呢？你到底什么时候回去？

枝子站在台阶上说，等到我不愿意在这儿待的时候。

枝子说完就把门掩上了，空留下金静梓站在院里发呆。

金静梓顺着山路往下走，远远地看见信彦在草坪那边往山上望，见只下来一个，低头拉开车门钻进去了。

七

金静梓收到了苏彬的回信，信中说他已经结婚了，新娘就是金静梓同科的护士刘玉兰，还寄来了穿着婚纱的彩色照片。金静梓想，离异的刘玉兰带着一个小男孩嫁给了苏彬，这样也很好，两个人都是很温和很知足的人。小门小户小日子，一个爱下棋，一个爱打毛衣，只是自己有些失落……

父亲和继母对她越发冷落，大家可以在饭桌上相安无事地各吃各的饭，不说一句话，竟没有人感觉到气氛的怪诞和压抑。她有时在走廊里碰到父亲，父亲可以目不斜视地从她跟前走过，好像她是一道一闪即逝的霞光，霞光过去了，只剩下空寂。信彦每天忙碌公司的事情，家里几乎很难看到他。孩子已经习惯了没有母亲的生活，听说不久要住到学校去。没有人给祖先献茶，祖先似乎也没有怪罪，照旧保佑着这个家族的安宁和源源不尽的金钱收入。

金静梓脸色越发苍白，常常的眩晕，精神有些恍惚。

混迹家人中，觉得难堪的忍受；独处时，又感到冰窖似的悲哀。每天就是坐在庭院里看那座白塔，看塔的颜色随着日光的转换而转换。继母有一天对信彦说，静子的精神好像不太正常，让他抽空带她到医院检查一下。

丙哲过来了，她隔着栏杆问他的红嘴雀儿是不是还常来。丙哲说有日子没见了，主要是日本天气太热，红嘴儿不习惯。丙哲问他给她的蓖麻蚕结茧了没有。

金静梓结结巴巴地说，结了吧……结了。她突然想起了当初丙哲送给她的两条蚕，大概当天就被阿美扔了，她连问也没问。

丙哲问是赛力先结的还是玛亚先结的。金静梓说，是一块儿结的吧，对，它们是一块儿结的，洁白洁白的，又胖又大，好玩极了。

丙哲疑惑地看着她，说，真是白的？

金静梓说，真是白的，微微有点儿发黄。

金静梓在当孩子的时候也玩过蚕，她认为哄个小孩子不在话下。

丙哲咬着嘴唇没有说话，小脸憋得通红。终于他说，可我的蚕里没有一条白的，赛力发红，玛亚是蓝的，它们根本结不出白茧来！

金静梓说，的确是……白的……

她嘴上没改口，心里却一阵阵痛苦，连对孩子也说谎，自己怎么变成了这样，看不上这个，看不上那个，其实自己比他们又好到哪儿去？

丙哲说，我再不跟你说话了！说完一转身跑了，头也没回。

晚上，她没有下楼吃饭，也没有人来叫她。

早晨，她照旧没有下楼。也不饿，只觉得自己在轻飘飘地飞，霞光一样在房间内滑动，有时滑到窗户边，有时滑到天花板上。她看到了窗外的白塔，一个惨白的没有生命的石塔，她已经不相信，会有任何生命附着在上面……恍惚间，继母送来了面，也是惨白的，没有任何色彩和内容的面，只有她的自身是有颜色的，美丽的，飘忽不定的。

楼下有声音，好像是枝子回来了。

傍晚的时候，阿美在喊，飞机出事啦！

从东京飞往大阪的波音747傍晚的时候坠毁在群马的崇山峻岭

中。电视里播出了长长的遇难者名单，五百二十四名罹难者中有吉冈信彦的名字。

吉冈家族内死一般寂静。

电视台终日播放着飞机失事的报道，“八一六”空难成为全国关注的话题。这期间，谁也没有注意到，在反复播放的惨烈画面下，曾滚动出一行字幕新闻：

山手线电车品川站附近，一妇女奔向进站电车，命殒轮下，山手线车辆运行中断二十分钟。

一个人的生命，和五百二十四人相比，微乎其微，更何况是“有意”为之。有人说，那个“奔向进站电车”的妇女是吉冈家的女儿，吉冈静子，但是并没有谁对这件事予以证实。只是有一天，丙哲下学，看到吉冈家的喜梅子从车辆下来，跑过来问，你们家的静子好吗？

喜梅子说，好啊。

丙哲说，我好久没见她到院子里来了。

喜梅子说，她在庙里写经呢。

黄连厚朴

一

早晨，于莲舫拉开窗帘，透过结满霜花的玻璃隐约看见惠生老太太正站在院里看蜡梅花。此时，天上仍落着稀疏的雪，地上、檐上都是莹莹的白，下挂着长长的冰锥，锋利地泛着不折不扣的寒气，让人的心一阵阵发冷。院内没有脚印，也没人扫过，各房的门都紧紧关着。于莲舫想，这样严寒的天气，这样清冷的早晨，老太太能有此雅致，实在不是一般每日为青菜几毛几分一斤而操持的平民百姓所能做到的。除令人感到赏花者不食人间烟火的遥远和脱俗之外，又难免产生一丝孤芳自赏的忧悒与造作。老太太肩头的大红披肩与白雪相辉映，鲜亮醒目，只让人想起《红楼梦》“琉璃世界白雪红梅”中那些披大红猩毡的哥儿姐儿们来。看脸面，却又分明告诉人们，那哥儿姐儿已不复存在，红光的罩护下竟是富态态一个贾母；朔风猎猎，冷气逼人中的悠闲贾母。

房子是老式平房，没有暖气，屋内气温很低。于莲舫哈着手，用冰凉的铁钩挑开炉盖，见炉中的蜂窝煤只有两个眼儿尚有些苟延残喘的亮便扔了铁钩，放弃了挽救的希望。炉火这样不争气是昨天夜里烧得太乏，又加上新煤的缘故。这装着铁皮烟筒的煤炉正如这座规整的四合院，在京城中已属凤毛麟角，院子建于清朝道光十六年，是孝和睿皇太后赏给御医龚尚臻的。

龚家世代为朝廷御医，以辛劳谦恭，谨慎做人，医术精湛，换来了济世德劭的名声。先祖龚廷贤在明朝便是名扬四海的医林国手，著有《寿世保元》《鲁府禁方》等传世医书。驰名遐迩的十全大补汤配方及使用方法便为龚家所创，所以论龚家的医史实在久远得很了。惠生老太太的公公龚钟鹤也充任过太医院御医，清朝太医院承袭明朝医制，设管理院事王大臣一人，院使一人，下有御医二十人左右。御医们各专攻一科，分大方脉、小方脉、伤寒科、妇人科、疮疡科等。太医院建在前门内东南角，光绪二十七年以后，转至地安门东黄城根，离龚家住的锣鼓胡同并不太远。龚钟鹤在太医院隶属大方脉，专攻中风及五疸，医术高超，颇受内廷信任。为光绪、慈禧把脉诊过病，曾受太后“医林状元”之匾。清帝逊位后，龚钟鹤赋闲在家，求医者不计其数。民国时期，北京有四大名医，即萧龙友、施今墨、汪逢春、孔伯华。龚钟鹤的名声虽不及四位响亮，但因为曾充任过御医，也很得病家看重。萧龙友对《伤寒论》的研究颇有建树，施今墨注重辨证，汪逢春擅长时令病，孔伯华为温病大家，御医龚钟鹤当时则以治中风而名噪京城。段祺瑞曾派专车请龚钟鹤去府上看病，脑后仍梳着大清辫子的龚国医对段祺瑞的相请怠慢异常。言去亦可，非黄金百两不能出门，且所乘的车必须去掉车座，车中摆上太师椅才合出诊规矩。于是段祺瑞不得不让人改车，去掉沙发座，安上太师椅，才恭请龚老太爷登车……那时惠生老太太的丈夫龚矩臣只有十岁，父亲出去诊病，他常常抱着诊匣，跟随父亲左右，形影不离。所谓诊匣不过是个紫檀木头盒子，内里装着明黄缎子缝制的脉枕。这只脉枕据说是光绪与西太后用过的物件。皇上与太后已去，龚钟鹤出宫时便随身带了出来。

三寸宽五寸长的小枕细软精致，是龚钟鹤御医身份的象征。诊病时，御枕向外一拿，病者自添了万千的恭敬。特别是那民间少见的明黄色曾为礼部指定为只有皇帝才可使用的颜色，是连亲王、贝勒也不准“僭越”的。皇帝用过的物件，老太后的腕也曾在上面搁过，如今却为百姓服务。昔日王谢堂前燕，眼下真的飞入寻常百姓家了，让百姓家也见识使用了帝王之物，获得了一种虚荣的满足，那病自然早早好了几分。

当年捧御枕的龚矩臣如今已年近九旬，承继祖业，成为德高望重的名医。因年纪太大，拒绝了一切社会头衔。不出大门一步，偶有求医上门者，也常被老伴儿惠生挡了驾，诚心地颐养天年了。为了不使老国医医术失传，中医研究所派副研究员于莲舫帮助老爷子整理医案。这个工作已进行了五六年，那些堆积的医案不过整理了三分之一。并非工作效率不高，而是受制于多种因素：一来老爷子自幼随父行医，医案中有不少其父亲龚钟鹤的在其中，内容多涉及宫内及后来诸多社会要人，牵扯到历史人物，这使于莲舫不敢掉以轻心；二来惠生老太太对老爷子的饮食起居管制极严，规定每日工作量不得超过两个小时，所以进度几乎说不上。当年单位之所以派于莲舫担任这项工作，主要因为她是龚先生的儿媳，儿媳帮公公整理医案较陌生人来干，自然是方便多了。

方便也带来不方便，于莲舫与龚先生的儿子龚晓默三年前离了婚。龚晓默去美国进修人体遗传工程，后又转行搞生物制品，三年中竟没回来过一次。给父母倒是常有信来，对于莲舫却是连捎带着问一下也没有的。于莲舫对此并不计较，也不觉遗憾。分手是她主动提出的，如果要讲理，理亏的是她，她现在没有资格要求对方，也没有权利对龚晓默表示任何不满。离婚后，单位没房，龚家腾出外院两间南屋让她继续住着足以显示了这个家族的宽宏大量。外界人对惠生老太太仍能容纳离婚的儿媳居住龚家这件事本身给予赞许，说老太太有礼，大度，温文，雍容，有长者风。然而只有于莲舫才明白，老太太的“长者风”对她实则是一种报复，是一种慢刀割肉的钝痛，是一种无形的精神折磨，更是一种难与人言的尴尬。依她所意，她一天也不要在这大宅院里待下去，如果有可能，她马上就会搬走，远远地离开这里，再不见这里的一切。但提供这种可能的机会却渺茫又渺茫，如一根飘荡的丝，若隐若现，难以捕捉得到。让她急，让她恼，又无法发泄。她在焦虑、无奈中苦苦等待，开始的激情被时间磨砺得趋于平缓光滑。是的，到了这个年龄很难再让人激动得起来，特别是连孩子都快到了上大学的时候。

珠珠披着羽绒衣带着一股寒气由门外撞进，奔到床前，从怀中掏出一只花猫来。猫似乎并不愿在这寒冷的屋内停留，被推出的同时转身又朝珠珠的怀里钻。

于莲舫嗔怪地责备女儿，多大了还玩这个，被子都让它印上了梅花印儿。

珠珠还在逗她的猫说，您不觉得它长得像我爸爸吗？小老虎似的，我爸也是属虎的。又说，她今天要去外院补课，让于莲舫帮她看一天猫。

于莲舫看着女儿，这女孩虽然刚刚十六，却已人高马大，长得酷似她的父亲。于莲舫说，叫奶奶替你看，妈今天也有事要出去。珠珠说奶奶不喜欢小动物，上礼拜让奶奶看，她把猫拴在厕所里，那绳把猫腿都磨出血了，所以这礼拜就不能把猫妹妹交给她了。说着珠珠将猫高高举过头顶，在屋里旋了一圈儿说，我奶奶是属耗子的，怕猫。

于莲舫逗着女儿说，我是属小干鱼儿的，更怕猫。她希望孩子能在自己房中多待一会儿，毕竟是自己一手抱大的亲女儿，虽然法律上判给了丈夫，血脉亲情总还是连着的啊。于莲舫问珠珠的英语阶段测验过关了没有。珠珠的脸有些阴，停了一会儿说，我不喜欢英语，sorry，sorry 的舌头老伸不直。我爸也是，去什么美国，说是将来让我也去，等着吧，我去尼加拉瓜也不会去美国。于莲舫的心一沉，孩子迟早要跟她父亲走，这是明摆着的事，明显的，龚家不愿意她与孩子有过多接触。为孙女补习外语，惠生老太太不惜重金托关系在外语学院请了教师，让孩子顶风冒雪每周从城东南到西北斜穿一大趟，其目的只是一个——出国，离开于莲舫。

果然，老太太在廊下招呼孙女了，声调不高，却含着威严与不满。珠珠说，奶奶叫呢，得走了。于莲舫无言地看着女儿，心内溢满酸楚。珠珠窥出母亲的心态，抱住于莲舫的脖子说，妈，我永远是您的。咱们的关系是铁硬铁硬的，我身上流着您的血，想换也换不了。

夫妻是什么，近的时候比谁都近，要说远呢，就一点儿关系没有。于莲舫很吃惊珠珠竟能说出这样的话来。便说，小小年纪不要瞎想这些事，要紧的是把你的英语搞上去。明年就要考大学了，你不要老让我惦记着你的英文。珠珠在于莲舫耳边悄悄说，妈，我爸昨天来信了，说是过几天要回来……犹豫了一下，珠珠满脸不快地说，他说还要给我带个后妈回来呢。于莲舫一惊，她没想到龚晓默的婚姻进度这样快，一股焦躁情绪油然而生，但她很快按捺住自己，淡淡地对珠珠说，这也是正常的。珠珠补充说，那个即将进门的妈是个金发碧眼的洋人，叫珍妮。

二

双手托天埋三焦，左右开弓射大雕……龚老爷子站在正房里，对着院中白雪，轻松自如地练了一套八段锦，而后不吁不喘地来到书案前，在老太太铺好的宣纸前挥就一联：

雪过黄连淡

风来厚朴香

此时于莲舫恰好进屋，她身上的细雪遇到室内温暖的热气立时变作晶莹水珠。惠生老太太见她进屋，一句招呼不打，兀自进到套间去了。于莲舫来到桌前，见到老爷子的字，直夸好，老爷子说喜欢就拿去。这时里间传来老太太的咳嗽声，于莲舫赶紧说，还是您收着吧。

帮老爷子收拾笔墨时于莲舫问这副对子为什么单单选了黄连、厚朴两味药。龚矩臣说黄连、厚朴两味药乃中医看家之药，恰如日常生活中的白菜、萝卜，是为炊必不可少的。黄连苦寒，泻心除痞，清热明眸，固肠止痢；厚朴苦温，消胀泻满，痰气泻痢，其功不缓。二者虽都有泻的功能，药性却不同。黄连独用其气，厚朴专用其味；黄连降火，使气能通其自升；厚朴升阳则欲其自降。于莲舫听了说道，我记得，龚老太医给光绪皇帝诊脉开方时，同时用了这两味药。龚矩臣到底记性不行，却怎么也想不起来了。于莲舫由柜内取出一套医案说这是光绪三十年至三十四年间，龚家祖父诊病的记录。说罢翻至一页读道：

> 光绪三十四年五月初六，申时三刻，予于仁寿殿为上请脉，其时太后亦在座，上之脉象左尺脉沉迟，右关脉浮迟，脉十五一停……

龚矩臣插言说，左尺沉迟，肾已虚得厉害了，小便定为白浊，而且伴有耳聋虚鸣，右关浮迟乃胃寒虚膨。这个皇上啊，先天肾水不足，后天脾胃失调，也是病入膏肓了，真难为了我父亲。于莲舫说，小便白浊，沉迟阴肿，西医当是肾炎征兆。这样推断，光绪当年患有肾小球肾炎，这个病搁今天也是个难缠的症病。龚矩臣说，脉搏动十五次一停歇，说明胃气将尽，光绪死期当在半年之内，我父亲记录这点，可见已料出大渐时限，只是讳于帝王威严，不便直言罢了。于莲舫说，既然如此，老太医为什么不补脾肾却用了黄连、厚朴这样降心火，消胀泻满的药呢？龚矩臣沉吟了半晌说，父亲用药，想必有他的道理，按说肾气不足则昏厥，腰冷，胸疼，耳鸣。肾为脾之关口，心气平则脾土荣昌，故心火是脾土之丹，心火旺则母欺子，脾自不能凝聚元气，因而殃及肾水……但于莲舫总觉这个说法有些牵强，矫情。她认为，龚家祖父在这儿是把药用错了，是逆其道而行之。正欲说什么，只见龚家女婿任大伟急匆匆由东屋奔出，直奔龚老爷子的正房而来。任大伟是龚家老爷子“不称心”的女婿，以老爷子“嫁女必胜吾家者，娶妇必不若吾家者”的古旧原则，任大伟的小业主门第是配不上龚家女儿龚晓初的。为这，结婚时龚矩臣与女儿几乎到了断绝关系的程度。他认为，任大伟的父亲倒腾青菜，为商为贾，重利轻义，与世代儒医的龚家不可同日而语，以年轻人的时髦话来说是不在一个档次上。但女儿不听他这一套，执意要嫁，龚老爷子不能硬挡，只好顺其自然。“不可同日而语”的小两口结婚后恩爱甜美，脸也没红过，特别是外孙任楠的诞生，使龚老夫妇由威严的外祖父、祖母而转化为慈祥的姥爷、姥姥，使得龚老爷子觉得再没有对女婿板脸的必要，关系相对有所缓和。再加上儿子龚晓默在家中是甩手大爷，连换灯泡一类的事情也做不来，压根儿靠不上，这个家里里外外全仗着外姓人任大伟。从买粮搬煤到通阴沟修电门，哪样也离不了人家，关系也就没必要搞得那么僵。有一次院里的藤萝架被风刮倒了，大风地里，任大伟光着膀子站在木梯上锤子斧子一通猛抡。惠生老太太对丈夫说，也别净嫌人家，小家子自有小家子的长处，这活儿你让晓默干，打死他也不会上那梯子。龚矩臣当时鼻翼扇了扇，什么也没说。当晚惠生老太太做了龚家拿手菜醋焖肉，烫了一壶花雕，把女婿叫过来，跟老丈人共用晚餐，由此女婿才彻底得到认可。这两年，任大伟发了，这正是靠了倒腾青菜的父母赋予的经济头脑。他开始倒彩电，后来又倒汽车，现在正搞房地产。啤酒肚催起来了，名牌穿上了，头发改了样式，说话变了腔调。但无论怎么变，在老丈人跟前总还得收敛三分，生怕老爷子说他是“小人得志”。相反的，对老爷子老太太倒更加毕恭毕敬地孝敬起来。每天早晚还知道跑过来问问安，隔三岔五给老两口买些新鲜可口的吃食。老太太说，这头草驴，硬让龚家给调教出来了。

任大伟进了屋对岳父说他有位朋友，是某集团总裁，想让岳父给看看病。龚矩臣说再不要亮什么总裁的招牌，我反感这个。任大伟说总裁也是一种职业，就跟淘大粪的时传祥、种庄稼的陈永贵似的，都是劳动人民。任大伟知道，龚矩臣对“劳动人民”这个词特别敏感，“文革”时龚老爷子作为“反动学术权威”“封建主义残渣余孽”被批斗关押，为此老爷子很想不通。但所能让老爷子认罪服输的只有一条：缺乏对劳动人民的阶级感情。这些年龚老爷子一直也没闹明白，既然对劳动人民认识不够，缺乏感情，那他自己又该算做什么？人民大概总该算的，人民代表的选票每回街道都是给送到家来的，不是人民该不会有这待遇。至于“劳动”，他认为他给人看病收费也该是按劳取酬，不能算作剥削。但他不知道为什么，却总划不进“劳动人民”之列。果然，任大伟提“劳动人民”之后，龚老爷子再不说什么，呷了一口茶慢慢咽下去，看着墙上杨柳青的一幅《莲花湖》出神。任大伟问老爷子这时候可有时间，说病人已经来了，就在他的屋里等着呢。龚老爷子说，你就会干这先斩后奏的事，把人领来了还问我有没有时间。这时老太太一挑帘子由里间出来，对任大伟说，老爷子已久不给人看病了，再不要往家领这些杂七杂八的人。任大伟说，闲着也是闲着，看看病也是为人民服务。老太太说，看病就是看病，我们不义诊。任大伟说这个例外，这是他小学同学，总不能跟同学张嘴要钱吧？那样，十二条小学的校友们还不把他骂死。老太太说，你的同学太多啦，今儿一个，明儿一个，你岳父又不是校医。任大伟说，治病救人，积阴德的事，天底下多少人都念您的好儿。老太太说，再别说积德的事，老爷子积这点德都叫人散完了。说着飞快扫了一眼于莲舫，于莲舫不自觉地低下头去，脸霎时变得通红。惠生老太太并不理会于莲舫的表情，继续说道，老爷子也是人，古道热肠应该有，但我们也得穿衣吃饭。士可贫，而不可穷，这道理也是显而易见的。老太爷活着的时候，看病的酬金是以百元计算的，到后来票子发毛，费用就以金条来论价。老太爷为黎元洪的太夫人治愈头痛之疾，礼金是四两黄金。到了晓默父亲这辈也是绝不降价的，病家邀请出诊，管接管送，诊费大洋十元。那时候的钱值钱，两毛钱能买二斤猪肉，买二十三个芝麻酱大烧饼，一个巡警的月工资才六块。我们这个家业是几辈人凭本事挣来的，怎能张嘴就白干。任大伟还要说什么，老爷子不耐烦地说，叫那人来吧。任大伟就领进一个长得肥头大耳的总裁。总裁昂头挺肚，脑满肠肥，一副凡人不想理的样子，谱摆得很大。老爷子刚问了几句话，对方的大哥大就开始叫唤，肥头就拉出电线开始使劲喊叫，老爷子直摇头，老太太说打个电话，使那么大劲干什么，又不是在马路上。肥头并不理会这揶揄，照旧喊。任大伟说，咱院周围都是高楼，把电波挡住了，不喊不行。于莲舫看那人洪声大嗓的，便问任大伟肥头有什么病，任大伟说是心慌气短。老太太笑道，这嗓门赛过唱黑头的了，还气短？

龚老爷子一边诊脉，肥头一边打电话，脉诊完了，电话也打完了。肥头等着老爷子开药，老爷子把手一挥说不用吃药。任大伟说好歹总得开点药，比如说十全大补汤什么的，肥头也点着头说就是。老爷子拱拱手说，愚医学问有限，已无力回天，您还是赶紧到大医院去吧。任大伟想必定是刚才肥头的举止让老爷子看不惯，恼了，便周旋说大医院里净是实习大夫，能看出什么名堂来。总裁是慕名而来，一见老辈之风仪，二见医术之精湛，老爷子怎能让人失望？龚矩臣打量了肥头半天，终于还是摇头。这下肥头急了，刨根问底要搞个究竟。老爷子被逼无奈，竟说出一句惊人的话来：回去准备后事吧。众人一听相顾愕然，屋里一下冷了场。后来肥头哈哈地笑起来，说老先生真幽默，以他这样一顿能吃一只烤乳猪，喝半斤茅台的主儿却要准备后事，连点谱心也没有。他不过是觉着说话有些气短，是因为晚上那个生活过度没有节制也未可知，怎能无端妄说。龚老爷子闭了眼再不说话，任大伟为了下台，就拉于莲舫，让于莲舫给开点儿六味地黄丸之类的药。于莲舫尚未置可否，龚老爷子朗声言道，六味地黄乃滋阴补肾之药，岂救得了这病入膏肓的死症？不要白费那工夫了，又说肥头死于七日后夜间凌晨一时，这是定数。任大伟就显得很尴尬，倒是肥头摆出一副很大度的气派来，站在屋中央，手舞足蹈地说，死也没什么可怕，人生自古谁无死，留取丹心照汗青嘛。只是让老先生这有时有点地一说显得太神秘，也太残酷了。大凡什么事一做过头，就让人不可信。气功就是明显的一个例子，本来挺好的一件事，硬是自己神吹砸了自己的牌子。惠生老太太说，我们可不是吹，我们是挂得起御医牌子的人家，老太爷是六品御医，当年与萧、施、孔、汪四大名医是齐名的。老爷子本人也当过研究员，诊脉看病，丁是丁，卯是卯，怎么说是神吹？肥头说，这样吧，七日后如若不死，我来看望老先生，请老先生在东来顺吃锅子。说着走到西墙挂历前，在老爷子说的死日那一天重重画了一个圆圈。老爷子说，甭画了。您来不了。肥头说那不一定，我出门就去东来顺预订席面。说着掏出诊费放在桌上，任大伟让他快些收起，老爷子也说不要死人的钱，这使肥头很不高兴。于莲舫看着这场生死之赌，觉得颇为新奇，这是她进入医学界二十年所没有见过的事。但任大伟仍坚持要开方子，说既然来看病，怎能空手而归。龚老爷子拗不过，难以推诿，说了几味药，无外是半夏、甘草、大枣什么的，让于莲舫写出两份，一份交肥头带走，一份自家留存。于莲舫留意方剂，是以黄连、厚朴担纲，桂枝、半夏相佐，也不便说些什么。

任大伟与肥头走出龚家，于莲舫追出垂花门，说是想用一下任大伟的大哥大。任大伟说老爷子屋里有电话，怎的不用？于莲舫说不想在老爷子屋里打，任大伟当下明白了什么，神经兮兮地笑笑，把大哥大递给于莲舫。于莲舫拿着大哥大进到自己的南屋，只一会儿就出来了。任大伟问打好了？于莲舫说打好了。任大伟说我知道你给谁打。于莲舫说知道又怎样。任大伟问那头还没动静吗？于莲舫装糊涂地说，哪头啊？任大伟说，用我的电话还跟我绕圈子，真有你的。于莲舫就不再说话。肥头站在一边看两人一问一答，有些心不在焉，他还在想着七日后自己将去世的事，怎么想怎么觉得不可思议，就觉得今天挺晦气。

三

街上的雪越下越大，中午的时候天阴沉黑暗得像是傍晚。于莲舫坐在清雅茶馆里静静地品着一壶双熏茉莉。一双眼只朝门口看，明显地是在等人。

这个清雅茶馆开张有两年了，主家是个热衷茶文化的社会闲人，效仿过去的清茶馆，开了这处买卖。因地处里街背巷，知道的人不多，喝茶的自然有限，倒真应了“清雅”的名声。掌柜的见于莲舫一个人寂寞，便主动上来搭话，说是若没吃饭他可以到对门叫一笼猪肉白菜包子，那包子薄皮大馅，不亚于天津狗不理。于莲舫说已经吃过了，就再不搭理。掌柜觉得没趣，也觉得于莲舫这人脾气挺怪，便快快地走到柜前，拿了块布抹那茶叶罐子。

近一点半的时候张悦才来，戴着护耳帽子，扣着大口罩，像是得了重感冒。张悦径直走到于莲舫桌前，背靠着厅堂坐了。于莲舫问他是不是身体不舒服，他说没有，只是鼻子对冷空气有点儿过敏。掌柜的过来问张悦喝什么，张悦说什么也不要，就着于莲舫这壶茶润润嗓子就行了。掌柜的拿过一个茶碗，远远地站了，再不来干扰。张悦看了一下表说他下午两点钟还有事情。于莲舫问什么事情，张悦说是有关部门领导找他谈话。于莲舫联想最近听说卫生部门有要提拔张悦的传闻，自然不好拦。知道他不可能多坐，心里难免有些发堵。张悦抓住于莲舫的手，一言不发地看着她，一双眼神倒也含情脉脉。于莲舫多少有些感动，眼睛便有些湿，柔声地问道，你还好吧？张悦说好什么，人活着，心早死了。于莲舫说，人说哀莫大于心死。我是哀莫大于心不死。我这边事情已解决三年了，苦苦地傻等，死等，掰着手指头一日一日地算着等，这日子真不是好过的。想想看，究竟为了什么呀？张悦使劲攥了攥于莲舫的手说，你再等等。彩兰的胳膊上周因为下雪，摔骨折了，吊着石膏，整天疼得哼哼，这种时候我不能再提分手的话，待她的胳膊有好转……于莲舫觉得张悦的手很凉，湿漉漉的，让人不舒服，就把手抽了。不知怎么的，看见张悦，她突然想起她的第一个孩子，尽管那个孩子与眼前的张悦毫无关系——

张悦是她中学同学，1969 年上山下乡，她、张悦和龚晓默一同在陕西延安插队，三个人刚好在一个村。同在这里落户的还有六女八男，一共十四个人，热热闹闹一大帮。后来，知青们陆续招工走了，知青点只剩下龚晓默和于莲舫。一个春雨绵绵的夜晚，于莲舫和龚晓默坐在窑洞里，两人先是为命运掉泪，继而吃面喝酒，最后于莲舫自然而然进了龚晓默的被窝……那晚上天很黑，外面雨声淅沥，远处有狗在吠，温热的被里只有两颗紧贴着的、彼此能感受到的、咚咚作响的心。于莲舫光滑的身子像条鱼，龚晓默的手在鱼的身上搜寻，以一个即将成熟的男人的战栗，抚摸着女人的神秘……有了第一次就有第二次，第三次，于莲舫几乎夜夜来到龚晓默的窑洞。怕人发觉，大多是夜深人静时，于莲舫偷偷溜出，龚晓默刻意留门。时间一久，他们发现了这种担心的多余，知青院坐落在村对面的山坡上，中间隔着一条溪。村里人累了一天，吃罢饭早早歇了，没有谁顾及到沟对面夜静之时神不知鬼不觉地发生的这一切。但于莲舫和龚晓默知道这种变化的巨大，他们在对方身上体味到了作为男人和女人的乐趣，他们觉得幸福。不能招工算什么，只要能这样夜夜相守，其他一切都是次要的。痴迷之后是疲倦，疲倦过后是痴迷。乡村里这条睡过八名知青的大土炕上，只剩下这对男女在大有作为。

有一天，被招到公社卫生院锅炉房烧锅炉的张悦回来看他们，张悦带来了县食品厂生产的硬得像砖头一样的核桃酥和卫生院注射室搞出来的兑了水的酒精。张悦很够义气，在招走的十几个人中，只有他时常回来看看于莲舫和龚晓默。因为张悦的到来，龚晓默到村里“走”了一圈，捎带回九个鸡蛋，一块干驴肉。这块驴肉是村东头张旺才的，张旺才舍不得吃，挂在檐下已大半年了，是专等着给他父亲办周年用的。至于鸡蛋，是各户鸡窝的杂牌产品。等待驴肉烂熟的当儿，于莲舫出去了一趟，这时张悦对龚晓默说，你跟她睡觉了。龚晓默掩饰说没有的事。张悦说，瞒不过我，我看得出，女人睡过的没睡过的，搭眼一望，就一清二楚。龚晓默说张悦是主观唯心，张悦说唯心不唯心，反正你心里明白。又说他最近在卫生院看过了女人生孩子。原来以为一个新生命的诞生，是件很美丽的事，父亲难以压抑的激动，母亲洋溢着幸福温馨的笑容，其实满不是那么回事，怕人极了。鬼哭狼嚎，撕心裂肺，血流得汩汩的，他一连看了仨，一个比一个惨烈，最后一个竟是大开膛，掏出来俩死的。想想看，这就叫医生，医生看的是美好事物的反面……

龚晓默说于莲舫就想当医生，可又怕血，看样子只有学中医。张悦说他认识了一个助产士，名字叫李彩兰，后段家河赤脚医生出身，医术很不错，对他也很够意思，常把病人给她的鸡蛋和红糖送给他。这些常人难见的生孩子的情景都是彩兰当班时让他看的。彩兰真了不起，劲儿大，不怕血……

一个昏热的下午，于莲舫锄玉米的时候昏倒在田里，队长指使傻二婆姨将她背回窑洞。大伙儿都认为她是中暑了，队长婆姨用顶针蘸着凉水为她刮痧，将她的肘弯后背刮出一道道血印子。第二天于莲舫没有上工，在炕上躺了大半天，却也没觉出哪儿不舒服。队长婆姨用布包了两个油饼来，那时油饼在村里是稀罕吃食，队长家这油饼也非今日所烙，是搁了些日子的陈货。

于莲舫不想吃，队长婆姨就将饼搁在炕头，唠叨了半天离去了。于莲舫躺在油饼旁边，总感到那油味儿不正经，太刺激人。于是胃内一阵翻江倒海，趴在炕沿大吐起来，连胆汁全吐出来了。凭女性的直觉，于莲舫感到了事情的不妙，她被一种可怕的预感攫住，脑海里一片混乱，她的精神紧张得要发疯了。躺了两天，于莲舫理清了自己的思绪，她认为她自己能处理好这件事。如果龚晓默知道她身体里发生的变化，将比她陷入更严重的忙乱与恐慌中。

过了几天，可行的办法也没有想出，拖一刻小生命便生长一刻，便将她抓得更牢。于莲舫站在丈高的土崖上，满怀期望地向下跳去，下面是松软的耕地，蹾得她的耳朵嗡嗡响，头部一阵剧痛，鼻腔震出了血，但微微隆起的小腹仍没有任何情况，那个执拗的孩子不想出来。她翻阅赤脚医生手册，寻找堕胎药方，但是没有。她用拳狠命捶打腹部，内中的小生命或许感到了震动，但他对这种震动给予了充分理解，默默地忍受着。于莲舫觉得自己是个狠心的母亲，在孩子没有出世以前，便遭到了如此无情的虐待。他是无辜的，她开始可怜这个孩子了。但是她无法留住他（她），因为中医学院录取通知书已经千里迢迢寄到了这个小山村里。于莲舫在命运的抉择中下了最后决心

——她对龚晓默摊牌了。与于莲舫想象相反，龚晓默竟是出奇的冷静，他说这事不能胡来，非得找张悦帮忙不可。于莲舫不愿意找张悦，她不希望这件事让别人知道，特别是一块儿来插队的知青。龚晓默说不找张悦怎么行，难道你要把孩子生下来？再说咱们的事张悦都知道。于莲舫不再坚持，事情明摆着，除了找张悦以外，别无出路。龚晓默当下就要拉于莲舫去公社，于莲舫说一去一回四十里山路，等不得明天？龚晓默说细胞分裂是以几何增长形式递增的，你还有心情等到明天？于莲舫说现在走，不到公社天就黑了。龚晓默说天黑了也得走。于莲舫就跟着龚晓默朝公社走，山路磕磕绊绊，龚晓默走得很急，足见他心内的焦虑。于莲舫走得气喘吁吁，几次停下来大口喘气。她认为龚晓默该问问孩子的情况。可是一路上，他连孩子两个字提也没提，只是催着于莲舫快走，于莲舫的眼泪就下来了。

到了公社，在公社厕所旁边的一间小屋里找见了张悦，他正用电炉给自己下挂面吃。正好，龚晓默、于莲舫也没吃饭，就跟着一块儿吃了，三个人吃了两扎儿（读 zǐr，意为一束）挂面，十个鸡蛋。龚晓默说没有吃饱，张悦说当职工不比在乡下，他一个月只有二十八斤半粮，三分之一是细粮，其余都是玉米面，像龚晓默这种吃法，他下半月得饿肚子。他不是怕朋友吃，是没地方搞粮票去。龚晓默说，你到乡下，我们连驴肉都给你搞到了，你真小气。接着他把张悦拉到门外，讲了于莲舫的事。张悦说，你们这大黑天的摸到公社来，我料定就没什么好事……于莲舫一人待在屋里，脸色通红，将难与人言的隐私一览无余地亮在另一个男性面前的那种难堪使她几十年后仍记忆犹新。那短短的几分钟，对她犹如过了一辈子般的漫长。张悦在外面说，我早看出来了，你还瞒我。早认下这事，我给你送药去，这种药是免费的，随便抓。龚晓默说，现在再说这些也晚了，下面的事你想辙吧。张悦说，你做事，让我给收摊子？

龚晓默说，我不找你找谁？……终于，两人青着脸进来了。张悦让于莲舫跟他走，于莲舫问去哪里，张悦说去找彩兰，今天晚上她正好值夜班。

黑夜，三个人行在泥泞的街路上，于莲舫深一脚浅一脚地走着。每当遇到水洼、烂泥坑，张悦都会回过身来关照于莲舫，时不时还伸过手来扶一把，相反龚晓默倒显得有些像局外人。来到卫生院，如张悦所说，李彩兰正在产科值班。产科在小院的尽里面，挂着白门帘。于莲舫他们进来的时候彩兰正用竹棍做棉签。做好的棉签摆成了金字塔形，彩兰再用旧报纸把它们卷成一个个小卷，明天送进高压锅消毒就可以用了。如果没有病人，待一会儿她也可以去睡觉，只是不能离开。于莲舫第一次见彩兰，她觉得彩兰身上、脸上的线条太生硬，眼睛也有点斜，当铁姑娘队队长开山炸石似乎比干妇产科更到位。她向彩兰点点头，彩兰用眼斜视着她，也点点头。张悦小声跟彩兰说了什么，彩兰把头一歪说，到隔壁去。于莲舫也不敢多问，乖乖地跟在斜眼的彩兰后面。张悦和龚晓默也跟了出来，彩兰说你们来干什么？两个男人不好意思地止住了脚步。彩兰想了一下又说，过来也行，帮个忙，两个男人就又跟上了。

隔壁是妇产科检查室，彩兰示意于莲舫脱了裤子躺到检查床上去，于莲舫犹豫，看着站在一边的两个男人迟迟不愿举动。彩兰说，怕什么呀，你跟他把孩子都做下了，还怕脱裤子？见于莲舫仍不动弹又说，是怕让张悦看吗？他见得不比我少，下月就调到妇产科当助产士来了，现在正是他帮忙的时候。

于莲舫只好上了检查床。彩兰简短地命令道，把腿架上去。于莲舫把腿夹得更紧。彩兰说，你这个样子让我怎么操作！于莲舫觉着彩兰的话冰冷得像那架腿的金属棍，就把目光投向龚晓默，以期得到安慰，获取一丝温情。但龚晓默避开于莲舫的目光，把脸转向了窗外，窗外一片漆黑，什么也看不见。张悦走过来，捏住于莲舫的手说，一会儿就完了，你忍一忍，要疼就使劲抓我。于莲舫不得已，怯怯地分开腿，将自己最后的隐秘完全暴露出来，暴露在三个人的视线之下。彩兰用凉手按她的肚子，她打了一个哆嗦。彩兰一边准备器械一边说，用不着这么羞羞答答的，女人的×在我眼里都是千篇一律，你并不比谁长得特殊。于莲舫感到了屈辱，眼里溢出了大滴大滴的泪，她认为眼前这个彩兰缺少最起码的同情心，简直不是个女人。张悦用纱布将她的泪拭去，又安慰了她几句。彩兰问几个月了，于莲舫说四个月，彩兰说至少有五个月了。再过些日子，养下来都能活。于是一边戴橡皮手套一边对张悦说这种情况刮宫已不可能，只有引产，水囊引产。张悦问有没有危险，彩兰说干什么都有危险，就是刮宫也有把子宫刮穿了的时候。干这行当，跟阎王爷只隔着一层窗户纸，不定什么时候病人就过去了。彩兰说着将冰凉的器械塞进于莲舫身体，于莲舫痛苦地呻吟了一声，彩兰说，忍着点，别喊叫，咱们这是偷着干，你不能喊得满世界都听见。彩兰向胶囊注水，很快，血由于莲舫体内渗出，由一滴一滴变作细细一条线，床下桶内，水已变得鲜红。于莲舫大汗淋漓地强忍着，她紧紧抓住张悦的手不敢松开。最难忍时，她将另一只手伸向龚晓默，却见龚晓默瞪着一双惊恐的眼，远远地躲在墙角，不敢过来。她的手抓了空，心一下掉下去飘飘荡荡的，什么也不知道了。

怎么被弄回张悦住处的，于莲舫已经完全记不清了，只记得那天晚上，龚晓默和张悦守了她一夜。不住淌血的下身弄脏了张悦两层褥子，这使她很难为情。一想到从今往后，她对这两个男人再无隐秘可言，便觉得很悲哀，冷汗直往外冒。张悦说她太虚弱了，得养几天再回乡下。龚晓默说你床上老躺个女的，怎么跟外人交代。张悦说于莲舫这样就走不了那二十里山路。龚晓默说爬我们也要爬回去。两个朋友就又争。疲倦不堪的于莲舫抽空问龚晓默，引下来的是男孩还是女孩。龚晓默说当时他自己也快吓昏了，哪里还顾得上看男的女的。张悦说是男的，挺漂亮的一个男孩，于莲舫就哭了。

以后于莲舫进了中医学院，龚晓默考进了北京某大学的生物系，毕业后两人结了婚。张悦自然而然娶了彩兰，知青返城，张悦带着陕北媳妇和三个孩子回到京城，与于莲舫并无联系。在以后十几年内，在于莲舫的家庭生活中，她总感到缺了些什么，尽管有了女儿珠珠，仍使她觉得不完美。反思与龚晓默的结合，最初两人在知青点的相恋，实则是孤寂多于爱情，特殊的环境促使他们走到一起，在心灵得到慰藉的同时竟没有想到更多。悲剧在于彼此又都是重承诺的人，一旦事实既成，双方谁也不愿背负毁约的名声。所以成了家反没了昔日相濡以沫的关切和知青点热炕上的热情。都有些失落，都有些冷淡，各自便钻研各自的业务，都成了响当当的业务尖子。

在一次学术研讨会上，于莲舫遇到了已成为医院妇产科主任医师的张悦，老同学相见，自然高兴。谈及插队情景，都有些感慨。问及目前境况，又都有些言不尽意。于莲舫从张悦脱线的毛衣袖口，想象得出彩兰管家的才能。问到彩兰，张悦说她那人你领教过，生冷硬倔，但人不坏，生养了三个儿子，对我们张家也是有功的。后来于莲舫才知道，当年在卫生院很吃香的赤脚医生李彩兰，在90年代因既无文凭又无进修经历，只能在城市大医院洗衣房充任洗衣工，这对曾经主持过卫生院妇产科工作的医生来说实在是件很悲哀的事。提到龚晓默，于莲舫说不出更多。张悦窥出什么，只说晓默那人就是冷冷的，上学时就不太爱流露感情，这点很像他母亲。于莲舫看到张悦，想到卫生院那个夜晚，她的脸红了，话头戛然止住。张悦笑着说，我知道你想起了什么，我干妇产科快三十年了，也算是见多识广了，可那天晚上的事，却怎么也忘不掉。于莲舫说，如果那孩子还在，也是个二十多岁的大小伙儿了……说到这儿竟有些伤感。张悦就拿出自己的手绢让于莲舫擦眼泪。手绢上一股来苏味儿，跟当年她躺在检查床上张悦给她擦眼泪用的那块纱布一个味儿，这使得于莲舫体会到了一种无可替代的亲切之感。

与张悦频繁的接触引起龚晓默的不满，最激烈的一次冲突中他狠狠抽了于莲舫一记耳光，惊动了惠生老太太。她判断儿子不会无缘无故打媳妇，从媳妇捂着脸，毫不争辩的抽泣中，老太太已猜出事情的二三。于莲舫找到张悦，将青肿的脸晾在老同学面前，张悦激动地大喊：离婚！其时张悦和彩兰因无共同语言，感情也到了难以维持的地步。四目相注，顾盼情生，于是两人在东直门外的立交桥上商定，离婚是必须的，再不能这样窝窝囊囊、稀里糊涂地活下去了。为了这个决定他们去了一趟承德避暑山庄。冬季，那里清静，不会碰见熟人，去时自然以夫妻的名义住在了一起。这件事被龚晓默知道了，他没有吵也没有闹，以他的冷静和干练迅速办理了去美国进修的一切手续，临行前他问于莲舫，我们怎么办？于莲舫回答得很干脆：离。龚晓默说离就离。但惠生老太太不撒手孩子，她认为珠珠跟着这样一个母亲绝学不出什么好来，所以珠珠就归了龚家。跟着奶奶住在正屋西间，受到了惠生老太太严格的教育与控制。

张悦的进展远没有于莲舫顺利，与彩兰决裂分手，做起来要比计划难得多。尽管夫妻冷得不能再冷；尽管彩兰生硬粗暴的言语与情感细腻的张悦有诸多的不和谐；尽管彩兰多年形成的难以更改的乡下人生活习惯使张悦不能容忍，但事到临头，他总说不出“离”这个可怕的字眼来。特别是看到三个生龙活虎的儿子与他们的母亲亲热时，他更觉着难以启齿。当然，离是必然的，他在等待时机。跟于莲舫在一起张悦觉得愉快，顺畅。他们有许多共同话题，他的细腻在于莲舫那儿会得到回应，无须语言，只一个眼神就够了。

比如说现在，他看到于莲舫，就感到很满足，满足的同时内心又产生一丝歉疚，这种歉疚与不安他在彩兰面前也时有发生。他感到他这一生至少对不起两个女人，一个为他作出了家庭牺牲，一个铁了心跟他这已变了心的人。他的本意是力争做个十全十美的丈夫，却怎么变成了这样的不伦不类、无信无义，这样的不是东西。

茶馆里张悦问于莲舫有什么事情，于莲舫说龚晓默要回来了，带着夫人一块儿回来。张悦说回就回来吧，碍你什么，你们已经没有关系了。于莲舫说，可是我还住在龚家，新人进家，我跟那媳妇抬头不见低头见的，算是怎么档子事？张悦说要不你就搬出来，搬到集体宿舍去。于莲舫说跟二十几岁的小青年们挤一间屋子，吵吵闹闹的，我可是奔五十的人了……张悦也没了办法，哼哼唧唧地说，关键是我这边得快……于莲舫说，你知道这个就好，其实我也没有催你的意思，只是心里乱，发毛。张悦说，你是不是还爱着龚晓默呢，要不听到这信你不会这样。于莲舫苦笑了一下没说什么。张悦说，有义则合，无义则去，一切顺其自然吧。晓默携妇归家你也不必太在意了，不行就临时到外面住几天。这时，茶馆里又进来几个老头儿老太太，掌柜的忙招呼，看样子都是常客熟人。一帮人抬桌子搬板凳，腾出一块地方拿出小鼓唱起了莲花落。有唱有和加以插科打诨，乱哄哄嚷成一团。张悦说，哪儿钻出这么些古董来，直门大嗓唱得真难听。于莲舫说唱的是什不闲，莲花落的一种，这几乎失传的玩意儿让这帮老头儿老太太们捡回来还真不易呢。张悦问什不闲算不算京韵大鼓？于莲舫说跟京韵大鼓不一样。最早是沿门托钵，要饭的唱的，后来又加以锣鼓，成为民间演唱形式。张悦说看来是不登大雅的。于莲舫说不尽然，莲花落是得了皇上准许演唱的，曾几度进宫演出。光绪年间有“黄旗黄幌，万寿无疆”的什不闲拢子还经太后御览过。张悦问于莲舫何以知道得这么清楚，于莲舫说龚太医诊病记录上都写着呢。有一回，太后因在储秀宫听什不闲而着了凉，恶寒发热，召龚太医进宫，给开了药性平和的葱豉汤，以解表通阳。无奈太后闻不得葱白气味，又换了桂枝汤，发汗太过，躺三日不得起炕。张悦奇怪诊病记录怎么连什不闲都写进去了。于莲舫说不唯有什不闲，连诊病日的天气，病人的笑貌言语和穿着也常常见于医案之中呢。张悦听了直摇头，说这不是医学，是文学。两人正说着话，只见唱莲花落的群体中闪过一个人来，脸上涂抹得红一块白一块的，头上义和团似的扎了块红绸子，敲着手里一张平鼓坐在张悦和于莲舫中间，把两人着实吓了一跳。“义和团”原来是一块插队的叫薛宝田的邻村知青。薛宝田快人快语说，你们俩跑这儿幽会来了，倒挺会挑地方。说者无心，听者却有意，一时两人窘得说不出话，连气儿也喘不匀了。“义和团”显然不知内情，看两人的模样笑道，开个玩笑就把你们羞成这样，都四十大几的人了，还保守。又说他老婆肚里长了个瘤，良性的，什么时候找张悦给割了。张悦赶紧说可以可以，忙把家里的电话给“义和团”了。“义和团”对于莲舫说，龚家大少奶奶比插队时越发的年轻了，怕是吃了御医的十全大补丸吧。于莲舫说也是老了，脸上的纹路赶得上陕北的黄土地了……那边叫“义和团”过去排演，“义和团”临去时对张悦和于莲舫说，下月咱们前后段家河插队知青要聚会，你们一定得来。说发起人就是他，地点在宽街老三届饭馆。在“老三届”畅叙革命友情比在“清雅”茶馆有激情。莲花落们击着鼓在催，“义和团”跑过去了。于莲舫说怎么碰见他，真是的。张悦说，偌大个城市找不着一块属于我们俩的地界。于莲舫问这个薛宝田现在在哪儿工作，张悦说先在汽车配件公司，现在退休了，听说在潘家园倒腾古玩。于莲舫说才多大呀，就退了。张悦说老三届退的人可不少……嘈杂中无法谈话，张悦问于莲舫还有什么事。于莲舫说没有了，就是龚晓默回来这件事。张悦说大可不必理会，又说没什么他就走了。说着站起身戴了口罩，临出门说，有事给我往单位打电话。于莲舫听了觉得这话说得甚没意思，难道只有有事才能打电话吗？还得“往单位打”！

于莲舫又坐了一会儿才出门，外面的雪更大了。

四

这几天是龚家老太太最忙的几天，打扫西屋，置办钢丝床，找人改装厕所，安装热水器，古旧的大院很是添置了一些现代设备。老太太不唯自己干，还拉上珠珠和女儿龚晓初一块儿参加劳动。让龚晓初缝制里外三新的软缎被子，让珠珠擦窗棂和玻璃。老太太说，蹬梯爬高是小孩子的事，她已经七十八，上不了窗台了。至于找晓初缝被，是因为晓初是全可人，即上有父母公婆下头又儿女双全的人。如今都是独生子女，晓初一个儿子，当然比一个女儿更理想，是首当缝被人选。依着惠生老太太，洋媳妇如果将来能给龚家添个孙子，当是最好不过。可是龚老爷子对孙子不抱希望，他说一个孙女足够了，真有了孙子也是深眼高鼻的二转子，杂种。惠生老太太说，杂种也是晓默的种，是龚家孙子就行。又批评龚矩臣老脑筋，说蒋介石的孙子也是转子，人家都不嫌，照样疼得心肝肉似的，还不是继承了蒋家大业？珠珠压根儿就不接受洋妈，自然也想不到洋兄弟那一层，她对分配给她的任务采取消极态度。晓初在大学读中文系的儿子任楠由学校回来，见珠珠在西屋窗外擦窗户，就说，珠珠，你怎把玻璃抹得跟花瓜似的？珠珠就说她这是现代派绘画。任楠从花池里连泥带雪抓了一大把甩上窗户说是后现代，两个人就在院里笑成一团。任楠问珠珠她的洋妈什么时候到，珠珠说今天傍晚。任楠说怪不得我爸这会儿在屋里又扎领带又喷香水，大概是要去机场接了。珠珠说，你爸不去接谁去接，你爸是龚家的伙计。任楠接下来说，所以，我结婚一定吸取我爸的教训，不当上门女婿，我爸在你们家受气受大了。珠珠说，得了吧你，就你爸那德行，吃饭吧唧嘴，睡觉打呼噜，走路晃肩膀，坐着哆嗦腿，甭说我奶奶连我都一百个看不上。正说着任大伟由东屋衣貌齐楚地踱出来说，珠珠，我好歹是你姑夫，有你这么背后编派老家儿的吗？珠珠笑着说，编派您是爱您，您看咱们家，里里外外没谁都成，没您可不成。任楠就说珠珠是两面派，当人一套背后一套。任大伟小声问珠珠，待会儿见了那洋人，管不管她叫妈。珠珠不屑地说，她管我叫妈还差不多，我凭什么管她叫妈？她又没生我。再说了，我管她叫妈把我亲妈往哪儿摆？任大伟看了看外院南屋，南屋的门紧紧关着，门上没挂锁，于莲舫显然在家。任楠见父亲朝南屋看，也朝南屋看，自言自语地说，珠珠妈挺可怜的。任大伟瞄了一眼北屋，训斥儿子道，别胡说！珠珠眼圈一红，进屋去了。任楠见状，对他父亲说，爸，您受气归受气，千万别离婚，要不我比珠珠还惨。任大伟拍拍任楠的肩说，放心吧儿子，我爱你妈爱得昏天黑地。

在龚家人为龚家大少爷的回归忙得不可开交的时候，于莲舫的屋内却是出奇的静。煤炉上炖着羊肉萝卜，炉圈上烤着芝麻烧饼，芝麻、羊肉的香味儿溢满小屋。于莲舫在窗前翻阅御医龚钟鹤光绪三十四年的医案，她对那黄连、厚朴的方剂至今不能理解。

发黄发脆的医案中夹着一张龚御医誊抄的光绪皇帝在病重时亲自书写的，名曰《病原》的疾病分析。关于这份《病原》，于莲舫曾经听说过，却从未见识过全文。这次在龚御医的医案中找出，觉得十分稀奇珍贵。御医用小楷将《病原》恭敬录出，并加以断句，圈点，可见当时对光绪的病是仔细研究过的。光绪在《病原》中说：

……遗精之病将二十年，前数年每月必发十数次，近数年每月不过二三次，且有无梦不举即遗泄之时，冬天较甚。近数年遗泄较少者，并非渐愈，乃系肾经亏损太甚，无力发泄之故。痿弱遗精之故，起初由于昼间一闻锣声即觉心动而自泄，夜间梦寐亦然。腿膝足踝永远发凉，稍感风凉则必头疼体酸，夜间盖被须极严格。其耳鸣脑响亦将近十年，其耳鸣之声，如风雨金鼓杂沓之音，有觉远之时，有觉近之时。且近年来耳窍不灵，听话总不真切，盖亦由于下元虚弱，以致虚热时常上溢也。腰腿肩背酸沉，每日须令人按捺，此病亦有十二三年矣。行路之时，步履欠实，若稍一旁观，或手中持物，辄觉足下欹侧荡摇……

看到此，于莲舫想，光绪皇帝四岁登基，彼时不过三十八岁。三十八岁的男子搁现在正是年富力强之时，在他却已耳鸣脑响，腰腿酸沉，步履欠实，俨然一八十老翁了。堂堂一国之君，虚弱到如此地步，那些御医们难道都是白白吃饭的吗？龚御医记录他给光绪诊病次数不下十一二次，每次几乎都用了黄连、厚朴，看来老头儿是抱定这两味药不放了。按清廷规定，为帝后诊病，同时诊视有御医二三人乃至四五人，悉心参酌后各自开方，交帝后本人审阅，而后圈定一方使用。所以龚老太爷虽然开了方子，皇上并不一定选用，也就是说黄连也罢，厚朴也罢，吃没吃到光绪嘴里尚在两可之中。严格说黄连是清热药，性味苦寒，针对多是高热神昏的实证；厚朴辛温，是芳香化湿药，对湿阻脾胃有奇效。但无论从哪方面看，对光绪所言的《病原》症状都不对症。堂堂御医龚钟鹤难道还做不到对症下药这最起码的一点？或许内中有什么隐情？

窗外一阵热闹，于莲舫朝外看，只见任大伟提着沉重的箱子引着龚晓默和洋媳妇珍妮进院来了。龚晓默穿着蓝呢大衣，他媳妇则着了一件工作服似的牛仔外套，灰一块，白一块，像是刚刷完房。龚晓初和任楠由东厢房迎出来，簇拥着把两个人接进正屋去了。

龚老爷子闭着眼在逍遥椅上一摇一摇地听《四郎探母》，正听到铁镜公主唱“他思家乡想骨肉不得团圆”时，一伙人裹着冷气旋风一样旋进来了。

龚晓默一声“爸”，唬得龚矩臣吓了一跳，赶看清真是儿子时激动得怎么也站不起来了。龚晓默说，爸您坐着别动，我和珍妮又不是外人，说着把珍妮推到老爷子跟前介绍说，这就是珍妮·德里斯。珍妮大大方方地俯下身，抱着龚矩臣双肩，在他满是老年斑的脸上亲亲热热地挨了一下。只这一下，使龚矩臣的脑袋嗡的一声，差点儿背过气去。定过神来心内埋怨，儿媳妇这样举动未免唐突，太不合中国礼法。

惠生老太太正在厨房指导小保姆做柴把鸭子，柴把鸭子是龚家的传统菜，做一只鸭子足足要占用两天时间。柴把鸭子只有大年除夕才在龚家饭桌上出现一次。每回做柴把鸭子都是惠生老太太亲自去市场选购，挑选中肥北京填鸭。杀宰晾干后剁去膀爪，用作料腌渍一宿后，由小缸里取出，蒸小半日，剔去骨头，切成细条，再用冬笋、冬菇、苔菜、火腿相佐，与鸭条捆扎一起，放入深盘中，加作料又蒸半日，直到饭桌摆开，鸭子才能起锅。听到上房的响动，惠生老太太赶紧向小保姆交代了几句，解下围裙，用手拢拢头发，朝北屋走来。

惠生老太太一推门，首先看到的是儿媳背影。身材很苗条，穿了一双白旅游鞋，脑后扎了个马尾巴，黄色的头发一甩一甩的，跟孙女珠珠没什么两样。这一切给爱挑眼的老太太感觉是太随便了点，怎么说也是第一次进龚家门，就这种打扮足见不懂规矩，她的妈也不知是怎么教育她的。当初她进龚家大门时是穿了海水江涯的大红衣裙，坐了四抬大轿吹吹打打进来的。就是离了婚的于莲舫，初进这家时也是打扮得齐齐整整，让儿子用“上海”汽车接来的。正想着，儿媳转过身来，见到惠生老太太，又是拥抱亲吻一番。惠生老太太感到脸颊被对方弄得湿漉漉的，但又不好当着人擦拭，心里觉得很别扭。再看媳妇，到底与国人不同，眼珠绿得发蓝，皮肤白皙得能看见小血管，直让人怀疑到底是不是真人。老太太想，指望着这样的媳妇，龚家不知会收获一个什么样的孙子。所幸珍妮会讲中国话，说得挺利落也能将意思表达清楚，这多少缩短了由于长相差异而带来的隔阂。晓初夫妇忙着帮哥哥、嫂子安置行李，打热水，让他们洗脸。珍妮看着那盆冒着热气的水问，为什么要洗脸，这是中国的风俗吗？晓默赶紧解释说，老北京风沙大，出趟门回来不擦把脸就是一脸灰，所以进门都先洗脸，来了远道客人也让洗脸。珍妮就问，现在呢？现在北京也是一脸灰？晓初说，这是习惯，不洗也可以。珍妮说她不洗，任大伟就把水端出去了。惠生老太太有些不悦，觉得这媳妇是个半生，不懂情理。大伙儿坐下喝茶说话，珍妮坐在太师椅上左看右看，任大伟悄悄过去对她说，这把上首的太师椅不是小辈人坐的，老家儿在，咱们只能坐旁边的木凳子。珍妮唔了一声赶快站起来。老爷子说，没那么些旧礼儿了，不必讲究那些，在家里不要把人弄得太拘谨了。老太太对珍妮说，龚家是世家，规矩多，她慢慢就习惯了。珍妮说她会注意的。珍妮和晓默给大伙儿送由美国带来的礼物，多是头巾、巧克力什么的，给老爷子和任大伟一人一瓶威士忌。晓默从箱子里拉出一只绒绒的玩具狗，准备给女儿珠珠时，才发现珠珠始终就没在房里出现过。

原来从晓默和珍妮一进门，珠珠就溜进于莲舫的小南屋，抱着她的猫，委委屈屈地坐在床上不吭声。于莲舫知道孩子心里想什么，也觉着她躲在自己的房里不合适，几次催珠珠快去北屋看看爸爸。怎么说爸爸也是离别了三年由老远的美国回来的，不能这样赌气。但珠珠死活不动弹，她说她现在最不想见的人就是她爸，她爸娶了别的女人，不要她了，她以后还是要跟着妈过。于莲舫说，要是妈也嫁了别的男人呢？珠珠说，你不会，我知道你！于莲舫说你知道什么呀，傻丫头。这时任楠跑过来叫珠珠，任楠说，姥姥让我上南屋来找你，说你准在这儿。珠珠说，老太太太精，跟福尔摩斯似的。于莲舫说珠珠不该这样说话。任楠说，那老太太也是，明极过察则多疑，活得也够累的。又说北屋饭桌都摆开了，今天大伙儿在一块儿吃，还有过年的柴把鸭子呢。他妈今天把他从学校叫回来就是为吃的，不吃白不吃。珠珠说，我就讨厌吃鸭子，我要在我妈这儿吃羊肉炖萝卜。任楠嗅了嗅说，是挺香的。

于莲舫说，快过去吧，待会儿你奶奶该着急了。说着找了个大碗，满满舀了一碗羊肉，让珠珠端过去吃。

对龚家来说今晚这顿饭至关重要，儿子媳妇，女儿女婿都齐了，这是近几年少有的事。惠生老太太招呼大伙儿都坐了，珍妮因为有了刚才坐太师椅的教训，现在也不敢造次，等着老太太指定了座位才坐下去。龚老爷子坐北朝南，肃容上坐，威严得如一座神像。晓初和小保姆将各样菜肴一一端上，忙得不可开交。晓默悄悄对珍妮说，这些端汤倒水的活计本该是她的工作，因为今天是乍到，所以就免了。这一说把珍妮搞得很紧张，鼻尖有些冒汗。任大伟将每人酒杯斟满，静等老爷子训示发话。龚矩臣环视了一下他的儿女们说，晓默和他媳妇回来了，很好。今天龚家的人都团圆了，子孙满堂，这也是祖宗的造化。想我们龚家，从明朝永乐年起世代为医，数百年深究医理，悉心参悟为医之道，为百姓脱灾解难，为君王祛病除忧，一代一代也是不易。孟子说天下之本在国，国之本在家，行医为人俱是一理。修身，齐家，治国，平天下，一日不敢懈怠。无论世事怎么变化，龚家人做人的基准不能变。还是那句话，勤俭谨慎，爱家爱国。珍妮虽然是研究中国近代史的，对这套古老的中国人生哲学多少有些理解，但对龚老爷子的修身齐家治国平天下仍听得似懂非懂。她小声问身边的丈夫，怎么还要平天下？难道中国还要打仗？晓默无从答起，咳嗽数声。任楠在旁边为洋舅妈解释道，平天下是使天下太平。对这个修、齐、治、平，不同时期，不同人物有着不同理解和表现。彼此相继相承，才呈现出中华文化丰富的内涵和动人的魅力。珍妮点点头，其实她还是不懂，自从迈进龚家大门这一刻起，她觉得她是掉进一个博大精深的洞里了。无依靠，无抓挠，松软的底使她越陷越深，这种感觉在美国是从未有过的。大伙儿依着老爷子指示端起酒杯，为晓默夫妇洗尘，珍妮迷惑地问大家是不是又要洗脸，这使得任大伟嘴里的一口酒差点儿没喷出来。晓初告诉珍妮洗尘就是喝酒、吃饭。珍妮仍不解地问为什么明明是吃饭却偏要说洗灰尘，到了洗灰尘时能不能说吃饭呢？惠生老太太让珍妮绕得脑仁疼，坐在一边几乎不说话，后来夹了一箸菜放到珍妮的小碟里，想堵住她的嘴。珍妮先说谢谢惠生，又问是什么菜。任楠诚心逗珍妮，便说这叫蚂蚁上树春不老。果然珍妮又瞪大了眼睛，晓初窥觉出母亲神色有变，赶紧说就是肉末炒芹菜，快尝尝吧。

在珍妮一次次为罗汉大虾、冰糖肘子、菊花鱼惊异的时候，珠珠始终只吃她的羊肉萝卜。晓默为讨好女儿，多次往女儿碗里夹菜，珠珠碗里的菜堆得很高，但她一筷子不动。珍妮不时也向珠珠递过友好的眼神，珠珠只装看不见。龚老爷子说，珠珠你应该给你母亲敬杯酒，珠珠瞪着眼问哪个母亲？

晓默当时很下不来台说，珍妮是珠珠的阿姨，叫阿姨就行了。不料珍妮却说，阿姨也不要叫，叫珍妮，我管我的妈妈叫安娜，管爸爸叫杰克……惠生老太太说，哪儿有对老家儿指名道姓的道理，大不敬哪，父母的名讳岂是小辈随便叫的。晓初知道，这是母亲对珍妮刚才叫她惠生的回击。也不能说珍妮不对，也不能说母亲不对，各自守着各自的文化阵地，看来以后的交锋是难免的。惠生老太太将不满撒在珠珠身上，把那碗羊肉从珠珠跟前撤走说，什么吃食，粗劣腥膻的，你就喜欢这个？珠珠搁下筷子站起身走了。龚老爷子说老太太这是何苦。老太太说，她这是有意气我呢，都是南屋的人教的。

晓默有些尴尬，说母亲把孩子惯坏了，然后就大谈特谈阿拉斯加的风光。听得最有兴趣、最投入的是任楠，他问舅舅跟珍妮舅妈结婚是不是也像电影里一样，穿着大白裙子进教堂？晓默说，他们都不是基督徒，用不着走那过场。

龚老爷子听了问珍妮，你们总该到办事处登过记了吧？珍妮说没有登过记，他们觉着彼此合适，就搬到一起住了。龚老爷子说这不就是……任楠嘴快也无顾忌，脱口而出道，苟合，文明说法是非法同居。晓初意欲阻止儿子，却已来不及了。龚老爷子说，一切都应该合乎章法，夫妻之约，焉可不慎，岂能如小孩子过家家一般！美利坚纵然新潮，也还有法律管束，妇与夫料不会都是苟合而居。中华自《大清律例》就有法律规定，男女婚嫁必有主其事者，更何况现在。你们的婚事，既然没有经过任何手续，便是不算数的。来到中国，自然要按中国的法度，按龚家的规矩办事才行。晓默说，我们在美国已经同居快两年了，在您这儿怎么会不算数呢？老爷子说，不正而合，未有久而不离者也。君子不二过，这个教训你已经有过一次了。惠生老太太说，始乱终弃，远有《西厢记》里的崔莺莺与张生，近有——话在老太太嘴里转了两圈儿，没说出来。坐在珍妮旁边的晓默终于松了口气。珍妮问晓默，说了半天矩臣龚的意思是……惠生老太太说什么龚矩臣，是你爸爸。珍妮赶快道对不起，晓默向珍妮解释老爷子的意思说，不管我们在美国怎么样，在中国一切都得从头来。珍妮问怎么从头来，晓默说从表演恋爱开始。珍妮说有意思极啦，她很愿意这样做。任大伟听了直咧嘴，晓初认为父亲这样太迂，和珍妮说，今天就算了，明天到办事处补个登记手续就行了。任楠说明天是周六，大礼拜。晓初说那就礼拜一，早晚都是一样的。任大伟也说，这不过是个形式问题，何必那么认真。惠生老太太说不是认真不认真的事，龚家还有小一辈。君子教子，导之以道；风化者，上行下效。珠珠、任楠都是不小的孩子了，做长辈的要时时示以风范才是正家之道。晓默苦着脸看珍妮，珍妮则喜形于色，表现得很激动，说她想起了“别开生面”和“吾从众也”这两句很好听的中国话。这时电话响了，是肥头打来的，任大伟说总裁你感觉怎么样？肥头说没什么不舒服，今天打电话是问问老爷子，东来顺包间下周已全部预订出去了，改在王府饭店吃满汉全席怎么样？任大伟问老爷子吃不吃满汉全席，龚矩臣说，你让他甭费精神了，这顿饭我吃不上，他也吃不上。任大伟不好转达，便对电话说，你看着办吧。肥头就把日子定在下周日晚上六点，因为按老爷子推论他当在周日早晨就死了。晓初对丈夫说，你这朋友关键时候来添乱，不招人喜欢。任大伟说人家又不知咱家正干什么。

在龚家老爷子的干预下，龚晓默与珍妮在庄重婚礼以前必须分室而居。以惠生老太太的老礼儿，珍妮目前也不能住在为她安排好的西屋内，因为那是洞房。岂有未行大礼，新娘独居洞房的道理。商量来商量去，大伙儿的目光不约而同转向了外院南屋。

南屋的灯光，融融的亮着。

五

美国珍妮的到来彻底搅乱了龚家的生活秩序。首先每天练八段锦的龚老爷子身边多了一个跟着比比画画的珍妮，这些明显地带有东方特点的动作和名称让洋人珍妮推崇着迷。珍妮大洋马似的将一双长腿在老爷子面前踢来踢去，竟使得老爷子防不胜防。珍妮的健壮、和蔼、快活、幽默博得老爷子及晓初夫妇的好感。她大口地咕嘟咕嘟喝着啤酒，把饭桌上剩下的饭菜干脆利落地一扫而光，向任何人包括老爷子在内肆无忌惮地开着玩笑，这些，中国的媳妇做不到。院中站立的雪人是珠珠与珍妮的合作，拒绝与珍妮共同生活的珠珠，并不拒绝与珍妮一块儿堆雪人。嘻嘻哈哈的珍妮帮着珠珠将一个雪人完成在蜡梅树下时，珠珠的英语瞬间也有了突飞猛进的飞跃。她说，只要珍妮跟她每日说英语，她可以带她去东四小吃店喝豆汁。自然，每周的英语补习班就可以不去了。使惠生老太太不能接受的是珍妮感情的直露。珍妮只要见到她儿子，便要抱住来一个长吻，不管不顾，旁若无人。有一次竟让任楠看得眼睛发了直，任老太太站在台阶上怎么咳嗽，那个吻也不能终止。事后老太太找儿子谈话，儿子说他也没办法，跟中国人不一样，美国人感情表达方式比较坦率。老太太说再爱你们到没人的地方爱去，不要在大庭广众中做这种有碍观瞻的事情。晓默说怎么是有碍观瞻，谁家搞对象还不亲嘴？龚老爷子听了想起珍妮刚进门给他的那个难以忘却的吻，就问晓默去登记了没有。晓默说去了，办事处说涉外婚姻要美方开具珍妮的独身证明，已打电话催办去了。龚老爷子说很好，结婚就得这样一丝不苟，人家办事处想得比我周全。任大伟一天十趟找珍妮，他想让珍妮出面与他合办一个公司，这样在给国家交税上可以得到很大优惠。可是珍妮说她对生意的事一点儿兴趣也没有，这使任大伟很失望，再见了珍妮也比以前冷淡了许多，不像原先那么事事张罗了。

珍妮到来后，最感到别扭的是于莲舫，她完全没有料到惠生老太太会把珍妮安排到她的房间来，可悲的是她连拒绝这一安排的理由也没有。房子是龚家的，人家愿意安插谁就安插谁，她不能说半个不字。别扭、窝囊也只有自己知道。珍妮的折叠床安置在外间，平时珍妮就和晓默在街上逛，只是晚上才来躺一躺。每次晓默找珍妮都是在门外叫，从来不进于莲舫的房间，所以于莲舫对晓默，大多只闻其声，未见其人。有时两人在院中碰见了，也只是客气地点点头，连句多余的话也没有。其实于莲舫很想跟晓默谈一谈珠珠的学习问题，但一见晓默那副拒人于千里之外的面孔，便什么也不想说了。倒是珍妮对于莲舫的身份并不计较，她似乎对前妻不前妻的并不在乎，“现在不是已经没任何关系了吗?”她对于莲舫说，你用不着再解释，我能理解。但于莲舫还是反复解释现在在龚家的工作脱不开，一旦有房就搬出去的话，她怕给珍妮心灵上留下阴影。珍妮耸耸肩，冲她笑笑说，她爱晓默，晓默也爱她，这就够了。这样一来，于莲舫倒觉得珍妮比龚晓默心胸宽畅多了，可爱多了。

龚晓默接到“义和团”的聚会通知，按通知上“不带配偶，原汁原味”的要求，将珍妮留在家中。其实于莲舫也接到了通知，因为龚晓默去了，她不便再露面，便把通知塞进一本杂志，权当不知道，仍旧在家整理医案。古旧的医案带着一股霉味儿与中药混杂的气味，充盈着一种情绪，一种气氛，让人说不清年月。珍妮歪在她的小床上看于莲舫一页一页小心翼翼地翻动那些写满毛笔字的黄纸，感到眼前这位娴静的东方女性与这些黄旧纸张很像一幅博物馆收藏的中国古画。看了许久，她问，你在翻历史吗?于莲舫说是的，我在看光绪三十四年的医案。珍妮突然一下来了兴趣，她从床上跳起来，跑到桌前，兴奋地说，我近期研究的课题就是光绪死因说，这些医案对我可是珍贵的第一手材料了。于莲舫问珍妮认为光绪是怎么死的，珍妮毫不迟疑地说是毒死的。她推断，至少有五个人有害死光绪的嫌疑，即袁世凯、李莲英、崔玉贵、奕劻和慈禧。于莲舫倒愿意听听珍妮的推理。珍妮说，毒死光绪者首推慈禧，清末翰林院侍讲学士恽毓鼎受知于光绪，熟悉宫内情景，将亲历见熟写成文章，“以传诸子孙”。这位恽学士盼着“三十四年之朝局，庶有大明之一日”。文内录光绪听说慈禧有病，有喜色，太后说：“我不能先尔死！”命人将光绪谋害的可能极大，否则不会有相差一日而亡的巧合。于莲舫说，慈禧虽痛恨光绪在戊戌政变期间的所作所为，将其先软禁颐和园玉澜堂又移至西苑，但彼时的光绪已完全成了慈禧的掌中之物，召见臣工时从不言语，慈禧命他说话才说“外间安静否？年岁丰熟否？”只此二语。用龚家老太爷医案的记录是“声极轻细，几如蝇蚁，非久习殆不可闻”。以慈禧炙手可热的权势足可以驾驭这个病病歪歪的皇帝，何须毒害？说着翻出一页病案说，就拿三十四年五月初六这次诊病来说，距光绪之死尚有半年，龚御医除了记录脉案、方剂以外，尚载有：

> 太后亦在坐，将予之脉案索去细观，似有恸容，后太后劝勉皇帝鼓励精神，有顾恤之意。并戒饬太监，以后帝来请安时，不可使久候于外，免他跪地迎送之礼。

珍妮见了记录，大喜过望，当下便要抄，于莲舫用手按住医案说，不经过龚老先生准许，她无权将医案转抄于人。珍妮不肯罢休，又缠磨了半天，于莲舫说你去找老爷子吧，我做不了主。这时任大伟风风火火跑进来拉于莲舫去给肥头看病，于莲舫问那个肥头是不是要死了，任大伟说死个屁，活得比谁都旺。是喝多了，喝了七瓶蓝带、半瓶清酒外加两玻璃杯剑南春，现在正在海淀家里折腾呢。吐也吐不出来，尿也尿不下去，脸都紫了，让人看着害怕。说着抓起大衣就往于莲舫身上披，推着她向外走。于莲舫回身把医案锁了才跟着任大伟出了门。珍妮跟出来说她也要去，她还没见过中医诊病，她要从中体会一下当年龚老太爷给皇帝看病的情景。于莲舫说，你把那个肥头比作皇上真是抬举了他，老爷子已给他下了论断，活不过这周去，他只有三天的活头了。这一说珍妮更要去看，任大伟无奈，只好带上珍妮，开着车来到海淀。

肥头果然醉得厉害，深度酒精中毒，神志已然昏迷。一家人惊慌不已，如没头苍蝇跑进跑出。见于莲舫来了都嚷道：御医家传人到了。忙迎了进来，仰仗之情溢于言表。于莲舫坐床头细细地把脉，大家都恭敬地垂手而立，无人敢大声喧哗，只有肥头喉咙中呼噜呼噜的痰声。于莲舫诊罢脉，开了葛花、砂仁等几味药让人速速抓来灌下。珍妮抽机会也凑到肥头跟前，学着于莲舫的样子把手指按在肥头的腕上，只觉那脉搏怦怦地跳，再摸摸自己的，似也无多大区别，便不知于莲舫能窥出什么名堂，以致使她想起“巫术”这个词来。肥头喝下汤药浑身上下立刻大汗淋漓，按捺不住地要小便，被人扶着去了卫生间。于莲舫说好了，注意别着凉，用稀粥好好调养两日就行了。说着起身告辞，全家人千恩万谢地送出门，说真遇上了高人救了总裁一命，又说改日让肥头到龚家登门道谢的话。坐在回家的汽车里，珍妮仍对那脉搏，那几味“野草”不能理解，反复提问，让于莲舫不能回答。任大伟边开车也边问，怎的一出汗就好了呢？于莲舫说饮酒过度伤脾胃，伤身乱性，故当发汗，利小便，使上下分消酒湿，这种法子也是不得已才用的，毁人元气。珍妮问那些“草”是从哪里买的，任大伟说同仁堂，又给她讲了半天同仁堂的丸散膏丹和小药抽屉，把个珍妮听得云山雾罩。

车过鼓楼，珍妮看见晓默在街上走，便大声招呼，任大伟把车往路边靠了，等着龚晓默。没等晓默走过来，珍妮已蹿出车去，让晓默带她去同仁堂看小药抽屉。晓默脸色很不好，冷冷的，将于莲舫和任大伟正眼看也不看，拦了一辆出租，跟珍妮走了。任大伟在车里不屑地说，这丫挺青皮，真他妈的不论秧子，给谁甩脸子呢？于莲舫不想说话，把脸转向外面，外面车水马龙，嘈杂繁乱，人与车把个鼓楼围得不透风。她想，晓默是刚参加完知青的聚会出来，莫不是听“义和团”说了什么。任大伟问她是不是还想去别处逛逛，于莲舫说回家吧。任大伟还处在愤愤之中，行车中连着几次猛刹车，于莲舫说你不要拿车撒气，龚晓默又没在车上。任大伟说你不知道，这小子跟他妹妹是俩性情，跟他妈一德行，从骨子里就看不起我。你离了婚好，要不跟他过一辈子也窝心，早早想自个儿的辙也是正理，就是可惜了珍妮，那个傻大姐，哪知道中国人内心的深处。于莲舫说，你操那么多心干什么，下回好好劝劝你的总裁朋友把酒戒了吧，你看他今天都喝成什么了。说到肥头，任大伟又提起肥头要死的话，他问于莲舫信不信，于莲舫说至少眼下没什么迹象，任大伟说难说，生死这种事都有定数呢，龚家老爷子九十了，什么没见过。于莲舫说未知生，焉知死，生如寄，死如归，人还是洒脱些好。任大伟说话是那么说，但死临到谁头上谁也怕。

回到家，于莲舫跟龚矩臣说了肥头醉酒的事。龚老爷子问都开了哪几味药，于莲舫说了，老爷子说应该再加上黄连、厚朴才是。于莲舫一听黄连、厚朴，后脊梁缝就有点儿冒凉气。她不明白，治光绪的虚寒症何以要黄连、厚朴，治肥头的实热症何以还要黄连、厚朴。这黄连、厚朴是怎么的了。见于莲舫不解的神态，老爷子说，酒是君子，亦是小人。君子者可行气和血，壮精神，辟疫伤；小人者大热有毒，能助火，一进入体内，先承者为肺，肺乃五脏华盖，属金性躁，而酒性喜升，肺气必随其上升，以致痰郁，小便涩。肺既受贼邪侵伤，便不能滋养肾水，肾水不足也就不能制伏心火，以黄连降心火，以厚朴祛其湿，比单纯用葛花解酒汤更好。于莲舫听了点头称是，心下只觉这黄连、厚朴神妙无比，自己怕是一辈子也吃不准这两味药了。于莲舫又向老爷子请示珍妮要抄医案的事，龚矩臣说不可，说这笔遗产的医学价值、历史价值、文学价值无法估算。先时英国人、美国人、日本人从敦煌窃走大量文化遗产那叫掠夺，这医案也是一样，它的研究价值将是历史的极好佐证，怎可轻易交予外人。惠生老太太偏巧进屋，听老爷子说外人的话，插言道，珍妮是龚家的儿媳，怎么说是外人。老爷子说再是儿媳，她的美利坚身份不变，她的蓝眼金发不变，她发表的文章，她的研究成果当属美利坚而非华夏。龚老爷子最后嘱咐说，这些医案，珍妮看可以，但是不能抄，也不能复印，平时要于莲舫好生看管保存。

龚老爷子对珍妮的防范，使于莲舫有被信任的熨帖，她感到作为老爷子的助手，是非她莫属的。从老爷子心里说，是想把一切都交付于她，龚家也实在是没人能接老爷子的班。龚家三四百年医史，到此已终打了句号，这点龚老爷子心里比谁都清楚。

六

张悦找于莲舫的电话直接打到龚矩臣的房里，是惠生老太太接的，老太太放下电话站在屋外廊下朗声道：于莲舫，张悦的电话。声音不高，但全院人足以清楚听见。南屋的于莲舫听到这呼喊，便知道老太太是在向她示威。无外是叫全家人听见，寒碜她一下，即这个被龚家休了的儿媳妇与那个野男人仍藕断丝连。于莲舫也奇怪，一向谨小慎微的张悦怎么一反常态，做事竟这么不检点，把电话往龚家老爷子房里挂，这不是明着找事吗？于莲舫在惠生老太太洞察一切的、鄙夷的目光下走进正屋，拿起电话，果然是张悦。张悦急切的喘息声清晰地传过来，张悦说立即要见她，有要紧事，两人就约好见面地点。与张悦通话期间，惠生老太太“知趣”地躲进里间，其实于莲舫知道，她正在隔扇后面紧张偷听。所以放下电话时她故意说，我也想你，咱们不见不散。她是想成心气气里屋的老太太。

于莲舫出门，见晓初站在院里，看样子是有话要对她说，专门等她的。晓初在人事局工作，这两天正在家歇病假。晓初直截了当地问，张悦给你来电话了？于莲舫说是的。晓初说，张悦最近要提拔到卫生局当副局长，已经通过了，还没有下文，这个时候最好……晓初说，固然，外头没人知道你跟晓默离婚的真实原因，但这是张悦的关键时候……于莲舫说张悦要见她很急，大概有什么要紧的事。晓初说，你们好自为之吧，张悦是有妻室的人呢。于莲舫说她知道。说实在的，她对这位小姑子的关切心里是很感激的，正如任大伟说的，她跟晓默是两个性情，她是个善良的女人。

约会地点在锣鼓胡同口的广告牌下，离龚家不过二三百米距离，于莲舫几步就走到了。张悦已经等在那里，没戴遮耳帽子也没戴口罩，头发有些零乱，面容也很憔悴，衣服上沾了不少土和油渍。于莲舫见了他笑道，你怎成了这副模样，张悦不答，只是抽烟。于莲舫说，你怎么冒冒失失把电话打进龚家了，究竟有什么大不了的事情。张悦不答，仍是抽烟。于莲舫看到他颈上几道抓痕，问是不是和彩兰吵架了。张悦才恨恨地说，岂止是吵，打到了你死我活的地步呢！三个儿子三只虎齐齐向着他们的妈，合起来跟我干，还说要到龚家来收拾你。于莲舫问，我们的事彩兰知道了？张悦说不知谁给她写了封匿名信，把我们的事全告诉她了，连前几天在清雅茶馆见面的细节都没落下。于莲舫听了沉吟半晌说，既然闹到这份儿上，索性挑开了，长痛不如短痛，这未必是坏事。张悦说，如果只是一个李彩兰还好对付，问题是在人事局、卫生局，连医院的领导都收到了匿名信。那信是复印的，一式几份，广为传播，目前他与于莲舫的事已闹得轰轰烈烈，臭名远扬了。张悦一说，于莲舫也感到事情的严重，看张悦那气急败坏的样子，她也很生气。张悦说，这件事准是薛宝田干的，那天咱们在茶馆喝茶，薛宝田不是去唱莲花落了吗？于莲舫摇摇头，她认为薛宝田没必要这么大张旗鼓地张扬，干这种事的是另外一个人，是她不愿意想的那人。她问张悦下步怎么办，张悦说无论什么都不要承认，眼下谁也没抓到什么证据不是。于莲舫说，你跟彩兰没有承认我们的事？张悦说没有。于莲舫说那你怎么向她和孩子们解释我的离婚？

张悦说，我谈了你离婚跟我没关系。于莲舫问他对领导是不是也是这么说的。张悦说他对领导表明他的作风是正派的。绝没有信中提及的那些事，至于写信人有什么目的和想法，他不敢揣测。不过这样的做法在中国也太普遍了，俗话说贼咬一口，入骨三分，对这种不负责任的中伤他不准备做任何解释。张悦看了看于莲舫又说，你不要多心，我这样做只是权宜之计，没有别的意思。于莲舫抬起头看天，今天难得的晴天，冬日的蓝天一丝云彩也没有，便觉得心里如那天空，空落落的。她无力地靠在广告牌的柱子上，那广告醒目的大字是“恢复男子汉的自信”，这使于莲舫想起了黄连、厚朴，大凡“不行”的男人，多是真元长期亏虚，不摄念，肾不摄精，需黄连清心汤医治，这世事绕来绕去仍没逃出黄连、厚朴的范围，便有些悲哀。张悦看于莲舫脸色很不好看，便说，等过了关键阶段我会给他们一些颜色看看，现在不跟他们摊牌。于莲舫知道张悦说的“关键阶段”的意思。男人都是这样，他们把前程看得重于一切，与抛家舍女的她完全是两码事。张悦当初爱她是真心，现在提出“关键阶段”也是真心。他今日约她出来的目的只有一个——保住他，让他顺利登上副局长的位子，为此要于莲舫咬紧牙关，死不认账。张悦见于莲舫半天不说话，便问于莲舫还有什么想法，于莲舫说没有。张悦说那我就走了，近两三个月我们不要有任何联系。于莲舫点点头，看着张悦消失在人群中才转身，迈着疲倦的步子朝着龚家相反的方向走去。

于莲舫来到清雅茶馆，坐在老位子上，彷徨四顾。今天茶馆里很冷清。那拨唱莲花落的没来，只有俩老头儿坐在桌前意味深长地谈论老北京的羊头肉，说廊房二条第一楼后门，裕兴酒店门首，姓马的回回煮的羊头肉最为地道……于莲舫知道，俩老头子说的至少是五十多年前的事了，眼下羊头肉在北京早已绝迹，年轻人难得见到。一老头儿说，马回回的羊头肉为什么煮得好，汤里搁了厚朴和细辛，这手绝活就没人知道……于莲舫想，怎么在茶馆里也能听到“厚朴”，真没劲。掌柜的提来一壶双熏茉莉说，等人？于莲舫说不等人，掌柜的就把拿来的俩碗又撤下一个。于莲舫问那帮唱莲花落的怎么没来，掌柜的说他们一礼拜只活动一次，不是天天来。于莲舫“噢”了一声再不说话，掌柜的就又去擦他的茶叶罐子了。

于莲舫是想把自己的思路理清楚。东窗事发，一切当归于“义和团”组织的那场知青聚会；归于张悦要提拔消息的传播和“义和团”的快嘴；也是熟悉的那个人不能容忍这一切，拿出中国人惯用的杀手锏——匿名信，把一切搞得一团糟。是的，凡是中国人，谁都知道，只要把“男女作风有问题”的屎盆往谁脑袋上一扣，任你怎么洗也是洗不清的。有朝一日真洗“清”了，其臭味儿也是难以去掉的，余味能伴你一生，毁你一生。难怪张悦害怕了，不唯是张悦，所有的中国男性都怕这一招。对待世俗舆论，男性比女性更软弱，更不堪一击。为了爱情，女人可以背水一战，可以不顾一切，失掉自己的所有。男人不行，一旦有风吹草动，他们早早地将自己择得干干净净，跳出圈外，表情平静，装模作样地看女人在众目睽睽之下被污染，被撕裂，在舆论的压力下苦苦挣扎。女人将无私的，无畏的，全身心的爱奉献给对方，而男人在特定环境中就会充分暴露他的本性，被动，回避，退守，怯懦。这点于莲舫是看透了。于莲舫看了看那两个仍为羊头肉而遗憾不已的老男人，又看了看柜台后面专心一意地擦茶叶罐的中年男人，突然产生了一种怜悯心怀。包括龚晓默、张悦甚至“义和团”在内，他们都没有逃出于莲舫的怜悯范畴。她不是在贬低他们，她是觉得真该用黄连、厚朴，恢复点“男子汉的自信”，给男人们一点儿底气了。

于莲舫是从清雅茶馆走回锣鼓胡同的，足足走了一个小时。推开房门见珠珠正坐在她的房间里哭泣，珍妮在小床上正看美国才邮寄来的未婚证明书，全然不理睬珠珠的悲哀。任楠在书桌前全神贯注地读着什么，于莲舫走近一看，是那封复印的匿名信，她一把夺过来问，这东西怎么会在你手里？

任楠说是张家的大虎领着他的俩弟弟送来的，交给珠珠，让她管管她的妈。

于莲舫这才知道珠珠什么都知道了，她认为张家三只虎做事太绝，这与彩兰的教唆纵容不能没有关系。倒是珠珠突然受了这种冲击，精神上有些吃不住劲，纯洁温柔的妈妈突然变得丑恶脏烂，任何一个孩子也不能接受。于莲舫企图抚慰珠珠，珠珠生硬地把她伸过来的手拨开了，向她尖叫着：我现在才知道我爸为什么跟你打离婚，你对不起我们。从今往后我再不管你叫妈！

任楠说，没那么严重吧，珠珠。珠珠说，你不知道那仨小子说的话有多难听，把这样污秽不堪的信给我看，是什么意思？任楠说，什么意思，报复呗，你该恨的是写这封信的人，不是那仨小子。珠珠说，我谁都恨！于莲舫说，珠珠，等你长大了妈妈会给你讲清楚……珠珠说讲清楚也不要听。任楠说，你干吗要这样，天要塌下来似的，其实也没什么大不了的，很正常。谁知道将来在你身上会不会发生这样的事情。珠珠说永远不会！任楠说，你不要把话说得太死了，连我自己都保证不了自己。这时晓初进来说珠珠的猫吃了药死的老鼠，在树底下抽搐呢。珠珠听了“嗷”的一声奔了出去，去救她的猫。任楠说，救什么救，死定了，这叫二次中毒，无辜的受害者。晓初说你快洗脚睡觉去吧，就喜欢空谈，毛病。任楠走后晓初对于莲舫说，今天下午张家三个孩子在院里一通好闹，领头的似乎已工作，跟着两个半大小子，撸胳膊挽袖子使劲叫骂，老爷子气得直哆嗦，老太太静静地坐在茶几前喝茶，全不理会。偏巧珠珠下学回来，张家兄弟就跟她较开了劲儿，把珠珠吓得又哭又喊，最后任大伟出面，把那哥儿仨轰走了。于莲舫问晓默当时在哪儿，晓初说大概就在他的房里。于莲舫说，他一直没出来？晓初说，没有，他出来你让他说什么。又说，这封信究竟是谁写的呢？于莲舫看着那封用电脑打出的匿名信，想说什么，苦笑了一下，终未说出。晓初说，写信的人对事情了解得这么详细，连最近你的动向都侦察得一清二楚，可见下了功夫，你是不是得罪了谁呢？龚晓初一定以为于莲舫会发一通牢骚，骂一通人，孰料于莲舫把信扔到一边，淡淡地说了一句：随它去吧。晓初还有些不放心，她看了看躺在床上的珍妮说，你不往心里去就好，咱们都知道，你不是那种水性杨花的人，你这样做有你的道理。这一句话说得于莲舫差点儿掉下泪来，她说，晓初，有机会我给你细说。晓初说不必，她让于莲舫吃两片安定，好好睡一觉，明天一切就都过去了，正如任楠说的，没什么大不了的。

珍妮将独身证明放在床头，踱过来对她们说，就目前来说，光绪究竟是毒死的还是病死的已不是她研究课题的中心，现在她思考的是从光绪与慈禧的死亡来看中国人深层内核的问题。珍妮这番话使于莲舫和龚晓初都感到突兀，她们不知道珍妮要说什么。珍妮不管她们的惊奇，继续说道，一种民族行为规范的深层内核是该民族的价值系统，与我们美国的理想人格——“智者”不同。你们的儒家文化造就了另一种人格理想，这就是“正人君子”。在你们柳宗元笔下，标准的正人君子形象是“低首拱手行步，言气卑弱，未尝以色待物，人视之，儒者也”。后来你们的光绪，更是儒得厉害了。男人，特别是中国男人，视“正人君子”为行为道德规范，将外表的面子看成悠悠万事，唯此唯大的要事。但内在之我与外界的面子往往矛盾，就产生人格断裂，在高谈“君子之腹”时却做着小动作，将对方推入难堪之境，细细把玩别人的痛苦与不幸，以这种虐待别人和自虐的心理支撑着自己的面子和“正人君子”们高质量的内心平衡。光绪何尝不是这样？慈禧何尝不是这样？写信的这个人何尝又不是这样？从另一方面看，“好名声”是你们中国的一种社会能力。一个人有“好名声”作为一种客观背景就能受到提拔，获得相应的社会地位。为了这个“名声”，男人们总处于守势的、被动的地位，这就使得在两性关系中充当主动进攻角色的男人，中国的男人，多少带有消极、回避的态度。那三个孩子的父亲就是最好说明。中国女人的“忍”堪称世界一绝。忍的本身是痛苦的，女人以成全男人为“正人君子”，为“好名声”的忍竟能够成为一种美，一种传统，这是我们不能理解的。在我们美国，在西方，理想的伟男人，也就是说最高人伦典范的男人，他们在充分扮演着社会角色的同时也在充分扮演着男人的角色。每一个伟人都背负着一个惊心动魄的爱情故事，他们时刻在证明，一个优秀的人，必然也是一个优秀的男人。而中国，一谈及男女之情便让人与晦暗连在一起，爱是偷偷摸摸地爱，是假模假式地爱，是口是心非地爱。中国男人缺乏向世界宣称“爱”的勇气。比如说，我们读普希金、海涅、裴多菲的诗，他们的爱溢于字里行间，读懂了诗也就读懂了他们的爱情。但是再看看你们的杜甫、李白、辛弃疾的诗，反复翻找也看不到他们爱情生活的真相。正如那个倒霉的光绪，他把自己严严实实地包起来了，他炽热的情感内核在社会压力下已经变得石块一样僵硬冰冷。可悲的是这种冷却在中国男人身上成了一种病态和恶性循环，一直演绎到今天，演绎到现在，演绎到龚家家族内部。也就是说，你们所憧憬的，却是我们不屑一顾的；你们所回避的，却是我们刻意追求的。中国的女人活得累，中国的男人活得不仅累，还假。

于莲舫和龚晓初第一次听到珍妮，一个外国女人对中国男人和女人做这样详细的剖析，对错与否，毕竟是一家之言，是珍妮的个人观点。两人听后都有点儿蒙，晓初说任大伟不是这样子的，他很爱我。于莲舫想说任大伟在龚家的卧薪尝胆，忍气吞声，目的是混迹大宅院中，落一个世家女婿的名声。但想了想，又不忍心点破，她想，姑且搁下男人女人的话题不说，试想如果把黄连、厚朴两味扑朔迷离的中药交给洋人去研究，或许能得到一个全新的解释，至少它能脱去中庸的外壳，还一个清晰的面貌。

珍妮对于莲舫说她知道那封信是谁写的。她很失望，也很抱歉。

于莲舫说她也知道信是谁写的。

两人相对一笑。

珍妮说其实没什么，于莲舫说也是没什么。

七

证明书来了，珍妮并没有跟晓默去办结婚登记的意思，这使晓默惊慌不知所措。他找珍妮谈过几次，珍妮不急不慢地说，就这件事我还要再想想，夫妻之约，焉可不慎，中国这句老话简直太正确了。你们中国还有“使人有乍交之欢，不若使人无久处之厌”的说法，也是句真理，够我好好研究的。晓默气不得恼不得，拿珍妮一点儿办法也没有。及至有一次晓默在垃圾袋里发现了那张撕碎了的独身证明，他才知道这件婚事大概是没希望了。

珍妮对晓默说她要提前回美国，晓默问为什么，珍妮说她对他已经没了兴趣。晓默说回来才几天，你就没了兴趣，变得这样快，未免轻率。珍妮说，这几天你表演得很充分，中国特定的环境给了你特定的表演机会。这在美国，我是一百年也看不到的。晓默说，我怎么表演了，我不过是把事实向大伙儿说清楚，让人们知道事情真相。严格说我是受害者，那个李彩兰也是受害者，受害者难道连反击的权利都没有吗？珍妮说，难道你就不能够采取另一种光明正大的方式？现在你的行动偷偷摸摸的像只老鼠，一个男人做事情要把自己的姓名隐去，叫什么男人？晓默说珍妮少所见，多所怪。中国提拔干部就需要听取多方面意见，历朝历代都有收纳检举干部劣行的器皿和设施，要不怎么能做到德才兼备呢。两人争论了许久，珍妮仍执意要走，说她回去后暂不回阿拉斯加的家，她要去纽约住些日子。晓默气得两眼发蓝，恨不得把珍妮撕了。吵到半夜，两人不欢而散。

在珍妮收拾行李要回美国的前一天，晓默对他母亲说，这件事从一开始就错了，不应该把珍妮放在于莲舫屋里。现在珍妮彻底背叛了他，这与于莲舫有着举足轻重的关系。于莲舫的“策反”工作做得太出色了，竟能搅黄了一个已成既定事实的成熟婚姻。惠生老太太说真是你的媳妇轰也轰不走，不是你的留也留不住。连于莲舫这关都过不了，将来怎么能一块儿过日子。龚老爷子说，都是那封信的过失，引出这许多瓜葛，好端端一个家，鸡飞狗跳墙，丢人现眼极了。晓默说那封信是他写的。惠生老太太说，我就知道是你干的事，除了你，别人不会有这主意。老爷子说想你游历外洋，该是见多识广的，怎没些须眉男子之气，既是这样一切就认命吧。孟子说“言之不善，当如后患何”，你是自食其果了。晓默十分沮丧，说后悔不该领珍妮回来探亲。几个人正说着话，见任大伟领着肥头进了前院，并不朝北屋来，照直转向南屋，肥头红光满面，提着各样礼品，脸上带有明显的感激表情。惠生老太太有些妒意，她问今天礼拜几？晓默说礼拜六，老太太看看日历上的记号说，你爸爸说他活不过明天早晨。龚老爷子说，也就是今天夜里的事。

南屋里，肥头拍着胸脯向于莲舫显示他的健壮。惠生老太太喊任大伟让肥头到北屋去一趟，说老爷子要最后给肥头诊诊脉。肥头出门对于莲舫说，龚老爷子心虚了，不过还算聪明，现在收回那个预言还算他赢，我照旧请客，把龚家院里所有的人都请到，包括那只猫。珍妮收拾着行李说，我明天一早就走，怕不知道你的死活了。肥头问珍妮是几点的飞机，珍妮说上午九点。肥头说，老爷子咒我夜里死，我明天一早就给你打电话，死活给你个准信，让你放心地上飞机。珍妮笑着说，没想到中国还会有这种事，天气预报似的，能预报人的生死。肥头说，天气预报也有不准的时候。

于莲舫又接到张悦电话，于莲舫料定张悦升迁的事大半已彻底无望了，才又回过头来与她联系。是他亲口说的，“近两三个月不要接触”。形势变了，竟又把电话打进龚家。不出于莲舫所料，张悦说他对那个狗屁副局长的位子根本不在乎，他权衡了好几日，于莲舫对他才是最最重要的。他已跟李彩兰正式提出离婚要求，下一步怕是要闹个天翻地覆了。于莲舫学着珍妮的口气说，其实没什么，大可不必。张悦说怎么大可不必？莲舫，你不要把我涮了。于莲舫不吭声，张悦约她明天在清雅茶馆见面，于莲舫说她已忘了去清雅茶馆怎么走，就把电话挂了，她突然有了一种如释重负的轻快。

于莲舫撂下电话一转身，见晓初在身后笑。她问晓初笑什么，晓初说上午刚开过会，提拔第三医院的邬培信当副局长，张悦已经没戏了。于莲舫说难怪，我想也是这么档子事。珍妮听了说，毁人者不美，而受人毁者遭一番讪谤，便可加一番修省。龚晓初说，珍妮你之乎者也的也修省得快成精了，哪儿趸来的这些旧货？珍妮说，从龚家老太爷的医案里，录的是《菜根谭》的几句。

半夜里，起风了，大约又要落雪。

早晨天阴冷阴冷的，又飘起了零星雪花，珍妮提着箱子去赶飞机。龚家人除了老爷子和惠生老太太以外，都出来了，一直将她送到门外。珍妮拥抱了每一个人。最后她紧紧地抱住珠珠，俯在珠珠耳边说，爱护你的妈妈，她是个好母亲。珠珠也在她耳边说，要是你做了我的妈妈，我也会很高兴，可惜没有。龚晓默将珍妮的行李放进车后厢，钻进车坐在珍妮旁边。任大伟发动汽车，车子刚启动，突然，珍妮由窗内探出头来问，那个总裁还没有消息吗？于莲舫说没有，珍妮说那他今天可能已经不在世了，任楠朝车子挥挥手说，愿上帝与他同在。

送走珍妮回到正屋，大伙儿心里都有些说不清道不明的怅惘。惠生老太太举着电话说，任大伟的，他的那个总裁朋友死了，昨天夜里死于急性心肌梗塞，那边来信让任大伟当治丧委员会委员。

一时房内静得出奇，人们说不出一句话，大家都把目光转向龚老爷子。珠珠说，爷爷您料事如神哪！任楠也说，姥爷，您是不是跟阎王爷撺掇好了？老爷子说，为什么说龚家是御医呢，要是连生死都算不出，御医岂不是白当了。于莲舫想起光绪与慈禧相距一日而亡的巧合使史学界引起的疑虑与争议，便问龚老爷子，肥头的死如果不是巧合，从医理上又如何解释。老爷子说，从医理上来说，心对应五行中的火，经为手少阴经。那日我见此人，表为夸夸其谈，动作夸张，实为心气盛而神有余，宜泻心火。号脉，却沉濡虚滑，是肾来乘心，水克火，属大不治。观其色，面色虽赤，然额上发际起黑，至鼻梁，延至两颧。这样的心病患者应死在肾对应的壬癸日，于时辰中，当是丑时，推算该是周日凌晨二时至三时之间。龚老爷子说，这类病若戒酒色，少安毋躁，注意调养，黄连泻心汤加厚朴猛攻，或许能有救，可惜人来时已人在心死，使医者无回天之力了。

于莲舫想，好一个黄连、厚朴啊。

（原载《湖南文学》1997 年第 2 期）

对你大爷有意见

乡政府大院里静悄悄的，静悄悄的大院预示着有重大的事情要发生，“于无声处听惊雷”一般指的是这样的情况。

离吃午饭还有三个小时，想的是到镇西街给那头拉磨的老驴拍几张照片，这可能是中国最后一头还在磨道上走动的驴了。或许明天这头驴走着走着倒下了，连同它那副銮驾，成为历史；或许明天这头驴被卖进平遥的汤锅，变作五香驴肉，挤眉弄眼地混迹于花花绿绿的旅游产品之中，走出国门，走向世界……也听说驴所拉的石磨已经以三千块价格预约售出，卖给了城里一位画家。画家在乡间盖了别墅，需要一些乡土的点缀；也因磨盘上有乾隆十七年的刻字，画家稀罕这个，就买了，什么时候驴彻底歇班，就什么时候来拉走磨。那头驴倒下是早晚的事，据说驴嘴里已经没剩几颗牙，吃不动草料，每天一日三餐喝小米粥。小米粥的经费由画家供应，这是驴主和画家谈好的条件，否则刻乾隆年号的磨盘就不卖。画家有的是钱，不在乎什么小米粥。现在卖什么都讲搭配，商业术语叫捆绑消费，要想得到真货就得花点儿额外代价，这个道理画家明白。三千块钱买个乾隆，这样的好事不是谁都能遇上。我想见识见识喝小米粥的驴，惦记着驴在喝粥的时候是否还有“六必居”的小酱黄瓜佐餐。总之，看驴喝粥是件很吉尼斯的事情。

我的办公室在乡政府院子东北角，坐在办公桌前可以将院里的情景尽收眼底，安静而不寂寞，是全院的最佳位置。透过纱窗往外看，太阳在水泥地上白花花地照着，不知谁用凉水冲过地，地面蒸腾起一股股热浪，散发着尘土的腥气，让人想打喷嚏。几棵鸡冠花在花坛里蔫头蔫脑地开着，沉闷而单调。院里除了鸡冠花再无其他花草，让人猜想是播种的时候临时抓瞎，只找到了一种花籽，就稀里糊涂地种了。种的人是有一搭没一搭，看的人也是有一搭没一搭，谁也没把它当回事。望着鸡冠花我常常想念市文联那个百花齐放的小院，想念在花圃前忙忙碌碌的花工施师傅，剪枝、浇水、上肥，从不停歇，偶尔的还把剪下的花插在瓶子里，摆放在他喜欢的女同志桌子上，给大伙儿一个惊喜，一个谈笑的话题。在这儿没这种情致，按说鸡冠花不能往办公室桌上搁，就是芍药、牡丹也不能往屋里拿。干部们的办公室肃整简单，没有多余的点缀，办公室靠墙角有单人床和从家里带来的铺盖，床底下有沾满黄泥的高鞫胶鞋，枕头边有三节电池的大手电，非常的隐私，也非常的一目了然。办公室玻璃板下头压着的多是老婆孩子的照片，有过游历经历的是所到之处的标准照，不管后头背景是什么，前头主要位置一定要站着照片主人。主人多是西服，扎红领带，戴浅色眼镜，不看镜头。作气宇轩昂状，像才从太空里下来。书记们的办公室没有玻璃板，有宽大的老板台，老板台上有电话，是有来电显示的那种，以便书记决定接还是不接。墙上挂着书记和前来视察工作的领导照片，所来的领导都是在媒体上常见的，照片的主人和媒体上常见的人作亲密状，像是一家人。所挂照片均是经过主人认真筛选的，合影人物很有讲究，县级的基本不挂，级别最低也要省部级，没有办公室主人参与的不挂，否则失去了悬挂的意义。所以，书记们办公室的热闹在墙上，不在玻璃板下。

早晨便这样闷热，今天大概有雨。

党委书记朱成杰办公室的门大大地敞着，里面嗡嗡地吹着电扇，印着“野竹坪乡”的白门帘就一扇一扇地飘，好像老有人进进出出似的。再往旁边看，不唯朱成杰的门没关，赵书记、钱书记的门也都没关，电扇也嗡嗡地吹，那些个门帘也在动，动得轻松舒展，坦荡悠扬。啊，今天难得全班人马都在家，八百年不遇的新鲜！

我看见乡文化干事小张急匆匆地从办公室出来打开水，灌完水又急匆匆地跑回去了，动作夸张，神情严肃。好像他多么的正经，又多么的忙碌。搁往常，他得在院子里磨蹭半天，跟碰到的每一个人说话，从世界石油价格上涨到食堂包子肉馅的咸淡，从美国由伊拉克撤军到厨子老王永远无法改变的脚癣，中超联赛的比分、16世罗马教皇的推出、UFO对野竹坪的光顾、山茱萸育苗的诀窍、翠峰深山发现过野人。对什么样的人有什么样的话题，永不会重复。实在没人说话了，还能跟猫说话，跟厨房养的胖猫大黄聊香港小姐选美，从大黄那蹒跚的猫步说起，并不突兀。街西老驴喝小米粥的信息，也是小张提供的。小张还说后街有个庞老太太，活了一百三十多岁了，还很硬朗，给杨虎城当过保姆，给蒋介石喂过药，谁不相信可以和老太太去对证。厨子老王对我说，小张那张嘴啊，他能把人说死！往后谁想自杀甭吃药，直接找小张，听他说一天一宿，准活不了。

今天小张没有在水池子那儿神聊，小张直去直来，连个弯也没绕。

晚上乡党委要开书记会，决定乡里几个副手的人选。办公室早早把会议通知搁在了我的桌上。平时只是口头通知，今天特意印了，加了红头，盖了章，交给每位书记，足见会议的重要。可是我打定了主意不参加会，今天是周末，是我回城的日子。我早早地收拾了东西，跟办公室要好了回去的汽车，准备吃完中午饭就回家，回去好好洗个热水澡，在乡下洗澡问题总是不能彻底解决。

小张到我办公室来还书，看我把东西往包里装，惊奇地说，您回城啊？

我说，回城。

小张说，什么日子口啊，您还回家？

我说，今天是周末，我得回去洗澡。

小张说，晚上的会您无论如何得出席。

我说，人事安排的会我不参加，下来的时候组织部交代过了，我不负责乡里的任何具体工作，我只是体验生活。

小张说，别的您可以不出面，这个会您不发言也得在会上坐着。

我问为什么。

小张说，这是权力的象征，您想想，这不是常委会，是书记会，是野竹坪的最高会议，连您在内一共才四个书记，拍大板的事，谁也不愿意放弃。将来新干部提拔起来了，有您一票，谁不念您的好，顺水推舟的事，何乐不为？咱们不参加，就说明咱们在这儿是个摆设，一点儿也不重要，没人在乎咱们。往后说话没分量，办事没人听使唤，处处是麻烦。不错，咱们是挂职的，挂职的怎么啦，挂职的在关键时刻也掌握着你的生杀大权，往后谁还敢小瞧咱们！

小张一口一个“咱们”，也不知什么时候，他把我认作了一个战壕的战友。我说，我不怕别人小瞧，我从来没把自个儿瞧大了，又不是真在乡里干，干吗装得跟真的似的！

小张说，基层干部的势利和实际，您还是了解不够。大伙儿都是从土里爬出来的，当官和不当官可是大不一样。知道吗，您几位在会议室开小会，外头几个圈子可是开大会呢，都是手机传递信息。千方百计打探消息，这样难得的机会别人求都求不来，您还回家洗澡，真是的……

我说我讨厌官场，我的文学作品从来不写官场，和人打交道，我烦，我就关注大熊猫。

小张说，我知道您不写官场，您关注大熊猫，大熊猫不关注您不是？叶书记，咱们都是搞文化的，我知道什么是文化，文化就是真性情，就是不设防，您驾着艺术的小船徜徉在生活的海洋中，我行我素，是很自由自在。可是海洋里的船多了，有经济的巨轮，也有政治的战舰，任谁掀起个浪就能把您的小木船打翻了，那时候您就真成了落水……那什么了……其实您不妨换种方式，驾着艺术小船逛累了，就弃船登舰，观览一下战舰的机舱甲板，看看水手们的操练，增加一下感受，这也不是坏事。

我说，艺术的小船也能观赏日出日落，也能顺利到达彼岸，当不当落水狗不是由我决定的。

小张说，跟文化人说话太累，云里雾里不着边，不跟您绕了，通知给您发了您还走，就显着有点儿生猛海鲜了。

我问怎的是生猛海鲜。

小张说，硬掰呀！

我说，这怎能是硬掰？

小张说，这说明您压根儿没把乡党委放在眼里，没把人家当成一级国家政权。您瞧瞧院里这阵势，都上着弦呢，我敢保证，就这会儿，政府周围至少有一个排的人在迂回行动，这样的戏您上哪儿看去？

让小张一说我还真不能走了，只好把收拾好的东西又掏出来。干部安排在基层是件大事，都说在这种时刻，越是表面平静，下面活动越是厉害，联名上告的，写匿名信的，毛遂自荐的，送钱送礼的，托关系走后门的，八仙过海，花哨之极。这些情景我在各类文学作品中读得实在不少，可眼下，我的周围是出奇的安静，至少，上面说的情景我没遇上过一件。也许真如小张说的，大伙儿都认清了我在这儿“是个摆设”，是个可有可无的人物，犯不着找我。想到这儿，竟有些失落。给文联挂了个电话，告诉他们这礼拜我不回去了，问单位有没有事情，办事员说为防暑降温，每人发了两斤白糖，想着我在乡里，就把我的糖免了。我说你们不能因为我不在就不给糖，这是名分问题。办事员说，您老还在乎两斤白糖，您在下头当书记，要多少糖没有哇！我说你们以为到基层是当皇上吗，要什么有什么，错了！我让他们把我的糖补上，一两也不能少！我听见办事员在那头嘟嘟囔囔，意思说我是到了更年期，年龄渐长，脾气也渐长。

搁下电话，心里更失落，本来是想寻找点儿认可和温情，结果适得其反，在没当落水之狗以前我先当了丧家之狗。我下基层的目的是关注生态，采访大熊猫野生动物的生存状况。之所以到野竹坪来当个副书记，完全是为了深入生活方便，为的是有个吃住的据点，有个关照的组织，跟地方工作根本不搭界。野竹坪原名野猪坪，位于秦岭南麓，周围人烟稀少，沟壑纵横，出产大熊猫，更出产野猪。历史上，这里一直是野猪的繁盛发展之地，每到庄稼成熟季节，老乡们就得在地头搭上窝棚，全家出动，保卫胜利果实。山里的野猪都是“熟人”了，深谙老乡规律，采取“敌疲我扰，敌进我退”政策，和农民打起了游击战。这几年实行了野生动物保护法，野猪们更是挂了免死牌般的疯狂，野得没了边。有人说是野猪坪这个名字叫坏了，怎的不叫熊猫坪、国宝坪，连人带动物都是国宝，那样多好！得改！就改名字，一改才知道，敌情地名的更改是要上报国家的，不是谁想改就能改，麻烦着呢。乡里人聪明，将个野猪坪改作了野竹坪，只变一个字，省事多了。加之“竹”比“猪”高雅了许多，文学了许多，有郑板桥“秋风何自寻，寻人竹梧里”的意境在其中，更有王安石“野竹林寺”诗可以附会。一个字的变更一下提升了野竹坪的文化内涵和档次，这个点睛的高明之人就是现在的乡党委书记朱成杰。当然，成了野竹坪，野猪们还是照旧地闹，并没有因了郑板桥而有所斯文，因了王安石而有所思考。

朱成杰是我大学作家班的同学，那时候我从市文联考入作家班，他从富仁县考入作家班。从年龄上论，他最小，我最老，他是班长，我是支部书记，他是山区来的朴实又狡黠的农家子弟，我是大城市来的脱产进修干部，我们的差距使我们成为了好朋友。他在我面前毫不掩饰造作，透彻得如同一碗清水，玩坏就是玩坏，要赖就是要赖，不讲理也有，借钱不还也有，到时候嘿嘿一笑，都过去了。我对这个小师弟百般地爱护迁就，在他身上时时能看到农家子弟的耿直率真。社会上假的东西太多，朱成杰不假，他就是坏也坏得很真实，很可爱，很能让人说得过去。

大学生朱成杰个头不高，敦实，憨厚，黑红脸膛，一脸的壮疙瘩，头发很长，有时候披肩，有时候梳马尾巴，如他所说，这样的发式不是时髦，是为了省剃头钱。马尾与披肩的变化也有规律，刚刚洗过头三天，是披肩，三天过后，头发发黏打绺，就变成了马尾。无论披肩与马尾，那股浓重的头油味儿永远是气冲霄汉，热烈非凡。朱成杰冬天穿对襟黑棉袄，夏天是白布小褂，方口布鞋，蹬着一条从进学校就没换洗过的喇叭型牛仔裤，睡的是他娘给织的土布方格单子。喇叭裤是城里扶贫打发到乡下的过时物件，配给喇叭裤的同时还有几双尼龙花袜套和一件印着“亲你一口香三天”的半长背心，这些东西时时地在朱成杰身上闪现。每每见到朱成杰不土不洋，不伦不类，迈着外八字，抠着眼上的眵目糊，晃晃悠悠走进教室，我都想为他喝彩，整个一个杂八凑儿！

让人没想到的是，杂八凑儿的行头竟成了新潮，前门大栅栏服装店的中式服装一件已经卖上了千元价钱，做工还远没有朱班长的传统地道。粗布的大单子只有王府井工艺品商店才有出售，别的地方无处问津。喇叭裤已然过时，可没想到美国的迈克尔·杰克逊又穿着它在台上作歌作舞，辗转腾挪，大放光彩。作家班本来在大学里就惹人眼目，出了个朱成杰，更是无与伦比的精彩。那些文学女青年，三天两头往作家班宿舍跑，逮着谁管谁叫老师，把作家班的男男女女一个个弄得神经兮兮，连句整话也说不利落了。文学女青年视土包子为名士派，视笨拙木讷为文化的莫测高深，把个朱成杰崇拜得莎士比亚一般，云里雾里闪烁如星。中国农民的特点是无可比拟的精明，朱成杰当然也不例外，索性倚傻卖傻，越发地走向了黄土地，走向了文化的回归，说些个谁都不懂的言辞，创造些个半英文半黄土的词汇，比如“sex 交”“羊肉泡culture”，等等，让人如坠五里雾中，不知所云。

跟我同宿舍女生有个南方来的方米米，学计算机管理的，却连计算机怎么开机也搞不清楚，大半时间放在梳妆打扮和交朋友上。方米米的爹是鞋厂大老板，方米米的床底下就摆了几十双鞋，蜈蚣似的不知有多少脚。方米米对朱成杰崇拜得厉害，说朱成杰是天生的思想者。朱成杰的举手投足，在方米米眼里都是深沉，都是文化，都有着特殊的意味。朱成杰在球场上打球，方米米会替朱成杰抱着衣服在看台上喊加油，大声叫着朱成杰的名字，仿佛满场只有一个朱成杰在跑动；逛大街，从来是方米米掏钱，掏得主动又迅速，毫不含糊；朱成杰喝剩下的茶根，方米米也会不嫌弃地喝下去，美其名曰沾沾灵气。方米米有钱，大方，不计较，爱跟所有的人撒娇，老把自己当小孩，动辄便是“我们女孩子”怎么怎么的，好像今年小学才毕业。其实二十四岁了，是个傻大姐，没熟，属于半生系列。有一天方米米后半夜才回来，一进宿舍就把大伙儿吵醒了，说朱成杰刚才在草地上摸了她。谁迷迷瞪瞪地说这属于性骚扰，让方米米明天告到学校去。方米米说她愿意让朱成杰摸，朱成杰摸得很文化，很舒服。大伙儿说既是这样，就另当别论了。问摸哪儿了，方米米愣冲冲地指指上头。问还有哪儿，又愣冲冲地指指下头，大伙儿就都蒙起头来笑。方米米说，有什么好笑的，朱老师说他把他的才气都传给孩子了，从上头传，下头跑出去怎么办，从下头传，上头跑出去怎么办，所以同时传，双管齐下！我探出头来说，快睡吧，方米米，你个大傻×！

第二天一进食堂，就听到了朱班长给方米米“传递才气”的议论，大家当个笑话在听，嘻嘻哈哈，没有正经。方米米向朝她挤眼睛的男生说，挤什么挤，你那小狗眼儿比朱老师的差远啦，你挤瞎了我也不会正眼瞅你！

大家更笑。

人群里有一个认真的，就是刘大可，刘大可跟方米米是从一个地方来的。受了方米米她爹的委托，自认为是方米米的同乡，是护花使者，从立场上便跟大家很不一样。刘大可认为方米米受了欺负，有些不依不饶，满饭堂寻找朱成杰，要跟作家班的朱无赖算账。找了半天没有结果，就一遍遍给朱成杰打手机，没人接。他不知道，一般情况下，朱成杰上午都是在睡懒觉，晚上不睡、早晨不起是作家班的生活习惯，有时候宿舍的窗帘能拉到中午去。

刘大可拨了有一顿饭工夫，朱成杰就是不理睬。刘大可急了，对传呼台小姐大声喊，你给这小子留言，我×他大爷！小姐说刘大可的语言不文明，她们不能传递。刘大可说，你就这么传，出了问题我负责，我×他朱成杰的大爷！

我怕事情闹大，跟朱成杰在操场谈了回话。朱成杰不以为然地说，大姐，我不就是把活做了嘛，我不做别人也会做。谁都知道，我不会娶那个疯丫头，那个疯丫头也不会嫁给我。这事谁也没认真，您甭操心。

我说，你的胆子也忒大！别看你表面憨厚，其实一肚子烂杂碎！

朱成杰说，谁肚子里都是杂碎，我们山里人跟野猪都敢较劲，甚也不怕！

我说，你不怕乡下媳妇找来？

朱成杰说，她敢 pigan！

我问他 pigan 是哪国话，什么意思。

朱成杰说，pigan 就是 pigan，我们那搭的外语。

这时候，朱成杰的手机响了，朱成杰看了看手机，撇撇嘴，我知道那不是什么好话，也凑过去看，上面写着小姐给传的留言“刘大可先生对你大爷有意见”。

真难为了那位传呼小姐。

三十年河东三十年河西，就是这个朱成杰，毕业后没写过一篇小说，没写过一行诗，现在成了野竹坪乡党委书记。敦实为脑满肠肥替代，憨厚中糅进了世故圆滑。我再见他几乎是认不出了，小师弟将军肚挺着，毛哔叽披着，桑塔纳坐着，官腔打着，正经得不苟言笑。我到野竹坪来挂职，两人竟在这野山洼相遇，这是谁也没想到的。分别十年，毕竟是他的师姐。甭管当官还是为文，同窗的友谊牢不可破。在野竹坪，大概也只有我能和他平起平坐，海阔天空地聊天，只有我不唯唯诺诺地喊他“朱书记”，不怕他那张永远不笑的官样大脸。朱成杰对我有诸多的关照，办公室的位置是最好的，用车随叫随到，配给了照料生活的女干事，大食堂给单开了小灶。最直接的是给我时常传授基层的为官之道，比如说话看场合，办事得花钱，报喜别报忧，个人风头出不得，前任的事别管，少说话多请示，棘手的事就拖，拿不准的事集体拍板，吃喝不犯法，车子是身价等等。这对我都是空白，我坚定地相信，再回到原单位，我一定不是原先的我了，保准是老练的油条，会耍手腕的政客，让我那些文化姐妹们大跌眼镜！

……还能怎么着呢，作为小兄弟，朱成杰够仗义的了。

我拿着相机正要出门，门帘一掀，进来个女的。问她找谁，她说，就找您，叶书记。

我说我要出去，她说她耽搁不了我多长时间，说着将手里的塑料兜搁在桌上，兜里嘀里哐啷一阵响，像是个收酒瓶子的。我问她有什么事，她说给我送礼来了，说完了朝我笑笑，两颗亮晶晶的虎牙一龇，模样很俏皮。

如此的直言不讳让我立刻刮目相看了。就跟当年小坏蛋朱成杰一样，非常的坦诚直率。这比那些遮遮掩掩、假模假式的“正人君子”强。我不知道这个女子为什么来送礼，非亲非故，陌生如是，让人想不明白。我说干部们有规矩，不接受任何礼品，党内的民主生活会要经常检查这方面的内容。女子说如果她带来的东西也算是行贿的话，那世间就没有人情了。说着将兜里的东西一个个掏出来，果然是玻璃瓶子，瓶子里的内容眉目不清，挤挤压压填得很瓷实。

看我关注瓶子里的东西，女子说里面是香椿，她妈腌的香椿，封在瓶子里能吃到来年春天。说着，将瓶子在我的办公桌上一字摆开，大大小小，高高矮矮一共五个。她说香椿是从她们家树上摘的，她们家别的不多，香椿树多，房前屋后长了七八棵，每年都为吃不了的香椿发愁。后来她妈发明了这种不用盐的真空保存方法，存放一年，味道跟刚摘下一样，一点儿不变。她说她读过我的小说，知道我在乡上挂职，带几瓶香椿给我，让我拿回城里给作家们尝尝鲜。

“让作家们尝尝鲜”，这话透着对文学的追求和喜爱，我不能不收，就像是谁家从树上摘几个杏，让我尝，我不能拒绝一样。大凡上门来找我的，多是文学爱好者，拿着一沓作品，毕恭毕敬地呈上，让提意见。“提意见”不能宏观笼统，不能大而化之，需对文章逐字逐句改过，再向杂志推荐，方算圆满。刊出了，皆大欢喜，让文学朋友都传阅遍，让三姑六姨都看过，然后给我送些自产的花椒，新挖的嫩笋，以示感激。不刊出倒也不太计较，过两天又送一篇来，再“提意见”，速度之快，让人感到基层素材的鲜活，宇宙之大，苍蝇之微，皆可入文章，反而显得专业作家懒惰而迟钝。

我估计香椿后头会有文章，便审视着来人。见送香椿的女子三十出头年纪，齐耳短发，面容姣好，眉毛淡淡地文过，擦了薄薄的粉，穿着件小碎花的衬衣，白色的裤子，干净利落。看样子不像写小说的，写小说的不会这样不动声色地修饰，不会有这样清爽活泼的谈吐。

往往看上去越不像写小说的越是写小说的，我不敢有丝毫的掉以轻心。

女子将香椿全部掏完，将空塑料口袋叠了，扔在垃圾筐里，再未见有新内容提出。我便明白来人纯粹是送香椿的，就嘻嘻哈哈地跟她说话，夸张地表现对香椿的喜爱和惊奇，倒茶水给她喝。

问她叫什么，她说叫鲜香椿，姓鲜，鲜艳的鲜。

鲜姓在野竹坪是大姓，原本复姓“鲜于”，是中国古代一个很著名的姓氏，出过将军，出过孝子，出过诗人。一部分出走辽东，建立了朝鲜国，是鲜族祖先；一部分在山西、河北扎根生存。野竹坪的鲜于在元朝改单姓鲜，据说是跟随世祖忽必烈的蒙古军队征战至此而停留，至今民族成分上填的虽然是汉族，但在性情上还有刚烈骁勇的遗传，三句话不和便抄家伙，便头破血流。光绪年的县志上描述野竹坪人说“此地人质朴劲勇，民风刁悍，好讼轻生，鼠牙雀角，亦成讼端。居民常有镖客拳勇之技，一可当十”。“好讼”是生性爱较真儿，一根筋，不服输，凡事要“讨个说法”，所以不怵见官府。

鲜香椿当属于这类人的后裔。

鲜香椿坐在我对面，端着茶喝，应答着我的问话，大方而熟络。鲜香椿说我闲了可以到她家去转转，她家没别人，只有她和一个妈，她妈今年五十六，身体正好，一天还能织小半匹布，做的包谷面搅团方圆几十里都很有名……我说我吃过搅团，印象颇深，是咸阳作家文兰让他媳妇给做的，做得很郑重其事，吃的时候把我和陈忠实都叫去了。陈忠实是什么人，陈忠实是当地土著，一招一式把个搅团吃得很到位。临到我就不行了，吃了一脸一身，连头发上都是黏糊糊的，落下了话把儿。陈忠实逢人便说，猫吃糨子，打一吃搅团的人，谁呀？大伙儿就一起嚷：叶广芩！

我把这个故事给鲜香椿学，是从搅团引出的没话找话，否则人家刚把香椿搁桌上，我就冷了，显得不够亲民。鲜香椿听了搅团的事咯咯地笑，声音很清脆。说没想到作家们在一起也这样有趣，她一直以为作家都是严肃深沉的人。有一回县文化馆的干部老王下来搜集山歌，把她叫去了，她在文化人跟前紧张得张不开嘴，勉强唱了个《妹妹找哥泪花流》，还跑调。老王说她唱的不是山歌，让她回来了，换她妈去唱。她妈很会唱歌，给老王唱了大半天。老王记了一大本子，满意极了。

鲜香椿靠着沙发，坐得很随意，所谈的话题也不招人讨厌，乡间这样健谈又落落大方的女子实不多见。我问她在哪儿上班，说是在林场场部，就在街西。我说就是老驴拉磨的西头吗？她说是，使唤老驴的是她舅爷，她舅爷七十九了，不吃机器碾的面，非要吃石磨磨出来的。说磨磨出来的有粮食的香味儿，机器的面有股机油的臭气，把粮食的魂儿给磨没了。鲜香椿说镇上有不少人不认机器面，非得上她舅爷那儿去找粮食的味道，她舅爷的生意还挺忙。我说作家们也是这样，有些人到现在对电脑有着本能的抗拒，说在电脑前找不到感觉，一个字也写不出来。鲜香椿说，可不，机器轧的面就是没手擀的好吃，电脑打出的小说味道肯定不地道。

哪儿跟哪儿啊，这个鲜香椿，自来熟。

由电脑说到工作，鲜香椿说她在林场干了快十年了，杨凌农校毕业的，学的是畜牧业，再具体点儿说是家畜防疫，再具体点儿说是……我让她别具体了，我说我对家畜一点儿不通，有回在乡下见了头小骡子，越看越爱，非得问人家是公是母，让养骡子的把我好一通挖苦……我问鲜香椿在林场干什么，鲜香椿说沏茶倒水搞接待。学的是和畜生打交道，现在是和人打交道，其实还不如和畜生打交道。只是野竹坪畜生太少，山里的野猪也用不着科学管理，她没处派上用场，很苦恼。好在干部的身份没有变，现在拿着干部工资，每月六百块钱，股级。我说六百块在乡村是好收入了，一个村长才一百五十块。鲜香椿说村长一百五十，可是村长有地，村长是农业户口，她是国家干部。

我承认在人事方面我的知识欠缺得厉害，乡间的事说不了三句就露怯，如果要谈论文学创作ABC我或许还有的说，可人家鲜香椿对文学没兴趣，我不能上赶着卖弄不是？

鲜香椿看我没话了，起身要走，我送到门口，鲜香椿亲亲热热地拉住我的手说，别送了，叶书记。

好久没跟谁这样亲昵地拉着手了，我对这个动作已经生疏，手被鲜香椿温热柔软的小手攥着，唤起了我小时候和同学们手拉手排队逛北海的记忆，张小莲、王小康，荡漾湖水，绿树红墙……红领巾，烂漫儿童，一时全涌现出来，像搁陈了的酒，醉得人神情竟有些恍惚。

鲜香椿停住了脚步，低声对我说，叶书记，听说今天晚上开会，希望您在书记会上给我提一提，我想当妇联的副主任，我觉着我有这个能力。

图穷匕首现。香椿后头果然有戏，这比修改文章厉害，天下没有白白送东西的，甭管是五瓶香椿还是什么其他。我有些犹豫……

鲜香椿很聪明，窥出我的神态说，叶书记，您像个老大姐，我信得过您，女人干什么事都难，您能理解。这回您一定得帮我，我在领导跟前没熟人，全凭着我硬着脸来找您，您知道我做了多少思想斗争才进了您的门吗……我不是那种厚着脸皮要待遇的人，我是真想为女人们说说话做点儿事。

鲜香椿说话的时候看着我的眼睛，没有躲闪，没有退缩，语调平和，态度诚恳，让人没有任何理由怀疑她的真诚。我的文人弱点在此刻凸显出来，脸一热说，看机会吧。自以为这个回答很中性，很原则，并没有应允什么，承诺什么，当然，也不伤人的自尊。

鲜香椿说，您可以去调查我的做派为人，我要是有一点儿劣迹，也不会让您为难。

能出言让人调查的人，该是磊落清白。看着这个小女子，我不禁有些感动，这感动绝不是为了那几瓶香椿。

鲜香椿顶着大太阳走了，我想这个女的，真的很有意思，一切都是直来直去，没有拐弯，也是难得，就凭这股劲头，也算得上是有魄力的小娘儿们。我还真的有那么点儿喜欢她了。

小张闪进我的房门，趴在桌上低声跟我说了两个人名，让我在晚上的会上特别留神这两个人的安排。一有结果，立马给他打电话，甭管多晚，他都在电话跟前守着。我拿出纸要往上头记，小张说，我的姑奶奶，您得记心里头，到时候您还能拿着纸对名字，太幼稚啦！

我说我记不住，小张说记不住也得记，两个人一个是他小舅子的把兄弟，一个是他的担挑，都是切切实实的亲戚。我说我还是回城去洗澡，在这儿给你们当传声筒犯纪律，没甚意思。小张说，您千万不能回去，您一回去，我黄花菜都凉了！

我说，黄瓜菜一般都是凉的。

我问小张认识不认识鲜香椿，小张说不认识。小张说不认识的时候是一脸坏笑，很有些讳莫如深在里头。我说鲜香椿送来了五瓶香椿，小张立马警惕地说，她是有事来找您吧？我说没事，女人之间的交往不像你们男人那样功利，比如你不让我回家，是为了你的亲戚……小张说，没事她往书记屋里跑什么，这个女人，事儿多着哪！

我问怎个事儿多。小张说鲜香椿是离了婚的，又骚又泼，穿条白裤子满街跑，乡下正经女人谁穿白裤子？我说小张的观点实在是怪，白裤子怎么啦，世界上穿白裤子的多了，我的白裤子就好几条。

小张说，那是您，您穿着旗袍大伙儿都得说那是国服，是大正经；鲜香椿要是穿旗袍，那是怯妞学打扮，屎壳郎爬铁轨——愣充大铆钉。

说到旗袍，乡上谁都知道，叶书记夏天穿了一款旗袍在镇上走来走去，在政府大院进进出出。后来朱成杰到我办公室为旗袍跟我交换意见，说我不能穿着这样的衣裳在野竹坪出现，老乡们看见他们的书记穿旗袍，会说忒不正经。我说我的旗袍也不是宾馆服务小姐们大开衩的那种性感旗袍，就是个条子布的，保守又传统，就跟你在学校穿对襟棉袄似的，碍着谁啦？朱成杰说，此一时，彼一时，身份在变化，场合在变化，我们要与时俱进，太各色了就要脱离群众。我问他在野竹坪我应该穿什么，他说穿长裤套装。我说，去你的土鳖套装，我就穿旗袍，气死你！第二天开各村支部书记村长会，我穿着旗袍上了主席台，不用说，我是故意的，这一招连朱成杰也没料到。眼瞅着，台下的眼光有点儿直，有嗡嗡的声音。朱成杰对着话筒点着各村的名字，点完了说，咱们的叶书记今天是特意穿着旗袍来开会的，旗袍是咱们中国妇女的正式服装，国家主席的夫人出国访问，穿的都是旗袍，是礼服。书记穿礼服，是对今天会议的重视，咱们看到书记穿旗袍，眼睛为之一亮，思想为之一动，观念就出了山了。谁说咱们野竹坪的观念落后，咱们野竹坪的观念一点儿也不落后……

朱成杰说罢带头鼓掌，下面各村的人也鼓掌。我知道，这身装扮得到认可了。就想，这就叫哪壶不开提哪壶，有些事，你迎刃而上，反倒简单，怕就怕欲盖弥彰，闪烁其词，人家不揪你的辫子才怪。下来后，朱成杰听了我的感想说，什么叫迎刃而上啊，我那是急中生智。没有我的开场白，没有我的带头鼓掌，唾沫星子早把你淹死了！

小兄弟的用心可谓良苦。

野竹坪人容忍得了旗袍却不能容忍白裤子，这其中的缘故我一时想不明白。问小张鲜香椿怎的泼，小张说鲜香椿曾经扛着镢头去刨她男人的祖坟，动辄便刨人家祖坟的女人，谁敢一块儿过日子？男方家族上百口子人，能答应？鲜香椿还没走到坟地就让人打回来了，打得鼻青脸肿，折了两根肋骨。农村谁跟谁离婚，是真正“打”离婚，不打离不了。

我说“扛着镢头刨男人的祖坟”，想必是那男人干了让人刨祖坟的事情，平白无故干吗要刨谁祖坟？小张说，这小娘儿们，男人根本驾驭不住，说话不给人留情面，一下能把男人的宝给掏出来。

我问鲜香椿怎的骚，小张摸摸脑袋说，这个不好说，现在不是不兴捉奸了吗。

我说，说人作风不好总得有证据，捕风捉影不行。小张说关了灯的证据不好提出，半夜蹲墙根，除非直接有关者，否则没人肯下这个死力。

小张不负责任的介绍并没改变我对鲜香椿的初步印象，我知道，在农村，有个性的女人通常后头都有一堆议论跟着，就像城里的歌星，吃喝拉撒睡都有人拿眼盯着一样，躲都躲不开。

吃午饭的时候我见到了朱成杰，这小子愁眉苦脸地告诉我他最近血糖高，血脂也高，已经到了可以诊断为糖尿病的程度。

我说，你少吃点儿请，什么病也没有了，成天在外头混吃混喝，机关食堂哪儿见得着你。

他大口吞着炸酱面，咬着独头蒜，说这也是为革命付出的代价。以前革命者是抛头颅洒热血，为新中国捐躯，现在是奉献健康和精神，道理是一样的。我说什么都要悠着点儿，广厦千间，眠不过七尺；七珍八馔，食不过一碗。一个人就这几十年的日子，一辈子吃多少饭老天爷都给安排好了，早吃完了早弯回去，不如吃个半饱，多活几年。朱成杰说我是宿命论，唯心主义，说最近手机上流传个段子，问我听说了没有？我问什么段子，朱成杰说有关当官的段子。我说手机上的段子浅薄无聊，一到逢年过节，收的段子一个比一个臭，删都来不及。

朱成杰说，也有些精品，不全是混账，待会儿吃完饭我给你发过去，你也学习学习。社会都像你们那样深沉，世间末日就快到了，都得得抑郁症。为什么《还珠格格》收视率那么高，就是因为《还珠格格》轻松、热闹，哈哈一笑，完了！夫妻俩该操练操练，该睡觉睡觉，全不耽误！就你写的那些小说，老想着给人以精神，以内涵，以意义，以责任，谁看？白天上一天班，晚上为反思您这个作品，耽误了活不说，半宿睡不着，累不累呀？不如您也改弦更张，到电视上去教教怎么做醋焖肉，那样还实惠些。

我说，亏你还是作家班毕业的，说这样的话。

朱成杰说，我跟人从来不提作家班，我说我是党校出来的。

我说，你也进过党校？

朱成杰说，进修过三个月。

别人都吃完走了，饭堂里只剩下我们两个，我觉着是个机会，就跟朱成杰说刚才有个叫鲜香椿的提了五瓶香椿到我办公室，她说她想当妇联副主任。

朱成杰的脸一下恢复了书记的面容，正颜说，你怎么也掺和起这号事来了？鲜香椿这是违反组织纪律，瞎胡闹！这种跑官要官的人实在是讨厌，就是够条件也不能安排，不正之风！……这个鲜香椿她是后备队伍人选吗？是他们单位推荐上来的吗？她的考察记录在谁手里？

朱成杰的蒜气喷在我的脸上，让我不能容忍。我说，你说话离我远点儿，你们那个后备队伍名单我看过，都是男的，没一个女的……妇女干部，少数民族干部，还有……是要考虑的。

朱成杰说，不错，我们目前是没有妇女干部，没有妇女干部说明妇女还不成熟，我们不能为了妇女而妇女。以前我们也有过女干部，那几个女干部把工作干得稀里哗啦，让男的擦屁股都擦不干净。至于少数民族，查查您周围，有几个是纯种汉人，我还是匈奴和鲜卑的杂交呢！杂种！

我说，鲜香椿给我的印象不错，直率，精明干练，跟人的亲和力强……朱成杰说，什么叫亲和力，怎么个亲法，选拔干部上没这一条。你得说她的党性怎么样，原则性怎么样，八个坚持做得怎么样？

我说，你甭在这儿跟我唱里格愣，我不是组织部，没有调查人家的权力，我是凭直觉。

朱成杰说，你的直觉就是五瓶香椿，五瓶香椿就把你打倒了，你不觉得很可悲？提拔干部凭直觉，亏你是在我跟前说，要是让别人听见了，人家会说，这是什么书记，整个一个二百五。

朱成杰不像是和尊敬的师姐说话，倒像是训孙子，大概他已经习惯这样的谈话方式了。我想起当年他拾掇人家方米米的事，那还不是凭直觉，这会儿又正经起来，谈什么原则和坚持了。别人不知道你，我还不知道你！但是我还是耐着性子对他说，成杰，我就是告诉你有这么件事，没别的意思，成与不成你了解一下……

没想到，朱成杰更硬了起来。他说，我怎么了解，我根本就不能了解，这是个组织程序问题。你是在这儿乱搅和，没规矩，没准谱，没原则，想起一出是一出。告诉你这是根本不可能的事！

我说，不可能就不可能呗，你厉害什么？又不是我要当你的什么主任！

朱成杰说，叶广芩，以后你再不要在我面前提鲜香椿这个名字，你一提这个名字我就恶心！就肚子疼！跟你说，我不认识她，压根儿就不认识她，以后永远也不想认识她！

这个朱成杰简直是穷凶极恶了，点着我的鼻子指名道姓，他在跟谁说话，跟我说话吗？就为个八竿子打不着的鲜香椿，为了我一个带有试探的稍稍动议，动这么大肝火，值吗？我是头一次领教了朱成杰的另一副嘴脸，肆无忌惮，唯我独尊，缺知少教的无赖嘴脸。这样的嘴脸，他的血糖不高，血脂不高才见鬼！文人的自尊岂是你这样蹂躏的，即便鲜香椿是个十恶不赦的大坏蛋，是双提不起后跟的大破鞋，你朱成杰也犯不着对我发脾气，姑奶奶不吃你这一套！我知道，对付朱成杰的法宝是无视与轻蔑，在我淡淡地一笑转身离开时，朱成杰才意识到他的失态和过分。脸色转变的迅速就如他的初始，朱成杰屁颠儿屁颠儿地把我跟到办公室，替我掀帘子，开电扇，给我倒水，好像这儿不是我的办公室，是他的办公室。

我说，你走吧，我要休息了。

朱成杰搓着手，半个屁股挂在沙发上，嘿嘿地笑，眼前的他又变作了小师弟模样。

朱成杰告诉我说在安冢村发现了唐朝唐安公主的墓志铭，很有历史价值。唐安公主是唐德宗的长女，因皇城之乱，随同父亲逃亡陕南，途经野竹坪，地冻天寒，病逝于此。要是我愿意，下午他陪我一块儿过去看看。我说我哪儿也不去，我就在办公室待着。朱成杰说在办公室也好，这大热天，出去再中暑，病倒了上边会说他们没把作家照顾好。

朱成杰没目的地东拉西扯，对桌上的五瓶香椿视而不见，好像刚才什么也没发生，跟我发脾气的是另外一个人。小张过来喊他，说他的办公室有人在等，他哼哼了两声，慢吞吞地说，没看见我和叶书记在谈工作？

小张说，那就让那人走？

朱成杰不说让走也不说不让走，靠在沙发上不言声。小张半个身子在门里，半个身子在门外，等着朱成杰下指示，半天见书记不说话，只好怏怏地退出去了。小张一走，朱成杰的脸又活了，跟我说，这个张秉珲，太精明，太是非，当了六七年干事硬是提不起来，为什么，聪明外露。跟他接触，你得留神，弄不好就把你的意思变了味儿。

我说朱成杰在下属跟前架子太大。朱成杰说，当领导有三个层次，在基层，就得严，就得厉害，动辄便训便拾掇你，没商量，这样才有威，才镇得住。比如那些村长，哪个不是拿得起放得下，说话有好语声的；中层就得恩威兼施，不能一味地直接，话要说半句，事要别点透，要让下属不知你的深浅，永远对你敬畏三分；高层就得亲民，越亲切越随和越是水平……我问他跟我说这些是什么意思，他目前对我是要震慑还是要亲切？他说他没这意思，刚刚吃完饭，现在就躺下睡怕顶了食。

整整一个下午我都不愉快。五瓶香椿像五块石头压在我心上。朱成杰用手机给我发来短信，一看就是带色调侃的，是《十类人不宜做官》……我看那十类人件件都在说我，给他回了短信：放你的臭狗屁！

放下手机就想这个朱成杰也是怪，明明说不认识鲜香椿，又说一提她就恶心，就肚子疼，这个鲜香椿怎么了？招谁惹谁了？

傍晚时候大雨下来了，倒海翻江地往下砸，轰轰的雷在头顶上滚动，像有万千战车在行进。

雨下归下，可并不凉快，闷热难耐。

晚上，雨停了。

书记会如期举行。

朱成杰、我，再加上赵、钱两位书记，一共四个，分两排相对而坐，使得长会议桌显得更长，大会议室显得更大。我对面墙上是一幅画得不错的水墨画，题款有诗："一竹一兰一石，有节有香有骨，满堂皆君子之风，万古对青苍翠色。”是那位买磨盘的画家赠送的，画是很地道，却觉得挂在会议室有点儿别扭。今天的会议，所有秘书、记录、干事，包括送水的勤务，都被摒却于外，不得进入；会议室的门从里面插上，内里的也不得随便外出。

朱成杰是最后一个端着茶杯进来的，玻璃杯子里泡的是苦瓜干，据说苦瓜能降血糖。苦瓜干在开水的浸泡下变得狰狞恐怖，像一个松了绑的木乃伊，在水中慢慢扩大。朱成杰关了手机，搁在桌上，其他几个书记也把手机关了，也搁在桌上，一种心照不宣、严守纪律的默契让空气变得庄严。

每位书记跟前有一份名单，上面印着后备人选，还有组织部门提出的初步意见，由书记们最后定夺拍板。我才知道，原来下边已经做了大量工作，一个萝卜一个坑，早已安置好了。我半途插进个鲜香椿，果然是不合章法，打乱了组织的安排计划，难怪朱成杰跟我嚷嚷。我为自己的心血来潮，异想天开，不知深浅，浅薄幼稚感到羞愧。就像是一场严格规整的足球比赛，球场上突然冒出了个穿大花裤衩、光着脊梁的怪异。这还不算，可笑的是这个怪异还十二分的严肃认真，不知自己为怪……

浑身立刻汗津津的。

庆幸中午只是对朱成杰提起，没有外人知道，否则把人丢到家了。

朱成杰收拾着他的圆珠笔，把笔拆了又组装起来，组装起来又拆了，没有说话。

老赵、老钱审视手里的名单，喝着缸子里的茶，也没说话。

我看那名单，长长的一串，谁也不认识。想起小张托付的小舅子和担挑，却怎的也记不清是哪两个。名单对我只是一个个符号，我只能窥出组合这些符号时做父母的心劲儿与信息，好学、爱社、满仓、官印……再没有任何其他。

半天，朱成杰抬起头来，面无表情，用平静得不能再平静的语调说，今天中午，叶书记提出了一个新的人选，鲜香椿，她提议鲜香椿当妇联副主任。

我的脑袋一下蒙了，朱成杰不是开玩笑吧，他怎么把这事一下提到会上来了，这不是明摆着要我的难堪吗！我狠狠地瞪了朱成杰一眼，朱成杰在欣赏杯子里正在膨胀的苦瓜干。

老赵、老钱互相看看，将目光转向朱成杰，朱成杰一咧嘴，突然的，三个人发出哄然大笑，那种不约而同的爆发使他们达成了一种从未有过的认同和由认同产生的快感。朱成杰乐得几乎背过气去，苦瓜干也随着他的手上上下下地颤，仿佛木乃伊有了生命；老赵一手捂着肚子一手点着我，说不出一句话，摇着脑袋，不知道是高兴还是痛苦；老钱的一口茶“噗”地喷到了桌子上，将那个名单喷得水淹三军般的漂亮。

好像我成了鲜香椿，鲜香椿就是我！

我的脑子顷刻间冒出“出乖露丑”“丢人现眼”“特等外行”“专业傻”等一些词汇。迅速地反省自己是否倚仗着作家的名分而不知所以，而权力欲膨胀，而贪污受贿，而拿着原则做交易……叶广芩，你以为你是谁？

一切都无可挽回，索性张着嘴做出一副傻相，用真诚的眼光看看这个，看看那个。心里想的是物极必反的道理，有时候傻到底了反而成了最超脱、最游刃有余的人。

看着三个笑得控制不住的男人，心里为鲜香椿悲哀，也为自己悲哀。她要知道是这般结果，还要当什么副主任吗？我要知道是这般结果，还会跟朱成杰谈五瓶香椿的事吗？不会。我想，我要是鲜香椿，一定把眼前的桌子掀了，给他们点儿颜色看看。可是我不是鲜香椿，我也没有鲜香椿扛着镢头刨男人祖坟的魄力，我只好静静地看着他们笑。

老钱终于缓过气儿来，嘴里咯吱吱地说，要是鲜香椿当了主任，在台上一讲话，台下男人的裤子都给顶破咧……

又是一阵哄笑。

我怎么也乐不起来，一点儿也乐不起来。尽管老钱说得很生动，很生活，我还是乐不起来。

大家七嘴八舌地说了些什么，朱成杰用手敲了敲桌子，接下来是切入正题的讨论，书记会议正式开始，不再玩笑。

这个序曲很精彩，不亚于我那个穿旗袍的宣言。

晚上的会一直开到十一点，我十点钟就提前撤出，回宿舍睡觉去了。朱成杰他们也巴不得我走，我在那儿坐着，一个接一个地打哈欠，实在是煞风景。

躺到床上，怎么也睡不着，满脑子想的都是鲜香椿。

从明天开始，得搞个调查！

我对街西头的驴已经没兴趣了。

街上的人都知道我是下来了解小镇风情的作家，不是真的书记，所以说话多无避讳，有什么说什么。我从东往西走，信马由缰，挨着门进，烧饼铺、理发店、西瓜摊、拉面馆……见谁跟谁聊，话题多样，很是得了小张的真传。聊的时候，有意无意会谈到野竹坪的女人们，谈到鲜香椿。有关鲜香椿的“小蛮腰”“圆屁股”这类词汇听到不少，都跟小张一样，没说出实质内容来。倒让我闹不清了，是鲜香椿有问题还是我问的人有问题。

唯一给我提供了实质内容的是驴的主人，鲜香椿的舅爷。其实也不是舅爷提供的，是到磨坊磨面的陈建朋提供的。陈建朋是坚持吃驴磨面的人物之一，我跟舅爷说话的时候他正在磨道上跟那头驴周旋，听到我们的话题，上赶着插进来，说鲜香椿几年前把朱成杰寒碜惨了。我让他细说，他说是七八年前，朱成杰当林场党委书记的事。

我说，朱书记认识鲜香椿吗？

陈建朋说，怎的不认识，鲜香椿是朱成杰的手下，鲜香椿离婚是朱成杰给签的字，那时候没有单位领导签字，办事处不给办手续。鲜香椿离婚的事在镇上闹得沸沸扬扬的，名声很臭，都说她跟谁谁谁上炕睡过……总之吧，鲜香椿在小镇上是个带颜色的女人。

舅爷说，不是香椿有颜色，是人们看她的眼光有颜色……咳，当老家儿的不该说这些……俩人脾气不对路，说不清谁对谁错，三天两头打。香椿脾气烈，过不下去就离婚，没想到一离却让人泼了一头脏水……两口子之间的事，就是鞋跟脚的事，合适不合适只有自个儿明白，外人看不出来，有时候瞅着挺般配，其实未必。

陈建朋说，鲜香椿闹离婚，在法院提出的理由是双方“性格不合”，过不下去了。在农村，性格不合是什么理由？性格不合不是理由，十人十色，你说哪色跟哪色合呀？红配蓝，狗都嫌；红配绿，赛狗屁。无论怎么的，就是配成黑色，那也是日子。你们城里开放了，结婚离婚跟换条裤子似的，十人不是十色，十人是千色。我们这儿不行，你要离婚就是你有毛病，不是作风上的毛病就是生理上的毛病。所谓的性格不合，就是找借口，胡矫情，私下有着不可告人的目的。而且从来是男的不要女的，哪儿有女的不要男的的道理。鲜香椿这事办得就非常的出格，非常的不地道。

鲜香椿离婚的原因，被小镇上人们视为“不地道”，继“不地道”而来的就是五光十色的议论和猜测。如果说，鲜香椿和她的丈夫离婚，是因了两点常规理由中的任何一点，都会被镇上的人理解。然而一个捉摸不定的“性格不合”，实在让人想入非非，扑朔迷离的离婚理由丰富了小镇人的想象力，让鲜香椿背上了黑锅。

我闹不清我的师弟朱成杰在其中扮演了什么角色，以朱成杰的精明，绝不至于在家门口闹出些桃色新闻。能将方米米玩得无怨无悔的朱成杰，不会栽在山区的小女子手里。

我问鲜香椿和朱成杰到底发生过什么，陈建朋说其实什么也没发生，两个人都是林场职工，一个是书记，一个是护林员，差距太大，没戏可唱。90 年代山上偷砍滥伐很厉害，老树沟有批带铁牌子的柏树，是光绪年朝廷号上的材料，县太爷等着朝廷下令，砍伐进贡，却等不来消息。原来是朝廷倒了，换了民国。可是清朝皇家的牌子还在树上钉着，是有主儿的东西，没人敢动，一直留了下来。前几年木料紧张，有人就动了那些老柏树的主意，偷着砍，这事谁都知道，也知道砍树的是有背景、有来头的人，都装看不见。鲜香椿就给她的班长反映，班长哼哼唧唧，说是给上边反映，却没了动静，那些树却是眼瞅着见少。鲜香椿不干了，鲜香椿是急性子，她干脆越过领导直接向党委书记朱成杰反映伐树的事。

办公室找不着书记，场部也没有，书记很忙，不是在外头开会就是应酬去了，书记不是为接见她这个小人物而存在的。书记找不着，老树沟的树在一棵棵减少，鲜香椿急了，索性到书记的家里去堵。去了一次，书记不在，去了两次，书记不在，去了三次，书记还不在。鲜香椿一遍又一遍给书记夫人陈述老树沟的事，夫人阴阳怪气地说，既然是公事，你明天到班上去找他吧。鲜香椿说，明天老树沟的树就没了，我今天就在这儿等，书记什么时候回来，我什么时候走。

就坐在沙发上等。

夫人的脸色不那么好看了，水都没给倒，让鲜香椿冷冷地干坐着。

这个鲜香椿不合时宜，不会察言观色，鲜香椿没意识到自己一身未干的污水和违反常规的做法已然引起夫人的警觉、反感、不安、不快，她没意识到自己的处境已经尴尬危险，还满腔热情地给人家推荐左三十六，右三十六的揉肚减肥法。因为夫人的小肚子也肥硕起来了，小腿肚子大白萝卜似的开始往外突发。

夫人没接减肥的茬儿，进到里屋再不出来了。

我们同学都知道，朱成杰的媳妇是初中刚毕业就定下的“糟糠之妻”。乡下人怕儿子找不上媳妇，耽搁了后人，都是早早把媳妇占下，把房子盖下。甭管这儿子将来是腾飞还是落地，媳妇和房子是最基本的，跟水和空气一样，是须臾不可离开的。儿子们在中学毕业的时候目光还没脱出黄土墙的小院和邻村的大妞二妞，对这样的婚姻多是喜悦认可，并且是认真见过面，在村口的树林里偷偷亲过嘴的，不能说是封建包办。娶亲是人生大事，能早便早。年龄都按虚岁说，高中没毕业先结婚，主要是双方老人迫不及待，也包括男女双方迫不及待。整出个一男半女是家丁兴旺，证明了自己是男人和女人。赶到走出县境，进入城市，学了逻辑学、学了哲学、学了美学，突然的眼界大开，呃，原来外面的世界很精彩，家乡的生活很无奈。跟城里那些米米、唆唆、啦啦一比，大妞二妞是什么东西！

朱成杰当属此类。

朱成杰的媳妇叫王翠花，不是电视里上酸菜的那个“翠花”，是实实在在的王翠花。脚大，穿四十码的塑料凉鞋；手大，一巴掌能把朱成杰从宿舍架子床上扇门口去。王翠花当年到学校看望朱成杰的时候，朱成杰羞于在众人跟前亮出“大手大脚”，就像是朱元璋怕人看出媳妇是马大脚一样，他把这个王翠花也掖着藏着，不让在学校露面。朱成杰将王翠花和小闺女安顿在学校旁边的澡堂子里住，娘儿俩晚上睡澡堂子，白天在大街上没完没了地遛。如同地下党的单线联系，只准朱成杰联系她们，她们不能联系朱成杰。

有一回三口在小胡同的饺子馆里吃酸汤饺子，让同学们碰上了，朱成杰说王翠花是他嫂子，小丫头是他侄女。王翠花不干了，当下让小丫头管朱成杰叫爹，小丫头怎么也不张嘴，打也不张嘴，哇哇地哭。气得王翠花到宿舍找到我，又哭又闹，向党组织报告朱成杰是陈世美。我那时候第一次见到王翠花，那时候的王翠花还年轻，肌肉饱满，举止灵活，说话直门大嗓，一声呵斥，震得电灯摇晃，远没有现在的富态身材，也没有现在的傲慢风度。年轻的王翠花不能用漂亮来形容，只能说凑合，至少鼻子眼睛没有长错地方。

我喊来了朱成杰，让他和我一起倾听来自山乡的控诉，找出解决问题的妥善办法。包公断案的时候，陈世美、秦香莲是同时在场的，不能缺了谁，否则这戏就没法唱。有刘备三顾茅庐，三请诸葛亮；我也是着人三顾男生宿舍，三请朱成杰。最后“驸马爷”总算趿拉着鞋极不情愿地过来了。应该说王翠花是个角色，她的本事秦香莲是永远达不到的。秦香莲在韩琪追杀她的时候吓得只会哆嗦，王翠花却是勇而无畏，朱成杰在门口刚一探头，王翠花上去劈头盖脸就给了个满脸花。五条印从腮帮一直扯到脖子根，开始泛白，慢慢变红，最后渗出血花，让朱成杰的脸顷刻间变得很生动。王翠花很不简单，在动手的同时还能做到痛哭与诉说两不耽误，那个往外翻的厚嘴唇和浓重杂乱的眉毛很巧妙地配合着她的悲哀与愤懑，在鼻涕与眼泪的自主挥洒中时时也没忘了瞅准机会对朱成杰的掐拧抠抓。那个小丫头见爹娘动武，也不失时机地尖声哭喊，火车拉笛一样响亮悠长，不知是在帮她的爹还是帮她的娘。我从来没做过这样的思想工作，既要动嘴，又要动手，抽空还要哄孩子，热闹极了。愤怒的王翠花一会儿要拿脑袋撞桌子腿，一会儿要从窗户往下跳，虽说是二楼，我还是得使劲拉，一把蛮劲儿就冲着我撒，把我的胳膊弄得青紫一片。朱成杰则是白眼相对，切齿咬牙，捂着脸嘶声喊，甭拉，让她跳，让她跳，她跳完了我跳！

我怀疑，有此深仇大恨的夫妻日后是否还能走到一起。

那一仗从早晨打到天黑，我掏钱让人送来了二十个肉包子充作

“战饭”，竟然没轮到我吃一个。

晚上，男生宿舍的同僚出于恻隐之心，腾出房间让他们团聚。第二天方米米也自觉进入同学角色，给王翠花从食堂打饭打菜，多是三五块钱的肉菜，油水很足。据说还给小丫头买了一件粉毛衣，绣着小狗熊的，很得她的母亲看重。风雨过后就是晴天，只两宿工夫，两口子便和好如初，带着小丫头到公园划了船，到商店买了大号女塑料凉鞋，吃了羊肉泡馍，看了大老虎。当小丫头一口一个爹，举着气球在宿舍楼道里快乐奔跑的时候，王翠花将朱成杰和宿舍所有人的被褥洗涤得一干二净。

大伙儿激动地跑来告诉我，南京路上好八连的春妮来了！

糟糠之妻不下堂。

朱成杰将王翠花和方米米的位置设计得极其准确，跟方米米玩玩可以，动真格的划不来。王翠花虽然粗糙，却是他生活的基石，基石一般都是粗粝坚硬的。他还得回去工作，还得回去活人，以他的社会关系，根本不可能留在大城市。米米、唆唆是商店里的婴儿纸尿布，装潢漂亮，昂贵花哨，一次性，用过就扔。真要实惠还是老家孩子的土尿裤子，旧单子烂铺衬。不花钱，废物利用，永无怨言。

进了一趟城，王翠花学了不少乖，长了不少见识，她明白了自己男人在女学生中的位置，更明白了男人对她的重要。这使得她对女人永远存有了戒心，对所有女性有了一种本能的排斥。甭管这个女人是老是少，是美是丑，在她的感觉中，所有女人，无时无刻不在打他男人的主意。她的男人是天下最俊美最聪明最有前途的男人，是天下最优秀最能干最难得最伟大的男人。谁能当党委书记？她男人！谁能在人前颐指气使？她男人！谁能带着老婆坐着桑塔纳回村？她男人！她男人的本事大了，当初找这样的男人是她的眼光明亮，她的高瞻远瞩。没有她的支持，没有她的含辛茹苦，她男人能成为野竹坪的唯一？成为全省全国乃至全世界的唯一？不能！她得把这个唯一牢牢地把握住，向一切走近她男人的女人发动主动攻击，以保自己地位的巩固。

连我和王翠花打交道都觉得酸溜溜的，更何况鲜香椿。

陈建朋说，鲜香椿反映情况那天，朱成杰是过了十二点才回到家的。刚捅开门，夫人就从里间冲出来，阴阳怪气地说，人家在这儿等你半宿了，有要紧的话儿要说呢，不见不散哪！

朱成杰是什么人，朱成杰一进门就嗅出家里的醋坛子翻了，看鲜香椿在沙发上坐着，心里就明白了许多，不好说什么，搭讪着把媳妇往里间推。王翠花胸脯一挺说，推我干什么，嫌我碍事是吧，我躲开不行吗？我给人家腾地方。嘴里说着腾地方却叉着腰站在原地不动，一副抗战到底的坚决。

鲜香椿再傻也听出书记夫人话里的意思，鲜香椿到底是鲜香椿。我在别人哄笑时只会愣愣地听着，把不满往肚子里咽。鲜香椿不，鲜香椿刨得了男人的祖坟自然也对付得了蛮横的夫人，鲜香椿走近王翠花，一字一板地说，你以为你的朱成杰是个啥？我大喝一声朱成杰，你的朱成杰就得阳痿！

又是一个直截了当，一下把醋缸连底扣了。夫人的嘴张了又张，没说出话来。朱成杰脸色通红，一肚子的蛔虫在搅动，搅得他只想往地上蹲。

在王翠花和朱成杰还没反应过来时，鲜香椿用脚踹开门，“咚咚咚”下楼去了。

老树岭上的那些柏树自然是都砍完了，做了多少副棺材板，没人统计过。反正不少关键人物的父母都受到了实惠，这是鲜香椿始料不及的。但是“大喝一声谁谁谁就得阳痿”这样的话却成了小镇上男男女女的口头禅，不唯朱成杰，连他那个敢跟“驸马爷”叫阵的秦香莲，一提鲜香椿也有点儿发怵。这真是应了“硬的怕横的，横的怕愣的，愣的怕不要命的”这句话。

这样的女子不当主任谁当主任？我真想为这个鲜香椿鼓掌了。

掌还没有鼓，事就来了。书记会没出一个礼拜，就有人传话说，鲜香椿给叶书记送过五万块钱，以图副主任的位子，叶书记不敢要，交到乡党委……我真闹不清这些小说都是谁编的，这些个事是怎么传出去的！

肯定与朱成杰有关系，小张也不是什么好东西，老钱、老赵更脱不了干系……有些气恼，找朱成杰论理，他的办公室锁着，一问说是书记到省上去了，一时回不来。倒是小张给我透露说，海外来了位女老板，是某某名牌鞋的总裁，要在野竹坪投资办厂。这样的大好事书记不能不亲自接待，何况总裁还是书记的老熟人。

我说，这个女老板姓方，叫方米米。

小张说，行啊，没想到姑奶奶您的消息比我还灵通。

正要跟小张交代到动物保护站索要先进材料的事，鲜香椿来了。鲜香椿沉着脸，很严肃，但面容依旧姣好。我这时候真希望小张能在屋里多待一会儿，缓冲一下气氛，可是小张溜得那叫快，眨眼就没影了。面对鲜香椿，我做好了准备，她要是也向我“大喝一声”地翻脸，我就把那五瓶香椿还给她，当然其中一瓶被我动过了，只剩下了四瓶半。

鲜香椿照旧直截了当地说，叶书记，五万块钱可是个不小的数。

我说，是的，不少。

鲜香椿说，您倒是干净了，我的脸又给抹花了。

我给了鲜香椿一个苦笑。想的是这个女子给了我面子，够客气的了。

鲜香椿说，外头的人在糟蹋我，这您知道吧？

我说，我知道，我还知道受贿的和行贿的是同等罪，咱们俩是一条绳上的蚂蚱。

鲜香椿说，您怎么能跟我在一条绳上，您都学油了，抽身抽得真干净。

我知道鲜香椿有气，只好说，香椿啊，把眼界放开吧，生活的路有千条万条，不只是当副主任一条……

鲜香椿说，现在不谈生活的路，我生活的路上净是坑，我得想法怎么把眼前这个坑跳过去。首先我得跟您要个说法，为什么街上有那些个传言。

我说，我没有什么说法，真的没有。

让我说什么呢？我当然也不怕鲜香椿扛着镢头去刨我的祖坟，我的祖坟早让人刨了。四瓶半香椿，还了就是，怕什么，这么一想，突然人变得很高远起来。

鲜香椿说，那我就到县上、到省上去反映。

我说，到哪儿去都行，跟你说句掏心的话，别折腾了，折腾来折腾去全是白搭，最关键的是你得结婚！

鲜香椿翻着眼睛说，这怎么叫折腾？往后我还敢信谁？

我说，谁都信，谁都别信。

鲜香椿说，这话说得让人听不懂了。

我说，不懂回去慢慢想，早晚会懂的。

鲜香椿走了，我越想越窝囊，抓起手机给朱成杰发了一个短信：

对你大爷有意见！

后记：在这篇小说即将寄出时，收到鲜香椿从县上打来的电话，说她辞了职，在省城开了一个宠物商店，她是学家畜的，干这行倒也轻车熟路，不甚艰难。她准备“十一”结婚，让我务必参加婚礼，当证婚人。问及对象情况，说是县公安局刑警队的，有一手好拳脚。

特此补充。

（原载《北京文学》2005 年第 7 期）

夹金山穿越

考察“盐茶之路”从藏区往回返，一路走到了夹金村。村口大石头上鲜红的村名十分耀眼，这是一个在革命历史上有名的村落，不可不停留。司机李东对着老百姓迎接红军的雕像使劲照相，在他的镜头里，高山上的蓝天白云配上那红沙石的群雕十分抢眼，拿到网群里去发，是不错的显摆内容。明明是司机，却偏爱摄影，花几万块钱买了家伙，跟我出来见哪照哪，动辄停车，或架上“长炮”朝着山顶的一棵树瞄准，或用“短枪”对着路沿的一朵黄花聚焦。一路上两眼左右胡踅摸，就是不往路中间看，让我时刻地提心吊胆。另一个同行是办公室的小思，小思是学哲学的，毕业后分到单位当公务员。跟李东一样，也是个找不准自己位置的角色，嘴永远一刻不停地说话，人老处于亢奋状态，所谈论的不是UFO就是时空坐标，话语跟工作没关系，全是不着调的废话。漫漫长路，有这么两个货相伴，倒也不寂寞。此刻小思正站在树底下向警察傻问，跟您打听，红军过夹金山是从那边往这边翻还是从这边往那边翻？

警察年龄不大，一张娃娃脸，左眉上方有颗小痣，鼻尖上冒着细碎的汗，不时地用手在额头上抹，给人的感觉是中国警察配备了全套装备，就是没有配备手绢。小警察好像不愿意回答这个问题，翻翻眼睛看看小思，一脸不屑。

李东大概是觉着警察太嫩，像个大孩子，摆出了大叔辈的势头用陕西话对警察说，我的贤侄，你要是不知道就说不知道，要是知道就告诉他！虽然这超出了你的职责范围，但也属于革命教育的一部分。

其实李东也不知道红军是从哪边过来的。

警察说，小学课本上都有！

小思说，我语文不及格，求警察同志指点一下。诲人不倦，你闲着也是闲着，诲我们一下也表现出人民警察的博大精深。

两个人都有点儿拿小警察开涮的劲头，欺负警察年轻，一个人在路边值勤，乐得和他耍贫嘴。李东撇出老司机的油滑腔调说，想必贤侄警校还没毕业，是来实习的吧？三个月后还得接着回教室上课……

小警察没理他们。

小思说，算了算了，问他白搭，恐怕他也不知道红军是打哪儿过的。

小警察把脑袋一歪，说，从硗碛过来的。

小思说，硗碛哪儿？

小警察说，语文不及格难道地理也不及格？

李东说，他明白了，红一军是从那边翻过来的，在沟底下与红四军不期而遇，都以为对方是敌人，互相开火了，后来才闹明白是误会，才有了路边那个会师纪念碑。达维，没错，是达维。达维会师，书本上的历史在这里站起来了，清楚极了。

小警察说，红军一部分又从这边翻那边去了。

李东说，红军傻呀，在夹金山过来过去纳鞋底子玩。

听李东说红军傻，警察恼了，你才傻，你知道什么，你什么也不知道！

小思说，我们是不知道，但是我们不耻下问，向你这个小孩一样的人下问，你还这么横。我猜你爷爷当年保准是白军，专门跟红军作对的。告诉你，我们就是红军，我们的车是政府的，政府就是红军！

小警察跨了两步，拦在了车前头。

我不想在这里耽误时间，催促李东赶紧上路，天黑到不了成都，撂在山顶上就真成了“红军”了。李东发动了汽车，小思和我各自在座位上就绪，却迟迟不见拦在路口的木头杆子抬起来，李东探出头去吆喝，贤侄，抬杆！让我们过去！

小警察说，你们过不去。

李东说，得是要过路费？

小警察说，你见过交通警察收过路费的吗？

李东说，那你是什么意思？不就说你爷爷是白军吗？白军、红军现在都是人民了。要不让小思重说，说你爷爷是红军团长、旅长、司令行不？

小警察说，不得过就是不得过。

我指着过来过往的大车、小车问，他们怎么都能过？

警察说，他们是他们，你们是你们。

我真火了，对小警察说，莫非你爷爷真是白军？

这时从房间里踱出一个老警察，一张标准的警察脸，四十多岁，没有表情，天气太热，警帽没戴，在手里拿着。

糟了，来麻烦了。我后悔刚才调侃那只“小白兔”，却不知，屋里还藏着一只“大灰狼”。老警察头顶微秃，眼睛一条细缝，嘴角下压，使劲抿着嘴，一看便不是个好说话的角色。老警察说，打回转，哪儿来的回哪儿去。

李东说，我们回成都，东边卧龙的路让水毁了，西边汶川的路也让水毁了，眼前只剩了这一条道，你不能不让我们过去。

老警察很干脆，向后转！

李东说，再转回丹巴去，没道理！

小思说，别人怎能过？

小警察说，县交通大队有规定，9 座以上客车不许通行，你们是 11 座的，除了你们以外，大货车、小汽车都可以走。

小思说，可是我们只坐了三个人。

小警察说，我们看车不看人。

事情僵住了，我对老警察说，你老兄就不能通融一下，我们大老远从陕西来的，再退回去，考察的任务只完成了一半……

警察说，你不要叫我老兄，我不是你老兄。

小思说，当我们领导的老兄也不错，领导是作家，她们家在清朝是贵族。

老警察说，清朝的贵族乾隆打了我们十几年，我们的人都快让清朝杀完了。

小思真是哪壶不开提哪壶，这一地区的百姓对清朝镇压农牧民的年羹尧、赵尔丰之类的没好印象。我赶紧代表清朝赔礼道歉，说剥削阶级和劳苦大众的阶级矛盾是不能像商场的调和油一样调和的，红军、白军自然也是不能画等号的。唯盼警察通融放行，让我们今天回到成都，到了成都我们就给交警队写感谢信。李东赶紧上烟套近乎，警察拒绝了烟，指着我们的车说，11 座要通行，必须有县交警大队领导的命令才能放行。

天哪！这荒山野外，我上哪儿找县交警大队领导去？明摆着是拒绝。我说，四川领导的命令行吗，比如省委书记、省长什么的？

老警察说不行，他只认他的顶头上司，就是国务院总理来电话也不行。

我说，我有你们省的介绍信，足可以证明我不是逃犯，不是非法营运，我不过就是一个搞社会调查的文化人。他说，他不管非法营运和逃犯，更不管文化人，那是路政和刑警的工作，是文化局的工作。他是交警，交警不认介绍信，认交警队领导的电话。

得了，遇上个顶牛带较真儿的。

小思小声说，这回真遇上白军后人了。

我调动了手机里所有四川朋友的电话号码，坐在路边开始打电话，死马当活马医，不知哪路神仙能和这个偏僻山区小县的交警大队挂搭上。老少警察在一边无视我的存在，他们坚信我不可能跟他们的领导联系上，隔着省，八竿子打不着，绕一百八十个圈也绕不到这儿！

大小警察开始聊天，说的都是当地土话，很轻松，有成心不让我们听懂的意思。山风呼呼地吹，太阳火辣辣地照，车辆一辆一辆地从我跟前驶过，掀起一阵又一阵灰土。我的电话一刻不停，电波在湛蓝的高原天空飞翔，要是那些电波看得见的话，我相信我绝对是个发射中心。大中午的，对方都在午休，十有八九无人接听，我的讨厌是可想而知的。

一个小时过去，又一个小时过去。打光了两块电池……

我几乎绝望。精神要崩溃了。

打虎亲兄弟，上阵父子兵，作家的事，还是作协最上心。终于四川作协从成都来了电话，说他们联系上了县委办公室主任，县委办主任已经给交警大队打了电话，让他们对陕西作家放行。我举着手机，不动声色地坐在马路沿上，静观事态发展。很快，老警察的手机响了，听他“嗯”了两声，我站起来，拍了拍屁股上的土，用秦腔的起板唱道，走咧……

一副小人得志的模样。

小警察抬起了栏杆，大警察说，路上留神，慢开，注意塌方，山顶不要停留。

我回头望了一眼大小警察，还有点儿人情味儿。我说，欢迎去陕西。

小警察坦诚地说他还没看过兵马俑。小思说老警察长得就像兵马俑，李东从后头给了小思一脚。

面包车开上半山腰，开始呈“之”字形往上攀爬，马达声嗡嗡，使用二挡，尚有艰难之势。向下望，一叠叠道路，一层层山峦，阳光从西边斜射过来，景致凄美辉煌。李东又要停车照相，被我阻止了。风很硬很凉，夹带着草的青气和水的潮润，来自山的巅峰，让人想到了遥远，想到了天边，想到了雪山和红军，想到了革命，心里充满了激动。

李东说已经过了海拔三千米。

小思唱起了歌：“雪山低头迎远客，草滩泥毡扎营盘。风雪侵衣骨更硬，野菜充饥志愈坚……”

小思嗓音之难听，调子跑得之遥远，堪称绝版。李东说小思的演唱只怕招来狼。小思说，他是卡拉 OK 歌场上的王子，现在唱老歌都是翻版演唱，充满个性的张扬，李东是少见多怪。李东对那俩警察还耿耿于怀，说他们是死脑筋。我看着路上一处处塌方说，他们也是对我们负责，这一路上，塌方不断，前面没有客车来，后头没有客车跟，我们这辆面包车是空前绝后的。

一片雾气荡过来，又一片雾气荡过来，李东抬头看了看上面说，山顶隐在云雾之中，山上怕是有雪。小思说，有雪才好，要不怎么叫过雪山呢。

我说，我现在还没感觉到冷，料想山顶也冷不到哪儿去。资料上记载，当年红军过雪山的温度是零下 10 摄氏度，现在温度在零上 10 摄氏度也不止。李东说，零下 10 摄氏度也不怕，咱们在车里，开开暖气，轰一脚油就是了。

雾越来越浓，视线越来越差，汽车开了大灯，开了雾灯，开了所有的灯，只能看到前面两三米。有时对面呼地冒出一辆货车，巨无霸一样地逼压过来，小思坐在前头，一声声尖叫。李东说，你别喊行不行，你一喊我就心慌，我按着自己的线走呢。在这种时候谁都不敢造次。

我朝车窗外张望，外头茫茫一片，连路沿也看不到了，偶尔有几块大石头影影绰绰地伸向路外，那下头是一片虚无。一股股雾，黑色的，借着风势从底下涌上来，啪地粘在脸上身上，湿黏湿黏的，让人不快。气温在明显下降，伸出手去，手冻得生痛，嘴唇发紫，有点儿气喘。小思说这儿像《西游记》里妖精出没的地方，李东说小思就是妖精，白骨精手下的小妖。我说，21 世纪咱们要能看见想吃唐僧肉的妖精也是缘分。车里充满汽油味儿，小思问是不是哪里漏油了，李东说海拔太高，是面包车汽油缺氧燃烧不充分导致的。下回出门一定弄辆越野，省了多少麻烦。小思说，就是，那样警察也不会拦我们。我说，我就喜欢坐面包车，面包车座位高，走长途舒坦。李东说，您舒坦了，我们不舒坦呢。

夹金山顶，雾气弥漫，寒风阵阵，五步之外看不到任何内容。李东将车停下，说要检查一下燃油器。我下了车，只能看见脚下的几尺地面，地面用石头砌成，坑坑洼洼不甚平整。摸索半天才闹明白，这是一个场子，看不清边缘，不知大小，场子上好像就停了我们一辆车，未见任何一名过客。远远听见公路上有车辆行走，都是来去匆匆，没有谁肯在浓雾笼罩的山顶停留。

好像沉没在混沌的水里，挥舞手臂，搅出一团团漩涡，那是云的流动，是雾的躲闪，憋得人有溺水的感觉。这就是大名鼎鼎的夹金山顶？是中国人没有谁不知道的地方？我还记得一幅红军翻越雪山的著名油画，昏暗的天幕下，红军排着长长的队伍，手牵着手，艰难地往上攀爬，画面上有狂风，有大雪，有红旗，还有马……眼前的夹金山顶却是一片静谧，马呢，红旗呢，都隐藏在雾的分子中。

一阵香味儿飘来，寻味过去，雾里闪出两个老藏民卖烤肉的身影。他们穿着藏服，说着一口流利的汉语，在兜售羊肉串。我搭讪着问山顶怎么这大的雾，藏民熟练地翻动着炭火上的烤肉说，一个小时前还风和日丽、艳阳高照，只这一会儿工夫，雾就来了，就啥也看不见了。

我想，要是不在山底下被那俩警察阻拦俩钟头，我理所当然能看见那“风和日丽”，那“艳阳高照”，能看见夹金山的壮丽与辉煌，而不是现在的迷蒙和诡异。旁边一个年轻藏民见我满脸遗憾，解释说，能看见完完整整夹金山的人不多，夹金山风来雨去都是倏忽间的事，这里不受天气预报控制。山想什么时候阴就什么时候阴，想什么时候把自己藏起来就什么时候把自己藏起来。

我问夹金山顶怎么没有碑文标志，藏民说还没来得及立。我说，雪呢？红军过这儿的那些雪呢？藏民说，夹金山一过 6 月雪就化了，现在全球气候都变暖，夹金山自然也不例外。

说话的时候，隐约看见身边有人影走过，想必是李东他们。我看不见我们的面包车，但是可以听见雾中的说话声，小思让李东把他的冲锋衣拿出来，说天气太冷，说他的饼干袋子胀得成了圆球。

聊了半天话，没有不买人家烤肉串的道理，尽管反感烤肉，我还是买了两串，准备给李东和小思吃。藏民很实惠地多撒了辣椒和盐，炭火腾地冒出一片火苗，借着火光闪烁的刹那，我看见烤肉炉子旁边站着一老一少两个人，看模样他们是刚刚停住脚步，再往前半步就撞到肉摊子上了。年少的一把抓住年老的，一脸惊愕地说，火，怎么会有火呢？

年老的也满是茫然，原地转了一个圈说，云彩涌过来就成了雾，这会儿我们是在云彩里呢，什么也看不清楚。

年少的说，我明明看到了火。

老的说，你是眼花了，让雪晃得看不清了，闭会儿眼睛就好了。

年少的听话地闭上了眼睛，深深地吸了口气说，我闻到了肉味儿。

老的说，我也闻到了，但我知道这是幻觉，在下头不是说过了，高山顶上什么情况都会发生。

年少的说，我们有两个多月没吃肉了……

我走过去说，想吃肉到超市去买呀，那儿什么样的肉都有，问题是城里的肉都添加了瘦肉精，看着好看，吃起来没味儿。夹金山的肉应该还没有受到污染，老藏民们还不知道玩这些花样。

两个人立刻将目光转向了我，我的T恤衫和裙子引起了他们的注意，他们不解地看着我两条光溜溜的腿，看着我脚上那双厚底登山鞋，这双鞋是我在“绿蚂蚁”花了两千块钱买来的。仔细看对方，他们的装扮在我眼里同样不伦不类，老的是一件看不出本来面目的单衫，一条补了又补的灰裤子，补丁粗针大线，绝不是出自女性之手。到今天还有人穿补丁衣裳，除非是演电视剧，没有其他解释。小的穿得相对厚实，一件光板羊皮背心反套着，下头打着绑腿，一只脚上裹着布条和棕绳，一只脚光着，头上一顶不灰不蓝的帽子，上头有颗五角星。老的光着头，有些谢顶，脸上的纹路刀刻一样，没有表情，细眼睛，薄嘴唇，两个嘴角使劲向下压着；小的比较稚嫩，一张娃娃脸，眉左侧有颗小痣。小的不住地咳嗽，脸色暗淡无光，一看就是长期营养不良……

我佩服影视剧组的化装，凭借现代化的手段，他们什么样的装都能搞出来，他们能把二十岁的少女化成八十的老妪，把六十的老妇搞成十六的女孩。夹金山上大雾之中巧遇“红军剧组”，这也是很不错的相逢。我问他们在排什么戏，是哪个影视公司在操持。

老的不说话，小的摘下背上的枪，一下对准了我，厉声问，你是什么人？

我佯装熟络地说，什么人，过路人，大路朝天，各走半边，收起你这假枪吧，别拿道具吓唬人！

我告诉他们，我也待过不少剧组，都是才子佳人的，没有经历过炮火连天的战争片。像他们这些战争片的群众演员，一般来自部队援助，我问他们是哪个部队的。

老的立刻一脸警觉，狠狠剜了我一眼。小的则把枪栓弄得哗啦哗啦响，听声音是钢铁之声，不属于道具系列。我半开玩笑地说，私藏枪支是犯法的，你最好把它交公安局……

一边说，我一边向旁边看，企图寻找卖烤肉藏民的支援。旁边是厚重的大雾，是越来越生硬的风，哪里还看得见藏民的影子。有团团雪花飘洒过来，只一转脸工夫，山顶洁白一片，环境的变化竟然如此之迅速，我感到了夹金山的神秘莫测，感到了冻彻骨髓的冷。谁说过了6月夹金山顶就没雪了，谁说全球气候变暖了，眼前的大雪铺天盖地而来，这可是真真正正、不折不扣的雪。雪借着风势，向我毫不含糊地拍打过来，我打了个趔趄，好像这里从来就是永不开化的冰封，是无可改变的地冻天寒。想想刚才在山下被警察阻拦的情景，想想那难以忍耐的热汗淋漓，想想阳光下那座红军翻山的红色雕塑，想想那片珍贵的树荫和我的焦躁心情，如同翻检远逝的岁月，梦境一般朦胧，需要认真地回忆才能恍惚记得细节，思维如同冻僵了的嘴唇，变得肤浅缓慢，变得淡泊无痕。但是我一身轻薄的夏装却提示着我来自阳光炙热的夹金村，手里的羊肉串证明我刚刚离开烤肉的炉火，肉的香味儿依然浓烈，这是我唯一可以依凭的真实，毋庸置疑的真实。装扮小红军的演员靠在一块石头上大口地喘着，那双端着枪的手依旧没有放下。他对我的怀疑、敌对情绪丝毫未减。

老的再次追问我从哪里来。我说夹金村，为了证实准确，我做了细节描述，村口有红军纪念碑，有俩警察，拦着不让11座面包车过，我是通过县委办公室特别批准才上山的，警察们没告诉我上头在拍电视剧，要不，我也不愿意上来掺和。老的说，什么电视剧？

我说，电视剧……什么是电视剧你不知道?！就是你们现在正在拍摄的。

我说他是完全进入角色了，也是啊，长征路上的红军，知道什么是电视剧吗？不怪！不怪！

小的对老的说，你听见了吧，这女的说山下有红军！

老的说，她还说山下有警察呢……你见到红军了？

我说，一个也没见到。我要能见到红军那才是见鬼了呢！我见到的是红军雕塑。

老的说，没见过你怎么知道那是红军？

我说，报纸上、电视里，家家户户谁不知道红军啊，跟你们说话怎么这么别扭。

小的说，跟你说话我们还别扭呢。你说，你到底打哪儿来，你是不是白军探子？

他在跟我演戏，我也是成心想逗逗他，就像逗山底下那个小警察。我说，红军小鬼，我是有四十年党龄的中共老党员，我入党的时候你还没出生呢！我掺和的那些事，比如“文化大革命”，上山下乡，改革开放，下岗待业……老资格了，我要是参与你们的剧组，能当个顾问、导演什么的。

小的对老的说，她是党员！

老的说，你没听她说四十年党龄，这人说话没谱，瞧这怪打扮，不像中国人，更不像好人。

我说，好人是什么打扮，你要是见到我的秘书小思更得说他不像好人，他穿着一件大红防水冲锋衣，风雪不透，甭说过雪山，就是上南极看企鹅也不带打哆嗦的。

小的说，国民党，她绝对是国民党反动派。

我觉得这两个演员很可爱，不知是哪里挑来的群众演员，很本色，很执着，一旦进入角色，没有导演命令轻易不肯退出来。我把两串烤肉递过去，风雪之中，烤肉竟然还冒着热气，让人不可思议。小的看了看烤肉，看了看我，又看了看老的，没有伸手。我说，吃吧，吃完了我再买，藏民大叔炉子上有的是。

看得出，他们是太需要这两串肉了，小的眼里放着光，老的喉结不住滚动……我说，我知道，三大纪律八项注意，不拿群众一针一线，我不是群众，当然，也是群众，革命同志都是群众。

老的说，什么“三大纪律八项注意”？我再问你一遍，你到底从哪儿来？

我说，往近了说是从小金县城来，往远了说是打西安来。

老的问小金是哪里，我说就是懋功，小金是后来改的。老的自言自语，懋功，懋功改了小金……

小的没一点儿精神了，端着枪的手垂下来，说他很困，想睡……

老的说，不能睡，睡下去就醒不了了。

老的将小的拽起来，架着往前走。两个人逼真的表演把我感动得热泪盈眶，我追过去，想把烤肉塞给他们，我看见老的、小的站在山崖上，他们的脚下是一道长长的滑痕，他们要借助这前头人留下的“道”滑下去。我还记得在老红军的回忆录中有这样的描写，他们坐滑梯一样沿着极陡的、满是积雪的山坡往下溜，很多人掉进山谷，永远地长眠在了谷底……大约有四百人没能走过雪山。

我不能阻拦他们，也不可能阻拦他们，对这一老一小来说，这或许是条不归之路，或许他们能安全到达夹金村，看到那座红军的雕像，见到那两个坚守在路口的警察。望着他们的背影，我说，坚持吧，坚持就是胜利，红一军、红四军已经在达维会师了，红军翻了雪山，过了草地，到了延安，到了北京，建立了新中国！老百姓当家做主，翻身过好日子了！

为什么要说这些话，连我自己也不明白，鬼使神差，好像有谁在驱使，让我必须说出来。

小的、老的几乎同时回过身来，凝望着我。

我说，我的话都是真的，现在是公元2011年。

小的说，是幻觉吗？

老的说，是也不是。

我让他们等一等。

我折身跑回小广场，将藏民炉子上的烤肉全部买下来，两只手举着三十六串烤肉，奔到崖边……崖边没有雪，也没有一老一小，只有翻卷的雾。空洞的风裹挟着冷气簇拥上来，我觉得自己像片轻盈的羽毛，要借势腾飞起来……

带着三十六串烤肉的羽毛。

李东和小思将车开到我的身后，让我赶紧上车。他们看了我满手的肉串觉得不能理解，问我是不是对卖烤肉的康巴汉子产生了好感。看我有些恍惚，小思说领导可能是“高反”了，让李东快点儿开车下山。李东问什么是“高反”，小思说，就是高原反应，连这个都不懂！

临行，我将手里的肉串全部撒下山崖，向着山下的浓雾大喊，红军走好！

李东说，领导疯了，可惜了那些肉。

见我的旅游鞋上沾满了白雪，两个人很奇怪，搞不清这雪是打哪儿来的。

汽车下行，走不远就出了浓雾，迎接我们的是凄美的晚霞，是盘旋如带的公路。霞光里夹金山顶被雾气包裹着，若隐若现，一群牦牛在坡上静静地吃草，一群骑自行车的年轻人戴着头盔，努力地向山上进军。他们的背心红的、绿的、蓝的，鲜艳如旗，将山路点缀得五彩缤纷。我说，活在今天真好。

小思说，当个红军，建国立业也不错。

我说，夹金山顶上有雪、有风、有红军，我刚刚见识了他们。

李东说我是缺氧的幻觉，我们在山顶上待的时间太久了。那上头海拔四千多米。

小思说我不是幻觉，我经历的应该是一个真实的世界，当然在某种意义上来说也是一个虚拟的世界。欧洲的科学家们声明“抓住”了反物质，在科学的领域虚拟再与真实对接。有人提出了时空的缠联和存在转移的观点，过去、现在、未来，此地和彼地，时空宇宙的每个部分都交互折叠在一起，形成了一个无尽缠联的全像。原本在时空中折叠进无尽缠联的既往事件，经过了巧妙而特殊的拆开程序，可能又会重新显现于某人眼前。它不是个人经验的重现，这有点儿像时空隧道，这种观念来自物理学、哲学，它是非常玄的。

小思的话我听不懂，但愿他有道理。依次类推，当年红军翻越夹金山顶时，队伍中有老少两名战士，在风雪交加的山顶上，在白晃晃的雪光中，产生过与2011年的人邂逅的经历，他们见到了七十多年后人物的精神面貌和穿戴，见到了热烘烘香喷喷的烤肉串，听到了前所未闻的事情……是幻觉吗，如老红军所说，是也不是。

鞋上的雪在慢慢融化，我的脚下一汪雪水，七十多年前的雪化成的水……

到了成都向有关方面打听，其间没有任何影视剧组在夹金山地区拍摄。

（原载《芒种》2012年第1期）

图书在版编目 (CIP) 数据

黄连厚朴 / 叶广芩著. — 北京 : 北京十月文艺出版社，2022.1（2024.9重印）
（叶广芩文集）
ISBN 978-7-5302-2007-8

Ⅰ. ①黄… Ⅱ. ①叶… Ⅲ. ①中篇小说—小说集—中国—当代 Ⅳ. ① I247.5

中国版本图书馆 CIP 数据核字 (2021) 第 064528 号

黄连厚朴
HUANGLIAN HOUPU
叶广芩 著

出　　版 北 京 出 版 集 团
　　　　 北京十月文艺出版社
地　　址 北京北三环中路 6 号
邮　　编 100120
网　　址 www.bph.com.cn
发　　行 新经典发行有限公司
　　　　 电话（010）68423599
经　　销 新华书店
印　　刷 河北鹏润印刷有限公司
版　　次 2022 年 1 月第 1 版
印　　次 2024 年 9 月第 2 次印刷
开　　本 880 毫米 ×1230 毫米 1/32
印　　张 10.625
字　　数 235 千字
书　　号 ISBN 978-7-5302-2007-8
定　　价 49.00 元
质量监督电话 010-58572393
如有印装质量问题，由本社负责调换。